위쳐

3 | 불의 세례 상

This publication has been supported by the ©POLAND Translation Program
이 책은 폴란드 북 인스티튜트의 지원을 받아 제작하였습니다.

3 | 불의 세례 (상)

초판 1쇄 | 2018년 11월 27일
초판 5쇄 | 2021년 12월 20일

지은이 | 안제이 사프콥스키
옮긴이 | 이지원

펴낸이 | 서인석
펴낸곳 | 제우미디어
출판등록 | 제 3-429호
등록일자 | 1992년 8월 17일
주소 | 서울시 마포구 독막로 76-1 한주빌딩 5층
전화 | 02-3142-6845
팩스 | 02-3142-0075
홈페이지 | www.jeumedia.com

ISBN | 978-89-5952-731-1
        978-89-5952-511-9(set)
• 파본은 구입하신 서점에서 교환해드립니다.

제우미디어 네이버 포스트 | post.naver.com/jeumediablog
제우미디어 페이스북 | facebook.com/jeumedia

만든 사람들
출판사업부 총괄 손대현 | **편집장** 전태준 | **책임 편집** 성건우 | **기획** 홍지영, 장윤선, 박건우, 안재욱, 조병준
디자인 총괄 디자인수 | **영업** 김금남, 권혁진 | **도움주신 분** 강신후, 이민수, 임예원, 최광민

위쳐

3 | 불의 세례

안제이 사프콥스키 지음 · 이지원 옮김

상

THE WITCHER

제우미디어

파괴의 전장에서

불의 세례를 받으며

나는 당신의 모든 고통을 보았어요.

전투는 더 치열해지고

그들이 나에게 지독한 상처를 주더라도

공포와 두려움 속에

날 버려두지 마세요.

나의 전우들이여…….

Brothers in Arms / 다이어 스트레이츠*(Dire Straits)*

그때 여자 마법사는 위처에게 말했어요. "당신에게 이런 충고를 하겠어요. 쇠로 된 신발을 신고, 손에는 쇠막대기를 들어요. 쇠 신발을 신고 쇠막대로 당신의 앞길을 헤치며, 눈물을 뿌리면서 세상 끝까지 가세요. 불을 지나, 물을 지나, 멈추지 말고, 뒤를 돌아보지도 말아요. 그러다 쇠 신발이 모두 닳아지면, 쇠막대가 망가지면, 바람과 열기에 눈이 말라 더 이상 한 방울의 눈물도 떨어지지 않게 되면, 세상 끝 그곳에서 당신이 찾던 것, 당신이 사랑하는 것을 발견할 거예요. 그럴 수도 있다고요."

그리고 위처는 불과 물을 지나며, 뒤도 돌아보지 않고 갔습니다. 하지만 쇠 신발도, 쇠막대도 가져가지 않았어요. 단지 위처의 검만을 지녔을 뿐이었지요. 마법사의 말을 듣지 않았거든요. 그건 잘한 일이었어요. 왜냐하면 그녀는 나쁜 마법사였기 때문이었죠.

플루오렌즈 델라노이, 〈옛날 옛적에〉

제 1 장

덤불에서는 새들이 시끄럽게 울고 있었다.

계곡의 말라버린 강에는 나무딸기와 매자나무가 빽빽이 자라고 있어 새들에게는 둥지를 틀고 먹이를 찾기에 이상적인 장소였다. 이렇게 많은 새들이 몰려드는 것이 조금도 이상하지 않았다. 유럽방울새는 멋지게 트릴을 구사하고, 홍방울새와 쇠흰턱딱새가 짹짹 지저귀는 가운데, 푸른머리되새가 중간중간에 '핑-핑' 하고 울림이 좋은 목소리를 보태고 있었다. 푸른머리되새가 울면 비가 오지. 밀바는 반사적으로 하늘을 바라보며 생각했다. 구름은 없었다. 하지만 푸른머리되새는 틀림이 없다. 사실 이제는 비가 좀 와줘도 좋을 듯했다.

계곡의 입구 맞은편에 있는 자리는 사냥하기에 안성맞춤으로, 사람의 발길이 거의 닿지 않아 동물들의 천국인 이곳 브로킬론에서는 성공적인 사냥이 보장되는 장소였다. 숲의 대부분을 지배하고 있는 드라이어드들은 사냥을 거의 하지 않았고, 인간이 용기를 내어 이곳까지 들어오는 건 더더욱 드문 일이었다. 동물의 고기나 가죽을 노리고 들어온 사냥꾼이 오히려 사냥감이 되는 곳이기 때문이다. 브로킬론의 드라이어드들은 침입자를 용서하지 않았다. 밀바 역시 경험을 통해 그 사실을 잘 알고 있었다.

문제는 브로킬론이란 곳이 언제나 동물로 넘쳐나는 곳임에도 불구하고, 두 시간 넘게 숨어있는 밀바의 앞으로 활시위를 당길 만한 그 무엇도 나타나지 않았다는 점이었다. 이동하면서 사냥을 하는 것은 불가능했다. 몇 달 전부터 계속되는 가뭄으로 풀도 나뭇잎도 바싹 말라 걸을 때마다 바스락거리는 소리를 피할 수가 없었다. 이런 조건이라면 숨어서 가만히 기다리는 것만이 사냥의 성공을 보장할 수 있었다.

활 끝에 붉은제독나비가 앉았다. 밀바는 나비를 쫓지 않았다. 나비가 어떻게 날개를 접고 펴는지 관찰하며 보기만 해도 뿌듯해지는 새로 장만한 활을 바라보았다. 밀바는 재능 있고 열정적인 궁수였으며, 제대로 만들어진 무기를 사랑했다. 그리고 지금, 손에 쥐고 있는 이 활은 최고 중에서도 최고였다.

밀바는 지금까지 여러 개의 활을 가졌었다. 물푸레나무로 만든 활과 주목나무 화살로 활쏘기를 처음 배웠지만, 곧 드라이어드와 엘프들이 사용하는 보다 잘 휘어지는 합성궁으로 갈아탔다. 엘프들의 활은 더 짧고, 가볍고, 손에 잘 잡혔으며 여러 겹의 나무들과 동물의 힘줄로 만들어져 주목나무 활보다 훨씬 빨랐다. 엘프의 활에서 나간 화살은 짧고 곧게 날아 목표물에 더 빨리 명중했고 바람의 영향을 덜 받았다. 네 겹으로 휘어진 이런 활을 엘프들은 제파르라고 불렀는데, 구부러진 날개와 활의 끝부분에 룬어가 쓰여 있었다. 밀바는 이런 제파르를 몇 년 동안 사용하면서 이보다 좋은 활이 있을 거라고는 생각지 못했다.

그러나 결국 제파르보다 더 좋은 활을 만나게 되었다. 당연하게도 시다리스의 바닷가 시장에서였다. 선원들이 세계의 끝에서, 갤리선과 함선이 닿는 곳이라면 어디에서든 가져온 신기하고도 희귀한 물건으로 가득한 유명한 시장이었다. 밀바는 기회만 있으면 이 시장에 들러 바다를 건너온 활들을 살펴보곤 했다. 바로 그곳에서 앞으로 몇 년은 쓸 수 있을 만한 활을 구한 것이다. 제리카니아에서 온 제파르, 반들반들하게 윤이 나는 영양의 뿔로 보강한 활이었다. 밀바는 이 활을 최고라 생각하며 늘 지니고 다녔다. 1년 동안만. 왜냐하면 1년 후 똑같은 가판대의 똑같은 상인에게서 진짜를 만났기 때문이었다.

그 활은 먼 북쪽에서 온 것이었다. 64인치의 마호가니로 이루어졌으며, 완벽하게 균형이 맞는 손잡이와 낙타의 힘줄과 뼈를 끓여 고급 목재에 섞어 만든 판판한 날개를 가지고 있었다. 옆에 놓인 다른 활들과는 외형뿐만이 아니라 가격도 달랐다. 바로 그 가격이 밀바의 주의를 끌었다. 활을 집어 시험해본 후 밀바는 아무런 망설임도, 흥정도 없이 상인이 달라는 대로 돈을 지불했다. 노비그라드 크라운으로 400. 물론 그렇게 많은 현금을 가지고 있지는 않았었다. 밀바는 시장에서 자신의 제리카니아제 제파르 활과 담비 가죽 다발, 그리고 담수 진주가 주위에 박혀있는 아름다운 엘프제 산호 카메오 메달을 모두 팔아야만 했다.

하지만 후회는 없었다, 절대로. 활은 믿을 수 없을 정도로 가볍고, 말할 것도 없이 완벽하게 정확했다. 그다지 길지는 않았지만, 여러 겹으로 만들어진 날개 부분은 놀라울 만큼의 신축성이 있었다. 정확하게 구부러진 활 끝에서 뻗은 비단과 삼으로 만든 시위는 24인치를 당겼을 때 55파운드의 힘을 발산했다. 물론 80파운드까지 나오는 시위도 있었지만, 그건 너무 과하다고 생각했다. 밀바가 고래수염으로 만든 55파운드짜리 시위를 당기면 화살은 심장이 두 번 뛰는 동안 이백 보 앞까지도 날아갔다. 백 보 앞이라면 수사슴이나 갑옷을 걸치지 않은 사람은 관통시킬 수도 있는 힘이었다. 어차피 사슴보다 더 큰 동물이나 군장을 완벽히 갖춘 사람을 활로 겨냥하는 일은 드물었다.

나비가 날아갔다. 푸른머리되새가 덤불 속에서 시끄럽게 우짖고 있었다. 활에 걸릴 만한 사냥감은 아직도 나타나지 않았다. 밀바는 소나무 둥치에 몸을 기댄 채 옛 기억을 회고하기 시작했다. 무료함을 달래기 위해서였다.

위쳐와의 첫 만남은 7월, 타네드에서의 사건이 발생하고 돌 앙그라에서 전쟁이 일어난 지 2주 후였다. 밀바는 전화에 휩싸인 에이단으로 향하다 테메리아에게 대패한 스코이아텔 부대의 나머지 병사들을 이끌고 열 몇 주나 비웠던 브로킬론으로 돌아가는 길이었다. 다람쥐들은 돌 블라타나의 엘프 봉기군에 가담할 생각이었다. 밀바가 아니었더라면 살아남지 못했을 테지만, 그녀를 만나 도움을 받고 브로킬론에서 안식처를 제공받을 수 있었다.

도착하자마자 밀바는 아글라이스가 콜 세라이에서 급하게 자신을 찾고 있다는 소식을 들었다. 밀바는 의아했다. 아글라이스는 브로킬론의 드라이어드 치료사들의 우두머리였고, 깊은 온천수들과 동굴로 가득한 콜 세라이 분지는 드라이어드들의 치료소였다.

밀바는 아글라이스의 호출이 분명 그곳에서 치료받고 있는 어떤 엘프가 자기 부대원과 연락하기 위해 도움을 받으려는 것이리라 생각하고 요청에 응했다. 그러나 콜 세라이에서 부상당한 위쳐를 보고, 자기를 왜 불렀는지 알게 되자 밀바는 화가 머리끝까지 치밀어 올랐다. 고래고래 소리를 지르며 동굴에서 뛰쳐나와 아글라이스에게 분노를 쏟아냈다.

"날 봤어요! 내 얼굴을! 이게 나한테 얼마나 위험한 일인지 알기나 해요?"

"아니, 모르겠다. 저건 위쳐 그윈블리드야. 브로킬론의 친구라고. 음력 초하룻날 신월로부터 지금까지 2주째 이곳에 머물고 있지. 일어나서 정상적으로 걸을 때까지는 상당한 시간이 필요할 거야. 그는 세상의 소식과 가까운 이들의 소식을 몹시 듣고 싶어 해. 그를 도울 수 있는 건 너뿐이야."

아글라이스가 차갑게 말했다.

"세상의 소식이라고요? 지금 제정신으로 말하는 거예요? 당신의 이 평온한 숲 바깥의 그 '세상'이라는 곳에서 무슨 일이 벌어지고 있는지 알아요? 에이단은 전쟁 중이라고요! 브뤼헤와 테메리아, 르다니아는 학살과 혼란 속에서 지옥처럼 변했고요! 타네드에서 반란을 일으킨 자들을 모두가 쫓고 있어요! 어디를 가나 첩자들과 안'기바레*로 가득하고 입만 뻥긋해도, 아니 입술만 삐죽거려도 지하 감옥의 시뻘겋게 달군 쇠가 기다리고 있다고요! 그런데 날더러 지금 어디 가서 뭘 알아오라고요? 이 사람 저 사람에게 물어 정보를 캐내오라고요? 내 목을 걸고? 왜? 누구 좋으라고? 반쯤 송장이 된 위쳐 때문에? 지금 제정신이냐고요, 아글라이스!"

"계속 그렇게 소리를 지를 생각이면 깊은 숲속으로 들어가자. 위쳐는 안정이 필요해."

아글라이스가 평온하게 말했다.

밀바는 자신도 모르게 조금 전 부상당한 위쳐를 보았던 동굴 입구를 쳐다보았다. 마르긴 했으나 골격이 장대한 것을 알아볼 수 있었다. 머리는 하얗지만 복근은 젊은이처럼 탄탄했다. 기름진 고기와 맥주가 아니라 힘든 시간

---

* 안'기바레(an'givare): 고어로 첩자, 밀고자.

을 친구로 삼았던 몸이었다.

"타네드에 있었던 자군요. 반란군이겠군."

밀바는 묻지도 않고 단정하듯 중얼거렸다.

"나도 몰라. 부상자야, 도움이 필요하고. 다른 건 내 알 바 아니니까."

아글라이스가 어깨를 으쓱하며 말했다.

밀바는 콧김을 내뿜었다. 드라이어드 치료사인 아글라이스는 과묵하기로 정평이 나 있었다. 하지만 밀바는 브로킬론 동쪽 끝의 드라이어드들이 흥분한 채 전달한 소식들을 이미 들은 터라 2주 전에 일어난 사건에 대해 잘 알고 있었다. 밤색 머리의 여자 마법사가 마법의 빛과 함께 팔다리가 부러진 부상자를 데리고 브로킬론에 나타났고, 그 부상자는 드라이어드들에게 그윈블리드, 하얀 늑대로 알려진 위쳐라는 사실을.

드라이어드들은 처음엔 어떻게 해야 할지 몰랐다고 말했다. 피투성이의 위쳐는 비명과 기절을 반복했고, 아글라이스는 임시방편으로 붕대를 감았고, 여자 마법사는 욕설을 퍼붓다가 울기를 반복했다던데……. 특히 이 마지막 부분이 밀바로서는 믿을 수가 없었다. 여자 마법사가 울었다고? 어쨌거나 브로킬론을 지배하는 '두엔 카넬의 은빛 눈동자' 에트나에게서 명령이 하달되었다. 드라이어드 숲의 지배자가 내린 명령은 다음과 같았다. 여자 마법사는 쫓아내고 위쳐의 부상을 치료하라.

치료는 시작되었고 밀바도 그 과정을 지켜보았다. 위쳐는 동굴 속, 브로킬론의 마법의 온천수가 솟아나는 샘에 누워 있었다. 팔다리는 매달아 놓은 부목에 고정한 채, 약용 식물인 코니하엘라로 만든 두꺼운 모포와 보랏빛 컴프리 줄기에 덮여 있었다. 머리카락은 마치 우유처럼 흰색이었다. 코니하엘라 치료를 받는 이들은 보통 정신을 잃은 채 헛소리를 하는 경우가 많앉지만 위쳐는 정신을 잃지 않은 상태였다.

"그래서? 어떻게 할까? 내가 위쳐한테 뭐라고 말하면 되지?"

드라이어드 치료사의 무심한 목소리가 밀바를 상념으로부터 깨웠다.

"지옥에나 가버리라고 해요. 당신도 마찬가지고, 아글라이스."

밀바는 사냥칼과 주머니로 무거워진 허리띠를 추켜올리며 내뱉었다.

"네가 하고 싶은 대로 해. 강요는 않겠다."

"당연하죠. 강요는 안 하겠죠."

밀바는 뒤도 돌아보지 않고 듬성듬성 자란 소나무 숲으로 걸음을 옮겼다. 화가 난 채로.

타네드 섬에서 7월 음력 초하룻날 생긴 일에 대해서는 밀바도 알고 있었다. 스코이아텔들이 쉴 새 없이 그 얘기를 했기 때문이었다. 섬에서 있었던 마법사들의 대회의가 반란으로 이어져 피가 흐르고 많은 이들의 목이 날아갔다는 것을. 그리고 닐프가드 군대가 마치 기다렸다는 듯 에이단과 리리아를 공격해 전쟁이 일어났다고 했다. 테메리아와 르다니아, 케드웬에서는 이 모든 것이 다람쥐들을 공격하는 빌미가 되었다. 첫 번째는 타네드의 반란군을 스코이아텔 부대가 도왔기 때문이었고, 두 번째는 어떤 엘프인지 하프 엘프인지가 르다니아의 왕 비지미르를 단검으로 찔러 죽였기 때문이라고 했다. 복수심에 불타는 인간들이 다람쥐들을 적으로 삼았고, 그 적대감은 마치 부글부글 끓어오르는 냄비 속 같았다. 엘프의 피는 강처럼 흘렀다.

하…… 밀바는 생각했다. 그렇다면 제사장들이 두려워하는, 세상의 종말과 심판의 날이 이제 가까워진 건가? 세상이 불에 휩싸이고, 인간은 엘프뿐만 아니라 형제끼리도 서로 칼을 맞대는데……. 거기다 위쳐가 정치적인 문제에 끼어들어 반란에 합세하다니. 세상을 쏘다니며 인간을 해치는 괴물들

을 처리하라고 있는 위쳐가! 세상이 생긴 이후로 위쳐는 정치에도, 전쟁에
도 관여하지 않았었다. 이런 동화도 있잖아. 옛날에 바보 같은 왕이 있었는
데 물은 체로 긷고, 토끼를 파발꾼으로 쓰고, 위쳐를 도지사로 임명한다는
이야기 말이야. 바로 이곳에 있었군. 왕들에게 거역하다 만신창이가 되어
브로킬론에서 몸을 피하고 있는 위쳐라니. 이게 뭐야, 말세라고!

"안녕, 마리아."

밀바는 몸을 떨었다. 소나무에 기대 있는 작은 키의 드라이어드는 눈과
머리가 모두 은색이었다. 갖가지 색감을 띤 숲의 벽을 배경으로 석양빛이
드라이어드의 머리에 후광처럼 빛나고 있었다. 밀바는 한쪽 무릎을 굽히고
머리를 깊이 숙였다.

"평안하셨나요, 에트나 님."

브로킬론의 지배자는 초승달 모양의 황금 칼을 나무껍질로 만든 허리띠
에 꽂고 있었다.

"일어나거라. 함께 걷자. 너와 이야기를 좀 하고 싶구나."

키가 작은 은빛 머리의 드라이어드와 키가 큰 금색 머리의 처녀는 그림자
가 드리운 숲길을 오랫동안 함께 걸었다. 둘 중 누구도 침묵을 깨지 않았다.

"두엔 카넬에는 온 지가 오래되었구나, 마리아."

"시간이 없었어요, 에트나 님. 두엔 카넬은 리본 강에서는 멀고, 아시다
시피 전······."

"알고 있다. 피곤하니?"

"엘프들이 도움을 필요로 해요. 에트나 님의 명령으로 제가 돕고 있고요."

"나의 부탁이지."

"그렇죠. 부탁이죠."

"그리고 부탁이 하나 더 있다."

"그러리라 생각했어요. 위쳐죠?"

"그를 도와주거라."

밀바는 걸음을 멈추고 몸을 돌려 길을 가로막는 인동덩굴의 가지를 휙 잡아당겨 꺾은 후 손에서 한 바퀴 돌려 땅에 꽂았다. 그러고는 에트나의 은빛 눈을 바라보며 말했다.

"반년 전부터 저는 목숨을 내놓고 있어요. 엘프 패잔병들을 브로킬론으로 데려오는 일을 하면서 말이에요. 그들이 휴식을 취하고 상처가 회복되면, 또다시 데리고 나가고요. 그걸로 충분하지 않다는 말씀이신가요? 제가 하는 일이? 초승달이 뜰 때마다 한밤중에 길을 나선다고요. 이제는 박쥐나 올빼미처럼 태양이 두려울 지경이에요."

"너보다 이 숲길을 잘 아는 사람은 없다."

"하지만 숲속에서는 아무것도 알아낼 수 없죠. 위쳐는 제가 정보를 수집해 오기를, 사람들 사이로 나가길 원하는 거예요. 그는 반란군이에요. 그 이름에 안기바레들이 귀를 쫑긋 세우고 있다고요. 저 역시 도시에서 아무렇지 않게 돌아다닐 수 있는 처지는 아니에요. 만약 누군가 절 알아본다면요? 그 사건의 기억은 아직도 남아 있고, 그 피 또한 아직 마르지 않았어요. 그때 엄청난 피가 흘렀으니까요, 에트나 님."

"적지 않았지, 적지 않아. 그건 사실이다."

늙은 드라이어드의 은빛 눈동자는 낯설고 차가워서 똑바로 바라볼 수 없었다.

"절 알아본다면 곧장 장대에 꿰어 죽일 거예요."

"넌 이성적이다. 조심성도 많고 예민하지."

"위쳐가 원하는 소식을 모으려면, 그 조심성은 다 버려야 한다고요. 물어 봐야 하니까요. 지금은 호기심을 드러내기엔 위험한 시기예요. 만약 제가 붙잡히면……."

"넌 연줄이 있다."

"고문을 하겠죠. 사지를 잘라버리거나 아니면 드라켄보그에서 짓이기거나……."

"그리고 내게 빚이 있지."

밀바는 고개를 돌리고는 입술을 깨물었다.

"네, 있어요. 잊지 않았어요."

밀바는 쏩쓸히 대꾸한 후 눈을 감았다. 얼굴이 일그러지고 앙다문 입술이 떨렸다. 눈꺼풀 밑에서 마치 환영처럼, 달빛에 비춘 그 밤의 기억이 떠올랐다. 갑자기 덫의 가죽 매듭이 조여오던 뼈마디의 고통이, 잡아당길 때마다 전해오던 관절의 아픔이 되살아났다. 갑자기 일어서던 나무들의 사그락사그락 이파리 소리가…… 비명, 신음, 거친 몸부림 끝에 여기서 빠져나갈 수 없다는 것을 알았을 때 온몸을 타고 흐르던 혐오스러운 공포의 감정. 비명과 두려움, 줄이 삐걱거리는 소리와 너울거리던 그림자. 몸은 계속 흔들리고, 부자연스럽게 거꾸로 보이던 땅과 거꾸로 보이는 하늘, 반대로 내리꽂아진 나무, 지독한 고통과 관자놀이에서 솟구치던 피…… 새벽이 되자 그녀를 둥글게 둘러싼 드라이어드들과 멀리서 들려오는 은빛의 웃음소리…… 줄에 매달린 꼭두각시 인형 같구나! 흔들어라, 흔들어, 인형아! 작은 머리가 아래로 늘어지도록! 이어지는 밀바 자신의, 그러나 자신의 것 같지 않았던 찢어지는 비명 소리. 그리고 찾아온 어둠.

"네, 빚이 있죠. 그래요, 난 밧줄에 매달린 죄수였으니까. 살아 있는 한,

갚지 못할 빚이죠."

밀바는 악문 이 사이로 되풀이했다.

"누구나 다 빚은 있다. 삶은 그런 거야, 마리아 배링. 빚, 부채, 은혜, 그대가…… 누군가를 위해 무언가를 하는 것이지. 그게 나 자신을 위한 거라면? 사실은 언제나 내 자신에게 갚는 거지, 남에게 갚는 것이 아니라. 누구나 질질 끌고 온 빚을, 스스로에게 갚아나가는 거야. 우리 안에는 무언가를 빌린 이와 빌려준 이가 공존한다. 중요한 건 우리 안에서 더하기 빼기가 일치한다는 사실이야. 우리에게 주어진 약간의 생명을 가지고 이 세상에 태어나, 그 후에는 계속해서 빚을 짊어진 채로 갚아나가며 사는 거야. 나 자신에게, 나를 위해서. 종국에는 그 계산이 맞아떨어지도록 말이지."

에트나가 말했다.

"당신에게 소중한 사람인가요, 에트나 님? 그…… 위처가요?"

"그래. 그는 그 사실을 모르지만. 콜 세라이로 돌아가거라, 마리아 배링. 그에게 가. 그리고 그가 부탁하는 일을 해주거라."

분지에 부스럭거리는 소리와 함께 나뭇가지 부러지는 소리가 들렸다. 까마귀는 깍깍거리며 화난 듯 시끄럽게 울부짖고, 푸른머리되새는 흰색 꽁지깃을 흔들며 날아올랐다. 밀바는 숨을 참았다. 드디어.

까악까악. 까마귀가 우짖었다. 까악까악까악. 또다시 나뭇가지가 흔들렸다.

밀바는 오랫동안 써서 반들반들 윤이 나는 가죽으로 된 왼팔 보호대의 위치를 바꾸고 활을 고정한 매듭에 손목을 올렸다. 그리고 허벅지 위에 평평하게 놓인 털가죽 화살통에서 화살을 뽑았다. 반사적으로, 그리고 습관적으로 화살촉과 화살의 깃털 부분을 점검했다. 화살촉은 장터에서 사곤 했는데, 팔려고 내놓은 열 개의 화살촉 중 세심하게 하나 정도만 골랐고, 깃은 언제나 스스로 달았다. 파는 화살들은 보통 깃이 너무 짧았고 화살에 반듯하게 붙어 있었는데, 밀바는 언제나 5인치가 넘는 깃과 회전형으로 달린 것만 사용했다.

밀바는 화살을 활에 걸고는 분지 입구 쪽을, 붉은 열매들이 무겁게 매달린 초록빛의 매자나무등치 사이를 바라보았다.

푸른머리되새는 멀리 날아가지 않은 채 다시 짹짹거리기 시작했다. 얘야, 이쪽으로 와. 밀바는 활시위를 당기며 생각했다. 이리 와, 난 준비가 되었으니까.

그러나 사슴들은 협곡을 따라 늪과 리본 강으로 합류하는 수원지 쪽으로 가버렸다. 분지에서는 대신 산양이 모습을 드러냈다. 한눈에도 40파운드는 나갈 만한 멋진 놈이었다. 머리를 쳐들고, 귀를 쫑긋 세운 후 다시 덤불 쪽으로 몸을 돌려 잎을 뜯어 먹고 있었다.

산양은 뒤를 보인 채 서 있어서 활쏘기에 안성맞춤이었다. 만약 산양을 가리고 있는 나무등치만 아니었더라면 밀바는 아무 망설임 없이 쏘았을 것이다. 배를 맞춘다 하더라도 화살촉이 안으로 뚫고 들어가 심장이나 간, 폐까지 닿을 터였다. 허벅지를 맞춘다면 동맥을 헤집게 되어 산양은 곧 쓰러질 것이다. 밀바는 활시위를 당긴 채로 계속 기다렸다.

산양은 또다시 머리를 들고 한 발짝 움직이더니 나무등치 앞으로 나왔다. 그러고는 앞쪽을 향해 살짝 몸을 틀었다. 활시위를 최대한 잡아당기고 있던 밀바는 속으로 욕을 했다. 앞쪽을 향해 쏘는 화살은 확실치가 않다. 폐를 맞추는 대신, 화살촉이 배 안으로 들어갈 수도 있었다. 밀바는 입 가장자리에 닿는 줄의 찝찔한 맛을 느끼며 숨을 멈추었다. 이건 이 활의 가장 중요한 장점 중 하나였다. 만약 조금만 더 무겁거나 덜 정교하게 만들어진 활이었다면 이런 압력을 버틸 수도 없었을 테고, 손을 지치게 해 명중은 불가능해진다.

다행히 산양은 머리를 숙인 채 부드러운 잔디를 뜯으며 몸을 옆으로 돌렸다. 밀바는 여유 있게 심호흡을 한 후, 산양의 배를 겨냥해 조심스럽게 손가락에서 활시위를 놓았다.

그러나 화살촉이 갈비뼈를 부러뜨리는 소리는 들려오지 않았다. 대신 산양은 뒷다리를 뻗어 위로 풀쩍 뛰어올랐고, 바싹 마른 가지들이 부러지고 나뭇잎이 흔들리는 소리 사이로 사라지고 말았다.

심장이 몇 번 뛸 때까지 밀바는 미동도 없이, 마치 대리석으로 만든 숲의 여신 조각상처럼 서 있었다. 모든 소리가 사라진 후에야 뺨 쪽에 있었던 오른손을 떼고 활을 내렸다. 동물들이 도망치는 길을 머릿속으로 되새긴 밀바는 침착하게 나무둥치에 기대어 앉았다. 밀바는 어릴 적부터 영주의 숲에서 사냥을 해온 숙련된 사냥꾼이었다. 첫 번째 암사슴은 열한 살 때 잡았으며, 마치 사냥꾼의 행운을 암시하듯 열네 살 생일 때는 커다란 뿔을 가진 수사슴을 잡았다. 경험은 밀바에게 활에 맞은 사냥감은 서둘러 쫓을 필요가 없다고 가르쳐주었다. 만약 제대로 맞았다면 산양은 분지 끝, 이백 보 안쪽 어디쯤에선가 쓰러질 것이다. 사실 그럴 거라고 생각하진 않았지만, 만약 제대로 맞지 않았더라도 무작정 서두르는 건 일을 망칠 뿐이었다. 빗맞아 상처 입은 동물은 공포에 휩싸여 정신없이 도망친 후 천천히 계속 이동할 것이다. 겁먹은 채 쫓기는 짐승은 무서운 속도로 내달려 언덕을 일곱 개 넘을 때까지도 그 속도를 줄이지 않는 경우가 많았다.

그러므로 밀바에게는 최소한 반 시간의 여유가 있었다. 밀바는 이빨 사이에 긴 풀잎을 물고는 다시 생각에 잠긴 채 회상했다.

12일 후, 브로킬론에 다시 돌아왔을 때 위쳐는 이미 걸을 수 있었다. 살짝 다리를 절며 눈에 띄지 않게 허벅지를 끌긴 했지만 걷고 있었다. 밀바는 놀라지 않았다. 숲의 물과 코니하엘라라고 불리는 약초의 놀라운 치료 효과를 잘 알고 있었기 때문이었다. 또한 아글라이스가 상처 입은 드라이어드들을 눈 깜짝할 사이에 치유하는 능력도 알고 있었다. 게다가 위쳐들의 놀라운 참을성과 면역력에 대한 소문 역시 지어낸 이야기가 아니라는 것도.

밀바는 브로킬론으로 돌아오자마자 콜 세라이로는 가지 않았다. 그윈블리드가 밀바를 오매불망 기다리고 있다고 드라이어드들이 전해주었는데도 불구하고 일부러 미뤘던 것이다. 자신에게 맡겨진 사명에 계속 불만을 품었던 밀바는 이를 표출하고 싶었다. 밀바는 다람쥐 부대의 엘프들을 인도한 후, 길에서 있었던 얘기를 장황하게 늘어놓고 사람들이 리본 강을 막았다며 드라이어드들에게 경고를 날렸다. 그러다 세 번째 부탁을 받고 나서야 목욕을 하고 옷을 갈아입은 뒤 위쳐에게 갔다.

위쳐는 풀밭 끝, 개잎갈나무들이 자라는 곳에서 밀바를 기다리고 있었다. 주변을 걷다 가끔은 자리에 앉기도 하면서 몸을 쭉 뻗는 것으로 보아 아글라이스가 운동을 하라고 권한 모양이었다.

"어떤 소식이 있소?"

위쳐는 인사를 마치자마자 물었다. 목소리에 서린 냉기가 역력했다.

"전쟁은 거의 끝나가는 것 같아요."

밀바는 어깨를 으쓱하며 말을 이었다.

"닐프가드는 리리아와 에이단에서 잔혹한 학살을 저질렀다고 해요. 베르덴은 항복하고 테메리아의 왕은 닐프가드와 협상을 했어요. 꽃의 계곡 엘프들은 자신들의 왕국을 세웠고요. 테메리아와 르다니아의 스코이아텔은 그쪽으로 가지 않았어요. 아직도 전투 중⋯⋯."

"내가 기다리던 소식은 그게 아니오."

"아니라고요?"

밀바는 자못 놀란 척했다.

"아, 그렇군요. 당신이 부탁한 대로 도리안에 갔어요. 그러느라 길을 엄청 돌았죠. 하필이면 위험하기 짝이 없는⋯⋯."

이번엔 위쳐가 말을 끊지 않았는데도 밀바는 이야기를 잠시 멈췄다가 다시 이었다.

"저에게 찾아가보라고 한⋯⋯ 그 코드링거란 사람, 당신 친구인가요?"

위쳐의 얼굴은 조금도 변하지 않았지만, 밀바는 위쳐가 자신의 말을 이해했다는 것을 알았다.

"아니, 친구는 아니었소."

"다행이군요."

밀바는 편안히 이야기를 이었다.

"왜냐하면 그는 이미 산 사람이 아니거든요. 자기 집과 함께 타버렸어요. 굴뚝과 앞쪽 벽의 반만 남아 있었어요. 도리안 전체가 소문으로 시끄러웠죠. 어떤 사람들은 그 코드링거가 마술을 행하면서 독을 만들고, 악마와 계약을 맺어서 검은 불이 그를 삼켜버렸다고 했어요. 또 어떤 사람들은 코드링거가 무슨 일을 하다 쓸데없는 일에 휘말렸는데, 누군가 그게 마음에 안 들어 코드링거를 해치우고 흔적을 감추려 불을 지른 거라고도 했어요. 당신 생각은 어떤가요?"

밀바는 위쳐에게서 대답이나, 그 회색 얼굴에서의 어떤 변화도 감지할 수 없었다. 그래서 심술궂고 거만한 목소리로 계속해서 이야기를 이어갔다.

"흥미로운 건, 그 화재가 일어나고 코드링거가 죽은 날이 바로 7월 첫 상현달, 정확히 타네드 섬에서 사건이 일어났던 그날이라는 거예요. 마치 코드링거라는 자가 그 사건에 대해 뭔가 알고 있었고, 자세한 상황에 대해 누군가 캐묻게 되리라고 생각한 것 같지 않나요? 그래서 코드링거의 입을 영원히 막아버리고 혀를 붙들어 놓으려고 한 거죠. 여기에 대해선 어떻게 생각해요? 하, 알겠어요. 아무 말도 하지 않겠다는 거군요. 과묵한 분이시군! 그럼 제가 말하죠. 당신이 하는 일과 당신을 위해 이렇게 캐묻고 돌아다니면서 첩자 노릇을 하는 것 모두 엄청나게 위험하다고요. 코드링거뿐만이 아니라 다른 입과 귀를 막아버리려 할지도 몰라요. 난 그렇게 생각해요."

"용서하시오. 당신 말이 맞군. 내가 당신을 위험에 처하게 했어. 내가 부탁한 일은 너무 위험한……."

"여자에게는 너무 위험한 일이라는 건가요?"

밀바는 아직도 젖어 있는 머리카락을 어깨 위로 휙 떨궜다.

"그걸 말하고 싶은 건가요? 대단한 신사가 나타나셨군! 잘 들어두시죠. 내가 앉아서 오줌을 누긴 해도 내 옷은 늑대 가죽으로 만들었어요, 토끼가 아니라! 날 겁쟁이 취급하지 말아요. 내가 누군지도 모르는 주제에!"

"알고 있소."

위쳐는 화가 나 높아진 밀바의 목소리에 대응하지 않은 채 조용하고 침착한 목소리로 대답했다.

"밀바 당신은 사람들에게 쫓기는 다람쥐들을 브로킬론으로 데려오지. 당신의 용맹함은 나도 들어 알고 있소. 하지만 내가 생각 없이, 이기적으로 당신을 위험에…….”

“바보!”

밀바는 매섭게 말을 끊었다.

“내 걱정은 관두고 당신 걱정이나 해요! 그 여자애 걱정이나 하든지!”

밀바는 무시하듯 비웃었다. 이번에는 위쳐의 얼굴이 변했기 때문이었다. 그녀는 일부러 아무 말 없이 다음 질문을 기다렸다.

“뭘 알고 있소? 누구에게 들은 정보지?”

위쳐가 마침내 입을 열었다.

“당신에겐 코드링거가 있었죠.”

밀바는 콧김을 내뿜으며 당당히 고개를 들었다.

“나도 아는 사람들이 있어요. 눈과 귀가 좋은 사람들이죠.”

“말해주시오. 부탁이요, 밀바.”

밀바는 잠시 뜸을 들이다 이야기를 시작했다.

“타네드에서 사건이 일어난 후에, 이곳저곳이 모두 부글부글 끓어올랐어요. 배신자를 찾는 일이 시작되었죠. 좀 더 구체적으로 말하면 닐프가드의 뒤를 봐주던 마법사들과 돈에 매수되었던 이들이죠. 어떤 이들은 잡혔고, 어떤 이들은 사라졌어요, 물속에 돌이 빠진 것처럼요. 그들이 어디로 갔는지, 누구의 품 아래 숨어 있는지 알아내는 데 엄청난 지식이 필요하진 않아요. 하지만 마법사들과 배신자들만 색출된 건 아니었어요. 그 유명한 파올리타나가 이끄는 다람쥐 부대 역시 타네드에서의 반란에 나선 마법사들을 도왔으니까요. 그리고 그는 한창 수배 중이죠. 엘프란 엘프는 잡히는 족족 고문을 해서 파올리타나의 소재를 알아내라는 명령이 내려져 있는 상태예요.”

“파올리타나는 누구지?”

“엘프이자 스코이아텔 중 하나에요. 그 이름만 들어도 사람들은 몸서리를 치죠. 목에 엄청난 현상금이 걸려 있어요. 또 타네드에 있었다는 어떤 닐프가드 기사도 수배 중이에요. 그리고 또⋯⋯.”

“계속하시오.”

“안'기바레들이 리비아의 게롤트라는 위처에 대해 묻고 다녀요. 그리고 시릴라라는 여자아이에 대해서도. 이 둘은 생포하도록 명령이 내려져 있어요. 머리카락 하나 다쳐선 안 되며, 옷에서 단추 하나 떨어져도 안 된다는 거죠. 하! 당신의 건강을 그렇게 염려하다니, 꽤나 친한 사이신가 보군요.”

밀바는 게롤트의 얼굴에서 비인간적으로 보이던 평온이 순식간에 가시는 것을 보고 말을 멈췄다. 그녀는 아무리 노력해도 게롤트에게 공포를 불어넣을 수는 없다는 것을 깨달았다. 적어도 자기 자신의 안위만으로는. 밀바는 이상하게 창피한 기분이 들었다.

“뭐, 그렇게 쫓아다니는 건 어쨌거나 쓸데없는 일이죠.”

밀바는 부드럽게 말했지만 입술에는 비아냥거리는 웃음이 묻어 있었다.

“당신은 이 브로킬론에 안전하게 숨어 있으니까요. 그리고 여자애도 산 채로는 잡지 못할 거예요. 타네드의 폐허, 그 마법의 탑이 무너진 자리를 다 파봤는데⋯⋯ 어, 왜 이래요?”

게롤트는 중심을 잃고서 개잎갈나무에 몸을 기댄 채 둥치에 털썩 주저앉았다. 밀바는 게롤트의 얼굴이 갑자기 하얗게 질린 것에 놀라 펄쩍 뛰었다.

“아글라이스! 시르사! 파우베! 빨리 와봐요! 젠장, 내가 죽인 건 아니겠지! 저기, 이봐요!”

"그들을 부르지 마…… 난 괜찮소. 계속 이야기해주시오. 더 듣고 싶으니……."

밀바는 그제야 이 상황을 이해할 수 있었다.

"그 폐허에서는 아무것도 나오지 않았어요!"

밀바는 자신의 얼굴도 창백해지는 것을 느끼며 소리쳤다.

"아무것도! 돌 하나하나를 죄다 뒤집어보고, 마법을 썼는데도 아무것도 발견하지 못했다고요."

밀바는 눈썹의 땀을 닦아내고는 급히 뛰어오는 드라이어드를 손짓으로 저지했다. 그러고는 앉아 있는 게롤트의 어깨를 잡고서 자신의 긴 금발이 창백한 얼굴에 닿을 만큼 몸을 굽혔다.

"내 이야기를 잘못 이해했군요."

밀바는 목구멍으로 치밀어 오르는 단어들 중 적당한 말을 찾고자 애썼다.

"내가 하고 싶었던 말은…… 그러니까 내 말을 잘못 이해한 거예요. 왜냐하면 내가…… 아니, 난 당신이 그렇게나…… 일부러 그런 건 아니에요. 그 여자아이는…… 그 아이는 찾지 못했어요. 아무 흔적도 없이 사라져버렸으니까요. 그 마법사들처럼요. 미안해요."

게롤트는 아무 말 없이 옆을 바라보고 있었다. 밀바는 입술을 깨문 채 주먹을 꼭 쥐었다.

"난 사흘 후 브로킬론을 떠나요."

오랜 침묵 끝에 밀바가 입을 열었다.

"그믐달이 뜨는 밤이라면 좀 더 컴컴하겠죠. 열흘 안에, 어쩌면 좀 더 일찍 돌아올 거예요. 8월 초, 라마스 바로 후에 돌아오겠어요. 너무 걱정하지 말아요. 무슨 수를 써서라도 모든 걸 알아오겠어요. 만약 누군가가 그 아가씨에 대해 뭔가를 알고 있다면, 당신도 곧 알게 될 거예요."

"고맙소, 밀바."

"열흘…… 그윈블리드."

"내 이름은 게롤트요."

게롤트가 손을 내밀었다. 밀바는 망설임 없이 그 손을 잡았다. 아주 힘차게.

"내 이름은 마리아 배링이에요."

게롤트의 가볍게 숙인 고개와 그림자 같은 웃음으로 짐작하건대, 밀바의 솔직함을 감사하게 생각한다는 것을 그녀는 알 수 있었다.

"부디 조심하시오. 묻고 다닐 때는 누구에게 물을지 주의하고."

"내 걱정은 하지 마세요."

"당신의 정보원들은…… 믿을 수 있는 자들이오?"

"난 아무도 믿지 않아요."

"위쳐는 브로킬론에 있습니다. 드라이어드들과 같이."

"내가 생각했던 대로군. 하지만 확인할 수 있어 다행이야."

딕스트라는 잠시 침묵했다. 렌넵은 입술을 핥으며 기다렸다.

"확인할 수 있었다니 잘됐어."

르다니아 왕국의 정보국 국장 딕스트라는 생각에 빠진 채 마치 자신에게 말하듯 되풀이했다.

"언제나 확신할 수 있는 편이 좋지. 흠, 만약 예니퍼가 그와 함께 있다면…… 그곳에 여자 마법사는 같이 있지 않았나, 렌넵?"

"네?"

정보원 렌넵은 몸을 떨었다.

"아니오, 국장님. 없었습니다. 명령하실 게 있으십니까? 만약 산 채로 잡아오길 원하신다면 브로킬론에서 끌어내겠습니다. 만약 죽이는 게 낫다 하신다면……."

"렌넵, 너무 욕심부리지 마. 우리 업계에서 과욕은 금물이야. 그리고 수상하게 보이기도 하고."

딕스트라는 차갑고 서늘한 푸른빛의 눈으로 정보원을 응시했다.

"국장님…… 전 단지……."

렌넵의 얼굴이 조금 창백해졌다.

"알고 있어. 그냥 내 명령이 무엇인지 물어본 것뿐이라는 걸. 내 명령은 위쳐를 가만히 내버려둬라, 정도로 해두지."

"분부대로 하겠습니다. 그럼 밀바는요?"

"밀바도 가만히 내버려둬. 일단은."

"분부대로 하겠습니다. 이제 가봐도 될까요?"

"가봐."

렌넵은 참나무로 된 문을 조심스럽게 닫으며 나갔다. 딕스트라는 오랫동안 아무 말 없이 책상 위에 산더미처럼 쌓여 있는 지도와 편지, 전갈과 조서, 사형 선고문 등을 바라보고 있었다.

"오리."

딕스트라의 부름에 비서는 헛기침을 하며 말없이 고개를 들었다.

"위쳐가 브로킬론에 있다."

오리 레우벤은 다시 한 번 헛기침을 하며 반사적으로 책상 아래, 국장의 다리 쪽을 바라보았다. 딕스트라도 오리의 눈길을 알아챘다.

"그래, 이걸 용서해줄 수는 없지. 2주 동안이나 그놈 때문에 걷지도 못했어. 필리파 앞에서 개처럼 낑낑거리며 빌어먹을 마법을 부탁하느라 체면을 구겼다고. 그렇지 않았더라면 지금까지도 다리를 절고 있었을 거야. 물론, 그자를 과소평가한 건 내 잘못이지. 하지만 최악인 건, 지금 당장 그 위쳐 놈에게 복수할 수 없다는 거야! 지금은 나도 시간이 없고, 이런 개인적인 일로 부하들을 쓸 수는 없으니까! 안 그런가, 오리? 쓸 수 없겠지?"

딕스트라가 언성을 높였다.

"흠, 흠……."

"기침 좀 그만해. 안다고. 젠장, 권력이라는 건 피곤한 거야! 제멋대로 쓰라는 유혹이 어마어마하다고. 권력을 가지고 있을 때, 그 사실을 잊어버리는 건 정말 쉬운 일이지. 하지만 단 한 번이라도 그 사실을 잊었다간 끝이 없어. 필리파 에일하트는 아직도 몬테칼보에 있나?"

"그렇습니다."

"펜과 잉크를 가져와. 필리파에게 보낼 편지를 받아쓰라고. 자…… 젠장, 집중이 안 되네. 저건 무슨 소리야, 오리? 광장에서 무슨 일이 벌어지고 있는 거지?"

"학생들이 닐프가드 사신의 공관에 돌을 던지고 있습니다. 우리가 흠흠, 돈을 주고 시킨 일 같군요."

"아, 그렇군. 창문 닫아. 그리고 내일은 학생들에게 지안카르디 은행에 가서 돌 좀 던지라고 해. 계좌 정보를 주지 않는단 말이지."

"지안카르디는, 흠흠, 전쟁 자금으로 상당한 돈을 내놓았습니다."

"하, 그럼 돈을 내놓지 않은 다른 은행들에 돌을 던지라고 해."

"모든 은행이 돈을 내놓았습니다만."

"젠장, 자네도 참 고지식하군. 자, 쓰게. 부를 테니까. 사랑하는 필, 당신은 나의 태양…… 젠장, 또 깜빡했군. 새 종이 꺼내봐. 준비되었나?"

"네, 흠흠."

"친애하는 필리파. 트리스 메리골드는 분명 타네드에서 브로킬론으로 텔레포트 시킨 위쳐에 대해 걱정하고 있을 거요. 그 사실을 나에게조차 철저히 비밀에 부쳐, 사실 나는 마음이 많이 상했소. 트리스 메리골드를 안심시켜주시오. 위쳐는 이미 좋아졌소. 브로킬론에서 시릴라 공주에 대해 알아보라고 정탐꾼을 내보낼 지경이니. 그 시릴라 공주에 대해서는 당신도 많은 관심이 있다는 것을 알고 있소. 우리의 친구 게롤트는 시릴라가 닐프가드에서 에미르 황제와 결혼 준비를 하고 있다는 사실을 모르는 것이 틀림없소. 내 입장에서는 위쳐가 브로킬론에 얌전히 있는 편이 좋기 때문에 이 소식이 위쳐에게도 들어갔으면 하오. 다 썼나?"

"흠흠, ……들어갔으면 하오."

"새로 문단 띄고, 이상한 것은…… 오리! 빌어먹을 펜 좀 닦아서 쓰란 말이야, 젠장! 우린 지금 필리파에게 편지를 쓰는 거라고, 국왕 자문단이 아니라! 편지가 심미적으로 보여야지! 문단 띄고, 이상한 것은 어째서 위쳐가 예니퍼와 연락하려고 노력하지 않느냐 하는 것이오. 집착에 가까운 그 애정이 갑자기 식었다고는 믿기 힘드오. 위쳐의 이상과 정치적 견해 차이가 있다 하더라도 말이오. 다른 한편으로는 시릴라를 에미르 황제에게 넘겨준 것이 예니퍼라면, 그리고 그 증거가 될 만한 것이 있다면, 나는 위쳐의 손에 그게 들어갈 수 있도록 기쁘게 최선을 다하겠소. 문제는 저절로 해결될 테고, 믿을 수 없는 검은 머리의 아름다움은 순식간에 그 효력이 사라지겠지. 위쳐는 누가 자신의 양녀에게 손대는 걸 싫어하니까, 아토드 테라노바가 이 사실을 타네드에서 직접 확인한 바 있소. 필, 나는 당신에게 예니퍼의 배신과 관련된 증거가 없다는 것을 믿고 싶소. 또한 예니퍼가 그 증거를 어디에 숨기고 있는지 당신이 몰랐으면 좋겠소. 만약 이것이 또다시 나만 모르는 비밀로 밝혀진다면, 매우 마음이 아플 것 같소. 난 당신 앞에서만큼은 아무런 비밀도 없소…… 왜 웃나, 오리?"

"오, 아무것도 아닙니다. 흠흠."

"쓰기나 해! 난 당신 앞에서만큼은 아무런 비밀도 없소. 필, 당신도 날 그리 대해주길 바랄 뿐이오. 깊은 존경을 담아, 기타 등등, 어쩌고저쩌고. 이리 내놔! 서명은 내가 할 테니."

오리 레우벤은 편지 위에 모래를 뿌렸다. 딕스트라는 편안히 앉더니 배 위에 놓인 손가락을 꼬았다.

"위쳐가 정탐을 위해 보낸 그 밀바에 대해서 말해봐."

딕스트라의 말에 비서는 헛기침을 했다.

"밀바는…… 흠흠, 테메리아의 군대에 패한 스코이아텔 무리들을 브로킬론으로 데려가는 일을 하고 있습니다. 추격당하는 엘프들을 도와 쉴 곳을 제공하고 다시 군대로 복귀할 수 있도록 돕고 있더군요."

"모두가 다 알고 있는 정보 따윈 필요 없어."

딕스트라가 말을 끊었다.

"그녀의 활동은 나도 알고 있어. 언젠가 이용할 생각이지. 그렇지 않았다면 이미 오래전에 테메리아인들에게 먹이로 줘버렸을 거야. 이 여자 자체에 대해서는 뭐 아는 바가 있나? 사람이 어떻다든지?"

"제 생각에는 소든 위쪽의 쇠락한 시골 출신인 것 같습니다. 진짜 이름은 마리아 배링. 밀바는 드라이어드들이 준 이름이죠. 고어로는 그 뜻이……."

"카니아, 연. 나도 알아."

딕스트라가 끼어들었다.

"밀바의 집안은 고조, 증조할아버지 대부터 사냥을 업으로 살았습니다. 숲에 사는 사람들이자 숲과 형제인 사람들이죠. 배링의 아들이 엘크에게 죽자 배링은 숲 사람들의 기술을 딸에게 전수했어요. 그리고 배링이 죽자, 그 부인은 다시 결혼을 했죠. 흠흠, 마리아는 새아버지와 잘 지내지 못하고 집에서 도망쳤습니다. 아마 그때가 열여섯 살이었을 겁니다. 북쪽으로 이동하면서 사냥을 해 먹고 살았는데, 영주의 사냥터 관리인들과 잘 지내지 못했는지, 오히려 그녀를 괴롭히며 마치 짐승처럼 내몰았더군요. 그래서 브로킬론으로 이동해 활로 사냥을 하며 지내다가 거기서 흠흠, 드라이어드들의 습격을 받은 것 같습니다."

"그런데 드라이어드들이 그녀를 해치워버린 것이 아니라 받아들였다는 거지."

딕스트라가 중얼거렸다.

"자기편으로 인정하고…… 그리고 지금은 은혜를 갚는 중이지. 브로킬론의 유명한 늙은 은빛 눈의 에트나와 계약을 맺고. 마리아 배링은 죽었지만 밀바는 영원하라…… 이건가? 베르덴과 케라크 사람들이 눈치채기 전에 몇 번이나 브로킬론에 간 거지? 세 번?"

"흠흠…… 네 번인 것 같습니다."

오리 레우벤은 절대로 틀리지 않는 기억력의 소유자였으나, 말할 때는 항상 그런 것 같다는 식으로 말끝을 흐렸다.

"이 드라이어드들의 머리 가죽을 노리는 사람들이 대략 백 명이 될 때까지 전혀 몰랐을 겁니다. 오랫동안 감도 잡지 못했죠. 밀바가 어쩌다 학살에서 한 명씩 구해내 자기가 직접 업고 나오고, 그렇게 구원받은 이들은 밀바를 찬양했으니까요. 그러다 네 번째가 되었을 때, 베르덴에서 누군가 머리를 탁 친 겁니다. 갑자기 흠흠, 그러니까 '드라이어드 땅에 사람들을 모아서 데려가는 저 길잡이는 어째서 매번 살아서 나오지?' 하고요. 주머니 속의 송곳이 튀어나온 거죠. 그 길잡이가 바로 드라이어드들이 화살을 준비하고 있는 곳으로 사람들을 몰고 간다는 것을······."

딕스트라는 마치 아직도 고문실의 냄새가 나는 듯한 심문 서류를 책상에서 멀리 밀쳐냈다.

"그제야 밀바가 브로킬론으로 자취를 감춘 것이군. 하지만 아직도 베르덴에는 브로킬론으로 가려는 사람이 없어. 늙은 에트나와 젊은 카니아가 여전히 활동 중이니. 그러면서도 남을 자극하는 건 인간만의 특징이라고 말하다니. 어쩌면······."

딕스트라는 곰곰이 생각에 잠겼다.

"흠흠?"

딕스트라가 말을 하다 말고 침묵에 빠진 것을 이상해하며 오리 레우벤이 헛기침을 했다.

"어쩌면 인간들에게 무언가 배운 건지도 모르지."

딕스트라는 고발장들과 심문 서류, 사형 선고서들을 바라보며 냉정하게 결론지었다.

어디서도 산양의 혈흔이 보이지 않아 밀바는 불안해지기 시작했다. 불현듯 활을 쏘던 순간, 산양이 한 걸음 움직였다는 생각이 들었다. 한 걸음 움직이거나 아니면 그러려고 했거나. 어차피 결과는 똑같았다. 산양은 움직였고 화살은 배에 박혔을 것이다. 밀바는 욕설을 내뱉었다. 배에 맞다니, 사냥꾼의 수치야! 젠장! 퉤, 재수 없어!

밀바는 서둘러 분지의 끝까지 내달려 나무딸기 덤불과 이끼, 고사리 사이를 조심스럽게 내다보았다. 화살을 찾아본 것이다. 사면으로 날이 달렸고 팔뚝의 털을 깎을 수 있을 만큼 날카롭게 날이 선 화살. 오십 보 밖에서 쏜 화살은 분명 산양을 관통했을 것이다.

밀바는 화살을 발견하고 안도의 숨을 내쉰 후, 이 행운에 기뻐하며 세 번 침을 뱉었다. 괜한 걱정을 한 것이었다. 생각보다 나은 상황이었다. 화살은 산양 내장의 끈적거리는 내용물로 더럽혀져 있지 않았다. 그리고 폐에서 나온 분홍빛의 거품이 묻은 핏자국도 없었다. 화살 뒤쪽 전체가 검붉은 색으로 뒤덮여 있었다. 화살촉이 심장을 관통한 것이었다. 숨거나 조심해서 움직일 필요도 없었고, 핏자국을 쫓아 긴 행군을 할 필요도 없었다. 산양은 분명 들판의 백 보 안쪽 덤불 어딘가에 죽은 채로 피를 흘리며 쓰러져 있을 것이다. 심장을 맞은 산양은 몇 발짝을 뗀 후부터 피를 흘리기 시작하기 때문에 곧 그 흔적을 발견할 것이다.

그리고 얼마 지나지 않아 열 걸음 떨어진 곳에서 밀바는 산양의 사체를 발견하고 그쪽으로 발걸음을 옮기며 다시 한 번 회상에 빠져들었다.

밀바는 게롤트에게 한 약속을 지켰다. 약속했던 기일보다 더 빨리. 수확제가 지난 후 닷새째, 즉 상현달이 뜬 지 닷새가 되는 날, 인간들에게는 8월의 시작이자 엘프들에게는 라마스로 사바에드 해의 마지막 바로 전달인 일곱 번째 달이었다.

밀바와 다섯 명의 엘프는 리본 강을 통해 새벽에 돌아왔다. 밀바가 데려온 부대는 처음엔 아홉 명의 기수였지만 브뤼헤의 용병들이 그 뒤를 쫓아와 리본 강을 3스타이 남긴 지점인, 브로킬론의 오른쪽 강둑이 아침 물안개 속에 아스라이 보이는 지점에서 그들을 따라잡았던 것이다. 그들은 용병들이 브로킬론을 두려워한 덕분에 간신히 살아남았다. 그러나 모두가 살아남은 것은 아니었다. 완전히 녹초가 되었고 상처를 입은 채 일부만 브로킬론에 다다랐다.

밀바는 게롤트에게 소식을 가져오면서 그가 아직 콜 세라이에 있으리라 확신했기에, 일단 부족한 잠을 자고 정오쯤 출발할 생각이었다. 그래서 밀바는 게롤트가 느닷없이 안개 속에서 유령처럼 나타났을 때 깜짝 놀랐다. 게롤트는 아무 말 없이 밀바가 나뭇가지들 위에서 담요를 덮는 모습을 지켜보며 옆에 앉았다.

"꽤나 성격이 급하시군요."

밀바가 비아냥거렸다.

"위쳐 양반, 다리가 아파 죽겠다고요. 밤낮으로 안장에 앉아 있었더니 엉덩이는 감각이 없고 온몸은 땀에 젖었어요. 늑대마냥 새벽에 겨우 강을 건너왔는데……."

"부탁하지, 무언가 알아낸 것이 있소?"

"네, 있어요."

밀바는 콧김을 내뿜으며 흠뻑 젖어 발에 달라붙은 신발을 벗으며 말했다.

"알아내는 데 별로 힘들지 않았어요. 꽤나 시끌시끌했으니까요. 당신네 아가씨는 굉장한 인물이던데, 그건 나에게 말도 안 해주고! 난 무슨 불쌍하고 삐삐 마른 고아 여자아이인 줄 알았는데 아니, 신트라의 공주라니! 하! 당신도 변장한 왕자쯤 되는 거 아니에요?"

"나에게 말해주시오, 부탁하겠소."

"왕들은 이미 당신의 시릴라에게 손을 뻗칠 수 없게 됐어요. 알려진 바에 따르면 시릴라는 타네드에서 마법의 힘으로 곧장 닐프가드로 옮겨졌으니 까요. 그 반역자 마법사들이 말이에요. 그리고 닐프가드에서는 에미르 황 제가 시릴라를 거창하게 맞이했다고 하더군요. 그리고 그 여자애랑 결혼을 생각하고 있다고 하네요. 이제 나도 좀 쉴게요. 더 얘기하고 싶다면 일단 한 숨 잔 후에 다시 하자고요."

게롤트는 아무 말도 하지 않았다. 밀바는 해가 뜨는 방향으로 젖은 발싸 개를 나뭇가지에 걸어놓고 허리띠를 절그럭거렸다.

"이제 옷을 좀 벗고 싶은데요. 도대체 왜 아직도 여기에 서 있는 거죠? 더 나은 소식을 바랐던 건 아니잖아요? 이제 당신을 위협하는 자는 아무도 없 고, 누구도 당신에 대해 궁금해하지 않아요. 첩자들도 당신에 대해 더는 신 경 쓰지 않는다고요. 그리고 당신의 아가씨는 왕들을 피해, 이제 황제의 부 인이 된다는데……."

밀바가 화를 냈다.

"그게 확실하오?"

"요즘 세상에 확실한 게 어디 있어요. 해가 동쪽에서 떠서 서쪽으로 지는 것 정도나 확실하겠죠. 하지만 닐프가드 황제와 신트라 공주에 대한 이야기 는 정말일 거예요. 꽤나 떠들썩하니까요."

밀바는 대충 만든 잠자리 위에 앉으며 하품을 했다.

"그게 왜 그렇게 떠들썩한 거요?"

"모르겠어요? 에미르 황제와 결혼하면 신트라의 공주는 지참금으로 엄 청난 영토를 갖게 된다고요. 신트라뿐 아니라 야루가 강 이쪽 지역도 포함해서요! 하, 그러면 공주님은 나의 영주님이 되시겠네, 나도 소든 위쪽 지방 출신이니까. 소든 전체가 그분의 영토가 되는 거잖아요! 후, 그럼 내가 그 공주님 땅에서 사슴이라도 잡았다가는 당장에 붙잡혀서 공주님의 분부대로 목을 매달지도……. 으, 젠장맞을 세상! 염병할, 눈이 저절로 감기네."

"마지막으로 질문 하나만. 여자 마법사들 중…… 그러니까 반역을 도모했던 여자 마법사들 중, 누군가 잡힌 자가 있소?"

"아니, 없어요. 하지만 사람들 말로는 여자 마법사 중 한 명이 스스로 목숨을 끊었대요. 그 후에 곧장 벤거버그가 함락되고 케드웬 군대가 에이단으로 들어왔어요. 분명 근심에 싸였거나 고문이 두려워서……."

"당신이 데려온 부대에 빈 말들이 있던데. 엘프들이 나에게 한 마리 내줄지……?"

"오호, 급하게 길을 떠나시려는 모양이군요."

밀바는 담요로 몸을 감싸며 중얼거렸다.

"당신이 어디로 가려는지, 내 생각에는……."

밀바는 게롤트의 표정을 보고 입을 다물었다. 불현듯 자신이 가져온 소식이 위쳐에게 전혀 좋은 소식이 아니라는 것을 깨달은 것이었다. 그녀는 자신이 아무것도, 전혀 아무것도 이해하지 못하고 있다는 걸 깨달았다. 그리고 예상치 못하게도 밀바는 게롤트 옆에 앉아 그에게 질문을 퍼부은 다음 대답을 듣고, 무슨 일인지 알아봐주고, 뭐라도 조언을 해주고 싶은 기분이 들었다. 밀바는 눈 주위를 손마디로 세게 문질렀다. 난 너무 피곤해. 밤새도록 죽음이 발뒤꿈치까지 따라오고 있었다고. 쉬어야 해. 이 위쳐가 고민을 하든 말든 내가 상관할 바가 아니잖아? 나랑 무슨 상관이냐고? 그 여자애? 젠장, 위쳐고 여자애고 지옥에나 가라고 해! 염병할, 이러다 잠 다 깨겠네.

"말을 내줄 것 같소?"

게롤트가 자리에서 일어나며 물었다.

"마음에 드는 놈으로 가져가요."

밀바가 잠시 무언가 생각하더니 말을 이었다.

"하지만 엘프들의 눈에는 띄지 않게 해요. 오는 길이 힘들었거든요. 공격도 당하고, 피해도 컸고…… 검은 말은 건드리지 마요. 그건 내 거니까…… 왜 아직도 안 가고 서 있죠?"

"도와줘서 고맙소. 이 모든 것에 감사하오."

밀바는 대답하지 않았다.

"당신에게 빚이 생겼군. 어떻게 갚아야 할까?"

"어떻게? 아, 제발 좀 이제 가라니까요!"

밀바는 소리를 지르며 담요를 홱 끌어당겼다.

"나도 잠 좀 자자고요! 말을 가지고…… 가라고요…… 닐프가드로 가건, 지옥으로 가건, 악마들에게 가건 나랑은 상관없으니까! 가버려요, 나 좀 가만히 내버려두고!"

"받은 은혜는 꼭 갚겠소. 절대 잊지 않을 테니. 언젠가는 당신도 도움이 필요할지 모르오. 의지할 곳이라든지, 기댈 어깨라든지. 그때 외치시오, 밤중에라도. 내가 올 테니."

게롤트가 나직한 목소리로 말했다.

산양은 분지 끝, 흐르는 샘물 사이 부드러운 이끼와 **빽빽하게** 자라난 고사리 사이에 유리알 같은 눈망울을 하늘로 향한 채 쓰러져 있었다. 커다란 거머리가 산양의 밀짚 색깔 배에서 피를 빨고 있었다.

"다른 곳을 찾아가야겠다, 벌레야. 이 피는 곧 굳어버릴 거야."

밀바는 소매를 감싸고 칼을 빼 들며 말했다.

밀바는 익숙하고 재빠른 움직임으로 흉골에서부터 항문까지, 칼날을 생식기 옆으로 지나가게 하며 솜씨 있게 가죽을 갈랐다. 조심스럽게 지방층을 분리하느라 손은 물론 팔꿈치까지 피에 흠뻑 젖었다. 식도를 가르고, 내장을 꺼내 버리고는 위와 쓸개를 갈라 우황*이 있는지 살펴보았다. 밀바는 우황에 어떤 주술적인 힘이 있다는 말은 믿지 않았지만, 이를 믿고 기꺼이 돈을 내고 사는 바보들은 많았기 때문이었다.

밀바는 산양을 들어 멀지 않은 곳에 있는 나무둥치에 갈라진 배가 바닥으로 향하도록 올려놓고 피가 빠지길 기다렸다. 그러고는 피투성이가 된 손을 고사리 잎으로 닦은 후 산양 옆에 앉았다.

"정신 못 차리는 미친 위쳐 같으니라고."

밀바는 백 보 위, 브로킬론의 소나무 숲이 펼쳐진 전경을 바라보며 작은 목소리로 말했다.

"그 여자애 때문에 닐프가드로 가겠다니. 식량도 준비하지 않고 세상 끝의 불구덩이 속으로 들어가면서. 당신이 누구 때문에 사는지는 나도 알겠어, 하지만 뭘 먹고 살 거냐고?"

소나무 숲은 당연히 아무 대답도 하지 않았고 밀바의 독백을 방해하지도 않았다.

"내 생각에 그 여자애를 구해낼 확률은 거의 없어. 당신은 닐프가드가 아니라 야루가까지도 못 갈걸. 내가 보기엔 소든까지도 못 갈 거야. 당신은 죽

---

* 우황(牛黃): 소나 양의 위 또는 장에 생기는 결석으로 약에 쓰인다.

을 운명이라고. 당신의 다문 입술에도, 그 무서운 눈에도 죽음이 새겨져 있어. 죽음이 당신을 따라올 거야, 미친 위쳐 씨. 곧 따라온다니까. 하지만 이 산양 덕분에 적어도 굶어 죽지는 않을 거야. 그것만 해도 어디야. 내 생각엔 그래."

밀바는 손톱 밑에 박힌 피를 긁어내며 고개를 끄덕였다.

접견실에 들어오는 닐프가드 사신의 모습을 보고 딕스트라는 몰래 한숨을 쉬었다. 에미르 황제의 사신, 쉴라드 피츠-오스터렌 대사는 외교적인 겉치레로 이야기하는 것을 아주 좋아하고 외교관들과 학자들만 이해할 수 있도록 말을 화려하고 장황하게 꼬는 습관이 있었다. 딕스트라도 옥센푸르트에서 공부를 했고, 학위를 받지는 않았지만 허례허식으로 가득한 학계의 기본 용어 정도는 이해하고 있었다. 하지만 딕스트라는 젠체하는 격식도, 쓸데없이 폼 잡는 것도 질색이라 마지못해 그런 화법을 쓸 뿐이었다.

"환영하오, 대사."

"백작님."

쉴라드 피츠-오스터렌은 깊숙이 몸을 숙여 절을 했다.

"아, 저의 무례를 용서해주십시오. 이제 백작님이 아니라 형형하신 딕스트라 공작 전하라 불러드려야 할까요? 아니면 섭정 전하라고 불러드리면 될까요? 혹은 국가 서기장 각하? 영예로우신 각하, 각하에 대한 호칭이 마치 우박처럼 쏟아져 규범에 어긋나지 않도록 칭하려면 어떤 것을 택해야 할지 혼란스럽군요."

"뭐, 가장 좋은 건 '폐하' 아니겠소."

딕스트라가 겸손하게 대답하며 말을 이었다.

"대사께서도 아시다시피 궁정이 왕을 만드는 것이잖소. 내가 '뛰어!'라고 말하기만 해도 트레토고르 궁정의 모든 이들이 '얼마나 높이 뛸까요?' 하고 묻는 상황이라는 것도 잘 알고 있을 테고."

대사는 딕스트라가 과장하고 있다는 것을 알았지만, 사실 그렇게 큰 과장도 아니었다. 라도비드 왕자는 현재 미성년이었고, 헤드위그 왕비는 남편의 비극적인 죽음으로 충격에 휩싸인 상태였으며, 귀족들은 겁에 질리고 얼이 빠진 채 저들끼리 분열되어 있는 상태였다. 르다니아의 모든 권력은 사실상 딕스트라의 손에 있었고, 그는 자신이 원한다면 어떤 자리에든 앉을 수 있었다. 하지만 딕스트라는 그 무엇도 원하지 않았다.

"각하께서 저를 부르셨다 들었습니다. 외교부 장관을 거치지 않고요. 이 영광의 연유를 어디서 찾으면 되겠습니까?"

"외교부 장관은 건강상의 이유로 사임하였소."

딕스트라는 천장으로 시선을 향했다.

대사는 심각하게 고개를 끄덕였다. 외교부 장관이 감옥에 갇혀 있다는 사실을 아주 잘 알고 있었다. 외교부 장관은 겁쟁이에다가 멍청했기 때문에 분명 심문을 하기도 전, 고문 기구를 보여만 줘도 닐프가드와 자신의 공모 사실을 전부 불었을 것이 분명했다. 대사는 또한 황제 직속의 정보부장인 바티에 드 리도의 정보원 조직이 와해되었으며 그 모든 단서가 딕스트라의 손에 있다는 것도 알고 있었다. 그리고 그 단서들이 가리키는 것이 바로 자신이라는 것 또한 잘 알고 있었다. 하지만 대사는 면책권으로 보호받는 자리고, 임무에 따라 끝까지 게임을 진행해야 하는 자리였다. 특히나 최근 바티에와 황제 직속으로 특수 임무를 맡은 검시관 스테판 스켈렌에게서 해괴한 암호 메시지를 받았기 때문에 더더욱 그러했다.

"아직 장관의 후임자가 정해지지 않아서, 대사님이 르다니아에서 '페르소나 논 그라타*'가 되셨다는 사실을 내가 직접 전할 수밖에 없는 상황이오."

딕스트라의 말에 대사는 고개를 숙였다.

"사실 르다니아도 닐프가드 제국도 직접적인 관계가 없는 일들로 양국 간의 대사를 소환하게 된 작금의 사태에 대해 유감이라 여기고 있습니다. 제국은 르다니아에 대해 그 어떤 적대적인 행위도 한 적이 없습니다."

"우리의 선박과 물류가 지나가지 못하도록 야루가 강어귀와 스켈리게 섬을 봉쇄한 것은 제외하고 말이오. 스코이아텔 무리에게 무기를 지원하고 도와준 것도 제외해야겠지."

"그건 짐작일 뿐입니다."

"그럼 황제의 군사를 베르덴과 신트라에 밀집시킨 것은? 소든과 브뤼헤를 무장 병력이 약탈한 사실은 또 어떻소? 소든과 브뤼헤는 테메리아의 보호 아래 있고, 우리는 테메리아와 연맹 관계요. 대사, 테메리아를 공격한 것은 우리를 공격한 것과 같소. 그뿐 아니라 르다니아를 직접 겨냥한 사건들도 있었소. 타네드에서의 역모와 비지미르 왕에 대한 암살 공격. 이 모든 사건들 가운데 닐프가드 제국이 맡았던 역할은 무엇이오?"

"그에 대해서라면…… 타네드의 사건은 제 입장을 표명할 수 없습니다. 당신네 마법사들 개개인의 감정 뒤편에 있는 일들은 저희 에미르 바 엠레이스 황제 폐하께서도 알 수 없는 일입니다. 저희의 항의가 세간의 소문 때문에 이렇게 아무런 결과도 가져오지 못해 유감이군요. 감히 제가 말씀드리자

---

* 페르소나 논 그라타(Persona non grata): '호감이 가지 않는 인물'이라는 뜻의 라틴어로, 파견된 외교관을 '비우호적 인물'로 선언하는 외교 용어. 이로 규정된 외교관은 정해진 시간 내에 해당 국가를 떠나야 하며, 그렇지 않을 경우 해당 외교관의 신분 및 면책 특권이 박탈될 수 있다.

면, 이 또한 르다니아 왕국의 권력이 행사된 결과인 듯합니다만."

대사는 팔을 펼쳐 보이며 말했다.

"당신들의 항의는 놀랍고 황당하기 짝이 없군. 에미르 황제는 현재 궁정에 타네드에서 납치해온 신트라의 혈통이 머물고 있다는 사실을 전혀 숨기지 않고 있잖소."

딕스트라는 슬쩍 웃음을 흘렸다.

"신트라의 여왕 시릴라는 납치된 게 아니라 우리 제국에서 안식처를 찾으신 겁니다. 타네드에서의 사건과는 전혀 관계가 없지요."

쉴라드 피츠-오스터렌 대사는 딕스트라의 말을 수정했다.

"정말이오?"

"타네드에서의 사건은 황제 폐하의 심기를 불편하게 했습니다. 게다가 어떤 정신 나간 작자가 비지미르 왕을 암살한 사건은 황제 폐하에게 걷잡을 수 없는 분노를 일으켰습니다. 무엇보다도 크게 격노하신 건 이 말할 수 없이 흉악한 사건들을 일으킨 자들이 닐프가드 제국 내에 있는 것이 아닌가, 하는 말도 안 되는 소문이 백성들 사이에 퍼졌다는 사실입니다."

대사의 표정이 돌처럼 굳었다.

"그 말할 수 없이 흉악한 사건을 일으킨 자들을 잡아들인다면, 그 소문에 종지부를 찍을 수 있을 텐데. 반드시 그리되길 바라겠소. 그들을 잡아들이고 공정한 심판을 받게 하는 것은 시간문제일 테니."

딕스트라는 차분한 어조로 말했다.

"유스티티아 푼다멘툼 레그노룸*."

---

* 유스티티아 푼다멘툼 레그노룸(Justitia fundamentum regnorum): 라틴어로 '정의는 나라의 근본이다'라는 의미.

쉴라드 피츠-오스터렌이 심각한 표정으로 말을 이었다.

"또한 크리멘 호리빌리스 논 포테스트 논 에세 푸니빌레*. 저희 황제 폐하께서도 그렇게 되기를 염원하고 계시다는 말을 덧붙이겠습니다."

"그렇게 되는 것은 황제 폐하의 능력 안에 있는 일이오만."

딕스트라는 팔짱을 끼고서 무심하게 툭 던지듯 답했다.

"역모를 일으킨 자들 중 하나인 마법사 프란체스카 핀다베어, 그러니까 에니드 안 그레나는 황제의 자비로 돌 블라타나에서 엘프 왕국 놀이를 하고 있다고 하던데."

"저희 황제 폐하께서는 국경을 접하고 있는 주변의 모든 인접 국가들이 독립 국가로 인정한 돌 블라타나의 일에 간섭하실 수 없습니다."

대사는 뻣뻣이 고개를 숙였다.

"하지만 르다니아는 아니잖소. 르다니아에게 돌 블라타나는 여전히 에이단 왕국의 일부요. 엘프들과 케드웬이 함께 에이단을 산산조각 내었더라도, 리리아에 돌 한 조각 남지 않았더라도, 이 나라들을 지도에서 지워버린 건 너무 빨랐소. 너무 빨랐단 말이지, 대사. 하지만 지금은 이런 얘기를 할 때도, 장소도 아니오. 프란체스카 핀다베어더러 일단 왕국 놀이를 계속하라고 전해주시오. 정의를 위해서 다시 한 번 때가 올 테니. 비지미르 왕을 노린 다른 반란군들과 정변의 주모자들은 어떻게 된 거요? 로게빈의 빌게포츠와 벤거버그의 예니퍼는 어떻게 되었소? 정변이 실패한 후 둘 다 닐프가드로 달아났다는 믿을 만한 정보가 있는데."

---

* 크리멘 호리빌리스 논 포테스트 논 에세 푸니빌레(Crimen horribilies non potest non esse punibile): 라틴어로 '중범죄는 벌을 받지 않고는 넘어갈 수 없다'라는 의미.

"확실하게 말씀드리지만, 그렇지 않습니다. 만약 그렇다 하더라도 그들이 처벌을 받지 않고 넘어가지는 못할 겁니다."

대사가 고개를 들고 대답했다.

"당신들 탓을 하는 것이 아니오. 그래서 하는 말인데, 당신들에게는 그들을 처벌할 권한이 없는 듯하오만. 정의를 갈구하는 마음, '푼다멘툼 레그노룸'으로 에미르 황제가 그 범죄자들을 우리에게 인도하겠지."

"각하의 요구에 대한 정당성을 부정하기는 힘듭니다."

쉴라드 피츠-오스터렌이 난처한 듯 억지웃음을 지으며 말을 이었다.

"첫째로, 그들은 저희 제국 내에 없습니다. 둘째로, 만약 저희 제국으로 도망쳤다 해도 저희에게는 거추장스러운 장애물일 뿐입니다. 범죄자 인도는 재판에 따를 것이고 이런 경우에는 황궁법원이 명하게 됩니다. 다시 한 번 생각해보신다면 각하, 르다니아가 외교 관계를 단절하게 되면 비우호적인 행위로 여겨져 저희 제국으로 피신처를 찾아 숨어든 이들을 황궁 법원이 비우호적인 국가에게 인도하는 건 어렵게 됩니다. 전무후무한 일이 되겠지요. 아마도……."

"아마도 뭐요?"

"전례가 생긴다면 모를까……."

"무슨 소리요?"

"만약 르다니아 왕국에서 저희 황제께 이곳에 잡혀 있는 범죄자 한 명을 내어주신다면, 황제와 고문관들도 르다니아 왕국의 선의에 보답하기 위한 방법을 찾으려 애쓸 것입니다."

딕스트라는 졸고 있거나 깊은 생각에 빠진 것처럼 보이기 위해 한동안 아무 말도 하지 않았다.

"누구를 말하는 것이오?"

"죄인의 이름은……."

대사는 기억을 짜내려는 듯 애쓰는 척하더니 마침내 염색한 염소 가죽으로 만든 서류철에서 서류 한 장을 꺼내었다.

"죄송합니다. 메모리아 프라질리스 에스트* …… 여기 있군요. 카히르 모르 디플린 엡 셀락이라는 자입니다. 중죄를 저지른 범죄자이지요. 살인, 탈영, 부녀자 강간, 폭력, 절도와 문서 위조 등 여러 죄목으로 쫓기고 있습니다. 황제를 피해 외국으로 달아났지요."

"르다니아로? 멀리도 왔군."

"각하, 각하의 영역을 꼭 르다니아에만 한정 지으실 것은 없지 않습니까. 이 범죄자가 연맹 어느 국가에서 잡혀도 각하께서는 수많은 지인들을 통해 그 사실을 알게 되실 테고요."

쉴라드 피츠-오스터렌이 슬쩍 웃으며 덧붙였다.

"그자의 이름이 뭐라고 했소?"

"카히르 모르 디플린 엡 셀락입니다."

딕스트라는 기억을 더듬는 척 오랫동안 말을 하지 않다가 드디어 입을 열었다.

"아니, 모르겠군. 그런 이름을 가진 자가 체포된 적은 없소."

"정말입니까?"

"유감스럽게도 나의 메모리아는 이런 일에 프라질리스하지 않소, 대사."

"저 역시 유감이군요. 그럼 이런 조건으로는 상호 범죄인 인도가 불가능

---

* 메모리아 프라질리스 에스트(Memoria fragilis est): 라틴어로 '기억은 희미한 것이다'라는 의미.

하겠군요. 더 이상 성가시게 하지 않겠습니다. 만수무강하시길."

쉴라드 피츠-오스터렌이 차갑게 대답했다.

"나 역시. 안녕히 가시오, 대사."

대사는 격식을 갖추고서 몇 번의 복잡한 인사치레를 하고는 접견실을 나갔다.

"빌어먹을, 셈피테르눔 메암*, 맙소사. 오리! 들어와!"

딕스트라는 팔짱을 끼고 중얼거리다 버럭 소리를 질렀다.

오리는 오랫동안 헛기침과 훌쩍거림을 참느라 얼굴이 벌게진 채로 커튼 뒤에서 나타났다.

"필리파는 아직도 몬테칼보에 있나?"

"예, 흠흠. 록스 안틸레, 트리스 메리골드, 키이라 메츠와 함께 있습니다."

"내일이나 모레 전쟁이 날 수도 있고 야루가의 국경이 불타버릴 수도 있는데, 이들은 지금 성채 구석에서 노닥거리고 있다니! 펜을 들어 당장 써. 사랑하는 필…… 젠장!"

"'친애하는 필리파'라고 썼습니다."

"잘했어. 자, 혹시 당신이 타네드에서 비밀스럽게 사라진, 투구에 깃털을 꽂은 놈 이름이 카히르 모르 디플린이고 에미르 황제의 비서관인 셀락의 아들이라는 사실에 혹시 관심이 있을까 싶어 이렇게 몇 자 적소. 그 이상한 놈을 쫓고 있는 건 우리뿐 아니라 바티에 드 리도의 첩자들과 그 개자식……."

"필리파 님은, 흠흠, 그런 단어를 좋아하지 않으십니다. '비열한 자'라고 썼습니다."

---

* 셈피테르눔 메암(Sempiternum meam): 라틴어로 '영원히'라는 의미.

"마음대로 해. 그 비열한 스테판 스켈렌 밑에서 일하는 놈들도 놈을 쫓고 있소. 친애하는 필리파, 나와 마찬가지로 당신 역시 황제의 직속 정보원들은 황제가 껍질을 벗겨버리고 싶어 하는 첩자와 특사들만 쫓는다는 걸 알고 있을 거요. 명령을 수행하거나 죽었어야 하는 놈들이 배신을 하고 명령도 수행하지 않은 그런 경우 말이오. 그러나 이번 경우는 상당히 이상한 게, 우리는 그 카히르라는 놈에게 내려진 명령이 시릴라를 잡아 제국으로 데려오는 것이었으리라 생각했기 때문이오. 문단 나누고, 이 사건에 대해 내가 갖게 된 의혹이 놀랍기는 하지만 가능성이 전혀 없다고는 할 수 없는 일이기에 당신과 직접 마주 보고 이야기를 나누고 싶소. 깊은 존경을 담아 어쩌고 저쩌고……."

밀바는 마치 화살의 궤적처럼 똑바로 남쪽을 향해 달렸다. 처음엔 리본강의 강둑을 따라 타버린 숲을 지나서, 강을 건너고 축축한 협곡을 지나, 부드러운 연둣빛 카펫처럼 깔린 솔이끼 숲을 지나 달렸다. 이 지형에 대해 잘 모르는 게롤트라면 인간들의 거주지가 있는 강둑을 길로 택하지 않았으리라 생각했다. 브로킬론 방향으로 치우친 채 돌출되어 흐르고 있는 강을 가로지르면서 밀바는 키안 트레즈 폭포 근처에서 게롤트를 따라잡으리라 확신했다. 서둘러서 쉼 없이 달려가면 게롤트를 앞설 수도 있을 터였다.

푸른머리되새들이 우는 것으로 보아 비가 오려는 게 틀림없었다. 남쪽하늘이 눈에 띌 만큼 구름이 끼기 시작했다. 공기는 빡빡하고 무거워졌으며 모기와 등에들이 이상할 정도로 끈질기게 달라붙었다.

푸른 헤이즐넛 나무와 아직 열매가 맺히지 않은 갈매나무 가지들로 무성한 습기 많은 풀밭에 다다랐을 때, 밀바는 누군가의 기척을 느꼈다. 소리는 들리지 않았다. 그저 느낌이었다. 그렇다면, 엘프였다.

밀바는 풀숲에 숨어 있을 궁수들이 자신을 정확하게 볼 수 있도록 말을 멈춰 세웠다. 성미 급한 엘프들이 아니길 바라며 숨도 멈췄다.

말 엉덩이에 걸쳐진 산양 위로 파리가 윙윙거렸다.

스치는 소리. 조용한 휘파람 소리. 밀바도 휘파람으로 답했다. 스코이아텔들이 유령처럼 수풀 사이에서 모습을 드러내자 밀바는 겨우 편하게 숨을 쉴 수 있었다. 아는 이들이었다. 코인네아흐 데 레오의 부대원들이었다.

"하엘, 케'스바?"

밀바가 말에서 내리며 말했다.

"네'스. 카엠."

이름을 기억할 수 없는 엘프가 건조하게 대답했다.

멀지 않은 풀밭에 다른 이들이 주둔하고 있었다. 최소 서른 명, 코인네아흐 부대보다 더 많은 숫자였다. 밀바는 의아했다. 최근 들어 다람쥐 부대원들의 숫자가 줄어드는 일은 있어도 늘어나는 일은 없었던 것이다. 최근에 만난 부대들은 피투성이가 된 채로 열에 시달리며 너덜너덜한 발싸개를 걸치고 있었는데, 이 부대는 달랐다.

"세아드, 코인네아흐."

밀바는 자신에게 다가오는 대장에게 인사를 건넸다.

"세아드밀, 소르'카."

소르'카. 자매라는 뜻으로, 밀바와 가깝게 지내는 이들은 존경과 애정을 표현하고 싶을 때 이렇게 불렀다. 사실 이들은 밀바보다 엄청나게 나이가 많았지만. 처음에 밀바는 엘프들에게 단지 도'이네, 즉 인간이었을 뿐이었다. 정기적으로 엘프들을 돕기 시작하자 엘프들은 밀바를 아엔 보에드베안

나, '숲의 처녀'라고 불렀다. 시간이 좀 더 지나 밀바를 잘 알게 되자 드라이어드처럼 밀바, '연'이라고 불렀다. 밀바가 가장 친한 이들에게만 알려주는 진짜 이름 마리아는 엘프들에게 잘 맞지 않았다. 얼굴을 살짝 찡그리며 '메아리야'라고 발음했고, 뭔가 그 발음이 좋지 않은 것을 연상시키는 것처럼 중얼거릴 뿐이었다. 그러다 지금은 소르'카로 불리고 있었다.

"어디로 가는 거야?"

밀바가 주의 깊게 살펴보았지만 아픈 이도 부상당한 이도 보이지 않았다.

"일곱 마일로 가나? 브로킬론으로?"

"아니."

밀바는 더 이상 묻지 않았다. 더 이상 질문을 하기에는 엘프들을 너무 잘 알고 있었다. 딱딱하게 굳은 얼굴들, 과장된 듯 보이는 평정, 잘 정리된 무기들. 바닥이 보이지 않을 정도로 깊은 두 눈을 한 번만 제대로 들여다보아도 알 수 있었다. 이들은 전투를 앞두고 있었다.

오후부터 하늘이 캄캄해지면서 구름이 몰려왔다.

"넌 어디로 가, 소르'카?"

코인네아흐가 묻더니 말에 걸쳐진 산양을 흘끗 보고는 가볍게 웃었다.

"남쪽으로, 드라이쇼트 쪽으로."

밀바가 차분한 목소리로 코인네아흐의 오해를 바로잡자 엘프의 얼굴에서 웃음이 가셨다.

"인간들 거주지가 있는 강변으로?"

"키안 트레즈까지는 그렇게 가야 해. 폭포가 나오면 거기선 브로킬론 방향으로 갈 생각이고."

밀바는 어깨를 으쓱이며 대꾸하다가 말의 투레질 소리를 듣고 돌아섰다.

새로운 스코이아텔 무리가 안 그래도 꽤나 큰 이 부대에 합류하고 있었다. 새로 온 엘프들은 밀바가 더 잘 아는 이들이었다.

"치아란! 토루비엘! 여기서 뭐 하는 거야? 브로킬론으로 겨우 데려다놨더니, 또다시…….”

밀바는 놀라움을 감추지 않고 외쳤다.

"에스'크레아사, 소르'카."

치아란 엡 데아르브가 심각하게 말했다. 그의 머리를 감싼 붕대에는 피가 배어 나와 있었다.

"우린 가야 해.”

그 뒤를 이어 토루비엘이 부목에 고정한 어깨를 다치지 않으려고 조심히 앉으며 말했다.

"전갈이 왔어. 활 하나하나가 급할 때 브로킬론에 앉아 있을 수는 없어.”

"내가 그걸 알았더라면 너희를 구하려고 그 난리를 치진 않았을 거야. 목숨까지 내놓고 데려오지는 않았을 거라고.”

밀바가 입술을 깨물었다.

"소식이 어젯밤에 왔어. 우리도 어쩔 수 없었어. 이런 상황에서 동지들을 모르는 척할 수 없어. 그럴 수는 없는 거잖아, 이해해줘, 소르'카.”

토루비엘이 작은 목소리로 설명했다.

하늘이 점점 더 컴컴해졌고 멀리서 천둥소리가 들려왔다.

"남쪽으로 가지 마, 소르'카. 폭풍우가 오고 있다.”

코인네아흐가 말했다.

"폭풍우 따위가 뭐라고…….”

밀바는 코인네아흐를 빤히 쳐다보다 말고 갑자기 말을 멈추었다.

"하! 그러니까 그런 소식이 온 거로군? 닐프가드, 맞지? 야루가 강을 넘어 소든으로 침입하고, 브뤼헤를 친다는 건가? 그래서 지금 움직이는 거야?"

대답이 없었다.

"그래, 돌 앙그라에서처럼."

코인네아흐의 대답에 밀바는 엘프의 검은 눈을 바라보았다.

"또 닐프가드의 황제가 너희를 이용하는군. 인간들의 꽁무니를 쫓으며 불과 칼로 혼란스럽게 하고 나면, 황제는 또다시 왕들과 평화조약을 맺고 너희들을 처리할 거야. 너희들이 지른 불에 너희 스스로가 타버릴 거라고."

"불은 정화한다. 그리고 단련시키지. 불을 통할 수밖에 없어. 아에니엘' 하엘, 엘'레아, 소르'카? 당신네 말로는 불의 세례라고 하던가."

"난 다른 불이 더 좋아."

밀바는 산양을 툭 쳐서 엘프들의 발아래에 놓았다.

"그릴 밑에서 탁탁 소리를 내며 지글지글 타는 불. 이걸 가져가. 행군하다 굶어 죽지 말고. 난 이제 필요 없으니까."

"남쪽으로 안 가는 거야?"

"갈 거야."

남쪽으로 가야 해. 밀바는 생각했다. 되도록 빨리. 그 바보 같은 위쳐를 따라잡아 경고해야 한다. 어떤 말썽에 지금 휘말리고 있는 것인지.

"가지 마, 소르'카."

"날 내버려둬, 코인네아흐."

"남쪽에서 폭풍우가 오고 있어. 거대한 폭풍우. 그리고 엄청난 불도. 자매여, 브로킬론에 몸을 숨기고 있어라. 남쪽으로 가지 마. 우리에겐 이미 할 만큼 다 해줬어. 네가 더 해줄 수 있는 것도 없어. 그럴 필요도 없고. 우리는 어쩔 수 없어. 에스'테드, 에세 크레아사! 우린 이제 가야만 해. 잘 있어."

공기는 무겁고 빡빡했다.

텔레프로젝션 주문은 복잡해서 다 함께, 손과 머리를 맞대어 행해야만 했다. 그럼에도 엄청나게 힘이 들었다. 왜냐하면 거리 자체가 멀었기 때문이었다. 필리파 에일하트의 꼭 감은 눈꺼풀이 떨리고 트리스 메리골드는 한숨을 쉬었으며 키이라 메츠의 높은 이마에는 땀방울이 맺혔다. 마르가리타 록스 안틸레의 얼굴에만 피곤한 기색이 없었다.

침침했던 방이 갑자기 환해지더니 진한 색의 나무판으로 감싼 벽 위에 번쩍거리는 빛들이 모자이크처럼 춤을 추었다. 원탁 위에는 이글거리며 우웃빛으로 빛나는 둥그런 구가 떠 있었다. 필리파가 주문의 마지막 부분을 외우자 구는 반대편 방향, 식탁 앞에 놓인 열두 개의 의자 중 하나에 떨어졌다. 구 안에 희미한 형체가 나타났다. 형상은 흔들리고 있었다. 프로젝션이 안정적이지 않은 것이었다. 그러나 차차 또렷해졌다.

"젠장, 닐프가드에서는 글래머러나 무슨 아름다워지는 마법 같은 걸 모르나?"

키이라가 이마를 닦으며 말했다.

"모르는 게 확실해. 패션에 대해서는 단 한 번도 들어본 적이 없을 거라고."

트리스가 입술을 일그러뜨리며 말했다.

"화장이라는 게 뭔지도 모를 거야. 하지만 이제는 조용! 그 여자를 너무 쳐다보지 말고. 프로젝션을 안정화시키고 손님에게 인사를 해야 해. 날 좀 증폭시켜줘, 마르가리타."

필리파가 낮은 목소리로 말했다.

마르가리타는 주문을 되풀이하며 필리파의 손짓을 따라 했다. 형상은 몇 번 흔들리더니 안개 같은 희미함과 부자연스러운 번쩍임이 없어지면서 윤곽선과 색이 뚜렷해졌다. 여자 마법사들은 식탁 저편의 형상을 더 자세히 볼 수 있게 되었다. 트리스는 입술을 깨물고서 잘 안다는 표정으로 키이라에게 눈을 찡긋해 보였다.

프로젝션에 나타난 여자는 창백한 안색에 피부가 좋지 않고, 무표정한 눈과 잿빛이 도는 입술에 매부리코를 하고 있었다. 괴상망측한 뿔 모양의, 약간 구겨진 모자까지 쓰고 있었다. 각이 잡혀 있지 않은 챙 아래로 그다지 깨끗해 보이지 않는 머리카락이 늘어져 있었다. 어깨에 은빛 실로 꿰맨 자국이 툭 튀어나온 헐렁하고 볼품없는 망토 덕분에 매력 없는 외모와 무신경한 모습이 더 두드러졌다. 자수는 별들 사이의 반달을 표현하고 있었는데, 이 닐프가드의 여자 마법사가 내보인 단 하나의 치장이었다.

필리파는 보석 장신구와 레이스, 깊이 파진 가슴을 너무 드러내지 않으려 애쓰며 자리에서 일어났다.

"존경하는 아시르 님, 몬테칼보에 오신 것을 환영합니다. 우리의 초대를 받아주셔서 저희는 매우 기쁩니다."

필리파가 말했다.

"궁금해서 받아들인 거예요."

예상치 못한 상냥하고 듣기 좋은 목소리로 닐프가드의 여자 마법사가 대답하며 무의식적으로 모자를 고쳐 썼다. 손은 앙상하고 노란 얼룩이 져 있었으며, 삐뚤빼뚤한 손톱은 물어뜯어서 그렇게 된 듯했다.

"그냥 궁금해서요. 이 호기심의 결과가 저에게는 치명적인 게 될 수도 있겠죠. 그럼 설명을 해주시죠."

아시르가 다시 말했다.

"지체 없이 설명으로 넘어가도록 하죠."

필리파가 다른 여자 마법사들에게 신호를 보내며 고개를 끄덕이고는 말을 이었다.

"그 전에 먼저 프로젝션으로 이 모임의 다른 일원들을 불러내 서로 인사부터 하는 게 좋을 듯하군요. 잠시만 기다려주세요."

여자 마법사들이 다시 한 번 손을 마주 대고 주문을 외웠고, 방 안의 공기는 마치 팽팽히 당긴 철사처럼 떨리기 시작했다. 천장의 격자무늬 장식에서 빛나는 안개가 식탁 위로 쏟아져 내리자 어른어른한 그림자들이 방을 채웠다. 세 개의 빈 의자 위로 맥박이 뛰는 것처럼 움직이는 구들이 자라나고 그 구 안으로는 형상들의 윤곽선이 생성되고 있었다. 처음 나타난 것은 터키색의, 대담하게 가슴이 파인 드레스를 입은 사브리나 글레비식이었다. 드레스에는 높은 푸른색 칼라가 달려 있었는데, 다이아몬드 머리띠 아래로 떨어지도록 연출한 사브리나의 아름다운 머리카락의 멋진 배경처럼 보였다. 프로젝션의 희미한 불빛 속, 사브리나 옆에서 등장한 것은 쉴라 드 탄자빌이었다. 그녀는 진주가 박힌 검정 벨벳 드레스를 입고 은여우 털목도리를 두르고 있었다. 닐프가드의 여자 마법사 아시르는 긴장한 듯 얇은 입술을 핥았다. 하지만 진짜는 프란체스카지, 하고 트리스가 생각했다. 당신 같은 검은 쥐가 프란체스카를 본다면 눈이 튀어나올걸.

프란체스카 핀다베어는 실망시키지 않았다. 황소의 피 같은 붉은색의 호화로운 드레스, 당당한 헤어스타일, 루비 목걸이, 진한 엘프식 화장법으로 강조한 사슴 같은 눈.

필리파가 입을 열었다.

"모두들 이 몬테칼보의 성에 잘 오셨습니다. 이곳으로 여러분을 모시게 된 건 상당히 중요한 의미가 있는 일들을 이야기하고자 함입니다. 우리가 텔레프로젝션을 통해 만나게 된 것이 유감이군요. 그러나 직접 만나는 것은 시간상으로도, 거리상으로도, 우리가 처한 현 상황 때문에도 힘든 게 사실입니다. 저는 이 성의 주인 필리파 에일하트입니다. 이 모임의 주최자이며 성주로서 제가 소개를 맡겠습니다. 제 오른쪽에 있는 분은 마르가리타 록스 안틸레, 아레투자의 마법 학교 교장입니다. 제 왼쪽에 있는 분은 마리보의 트리스 메리골드와 카레라스의 키이라 메츠, 그 옆으로는 아드 카라흐의 사브리나 글레비식, 코비어 크레이든의 쉴라 드 탄자빌입니다. 에니드 안 그레나라는 이름으로도 알려진 프란체스카 핀다베어는 현재 꽃의 계곡을 다스리고 있습니다. 그리고 드디어, 닐프가드 제국의 비코바로에서 온 아시르 바 아나히드입니다. 그리고……."

"그리고 난 여기서 나가겠어!"

사브리나가 반지 낀 손으로 프란체스카를 가리키며 고함을 질렀다.

"필리파! 너무 나간 거 아니야? 난 이 자리에 저 망할 엘프년과 함께 앉아 있고 싶지 않아! 프로젝션이라고 해도! 가스탕의 벽과 바닥에 묻은 피가 아직 지워지지도 않았는데! 그 피를 흘리게 한 자가 바로 저 여자라고! 저 여자와 빌게포츠가!"

"예의를 지킬 것을 당부드립니다."

필리파가 양손으로 식탁을 움켜잡았다.

"그리고 냉정을 찾을 것도요. 내 말을 일단 끝까지 들어보세요. 그 외에 부탁드리는 것은 없어요. 제 말이 끝난 후에 이곳에 남을 것인지, 떠날 것인지 결정하시면 됩니다. 프로젝션은 자유의지로 된 것이니 언제라도 중단시

키면 됩니다. 다만 이 자리를 떠나실 분들에게는 이 모임을 비밀로 지켜달라는 부탁 하나를 더 드리겠습니다."

"그럴 줄 알았어!"

사브리나가 갑자기 움직이는 바람에 잠시 프로젝션 밖으로 밀려났다.

그때 쉴라 드 탄자빌이 목소리를 높였다.

"비밀 회합이라고! 몰래 꾸민 짓이야! 한마디로 음모라고! 이 음모가 누굴 향하고 있는지는 확실해. 필리파, 지금 우리를 조롱하는 거야? 우리 왕들에게, 당신이 이곳에 초대하지 않은 동료들에게 이 모임을 비밀로 하라고? 그리고 저기 앉아 있는 핀다베어는 에미르 황제 덕분에 돌 블라타나를 다스리고 있고, 병력까지 동원해 닐프가드를 지원하는 엘프들의 여왕이라고. 그것도 모자라서 이 자리에 닐프가드의 마법사까지 와 있다니. 도대체 언제부터 닐프가드의 마법사들이 자기 황제의 권력에 맹목적으로 복종하고 노예처럼 봉사하는 걸 그만둔 거지? 일단은 이 쇼를 계속할지, 아니면 막을 내릴지 결정하자고. 요청한 비밀 유지 조건은 우리 모두에게 해당되는 거야. 그렇게 하지 않는다면 나, 쉴라 드 탄자빌이 이를 지키지 않는 이들에 대해 개인적으로 그 결과를 묻겠어."

여자 마법사들은 아무도 움직이지 않았고, 입을 열지도 않았다. 트리스는 쉴라의 협박에 대해 조금도 의심하지 않았다. 코비어의 은둔자 쉴라는 협박의 귀재였다.

"필리파, 이제 당신이 말을 해요. 존경하는 여러분, 필리파의 이야기가 끝날 때까지 제발 좀 조용히 하시고."

필리파는 드레스를 사각거리며 일어나 결연한 얼굴로 입을 뗐다.

"존경하는 자매님들, 상황이 심각합니다. 마법이 위협받고 있어요. 다시 떠올리기도 괴로운 타네드에서의 비극적인 사건으로 몇백 년 동안 표면상 갈등 없이 지켜온 협력이 눈 깜짝할 사이에 허사가 되고, 사적인 감정과 불거진 야심이 명백히 드러났습니다. 지금 우리는 분열과 혼란, 서로를 향한 적대심과 불신에 싸여 있어요. 지금 일어나는 일들은 제어할 수가 없습니다. 다시 상황을 통제하려면, 파국으로 가는 것을 막으려면 이미 풍랑에 휩싸인 이 배의 키를 단단히 잡는 수밖에 없어요. 나와 록스 안틸레, 메리골드와 메츠는 이미 이 문제에 대해 이야기를 나누고 합의에 이르렀어요. 타네드에서 없어진 대위원회를 재편하는 것으로는 충분치 않습니다. 구성을 위한 인적 자원도 부족하고, 이전에 안고 있던 문제를 그대로 품은 채 출발하게 될 거예요. 마법을 위해서만 존재하는, 이전과는 전혀 다른 비밀스러운 조직이 필요합니다. 파국으로 가는 것을 막기 위해 어떤 일이든 할 수 있는 조직 말입니다. 만약 마법이 사라진다면, 이 세상도 사라지는 거예요. 맞아요, 마법과 마법으로 인한 발전이 없는 세상은 몇 세기 전처럼 혼란과 어둠에 휩싸인 채로 피와 야만에 물들 겁니다. 우리의 시도에 동참해주시길, 이 비밀 조직의 책무에 적극적으로 참여해주시길 여기 모인 여러분 모두에게 부탁드립니다. 우리는 이 문제에 대해 모두의 의견을 듣고자 여러분을 이 자리에 청한 겁니다. 여기까지입니다."

"감사합니다."

쉴라 드 탄자빌이 고개를 끄덕이고는 말을 이었다.

"허락한다면 제가 먼저 시작하겠습니다. 친애하는 필리파, 첫 번째 질문은 다음과 같습니다. 왜 저죠? 왜 저를 이곳에 부른 거죠? 저는 이미 여러 차례 마법사 대위원회 추대를 고사했고, 위원회에서도 사임했습니다만. 첫째로 저는 연구 활동 때문에 시간이 없습니다. 둘째로 코비어, 포비스, 헹스

포스 등을 물색해보면 이런 영광스러운 자리에 저보다 더 적합한 인물이 있을 거예요. 왜 이 자리에 카르두인이 아닌 저를 부른 거죠? 에드 긴발의 이스트레다나 툭두알라나 장게니사가 아니고?"

"그들은 남자니까요."

필리파가 단호한 목소리로 대답하고는 덧붙였다.

"제가 말씀드린 이 회합은 여자로만 구성되어야 합니다. 아시르 님, 질문하시죠."

"질문을 취소합니다. 탄카빌 님의 질문 속에 제가 질문하고자 했던 내용이 포함되었더군요. 대답은 이미 들었습니다."

닐프가드의 마법사가 웃어 보였다.

"여성 우월주의로군."

사브리나가 비꼬며 말을 이었다.

"당신 입에서 그런 소리가 나오다니, 필리파. 특히나 당신의 성적인 기호가 바뀌고 나서…… 난 남자들에 대해 아무 유감이 없어. 아니, 오히려 난 남자가 너무 좋고 남자 없이 사는 건 상상도 못하겠어. 하지만 다시 생각해보면…… 아이디어 자체는 좋군. 남자들은 정신적으로 불안하고, 감정에 쉽게 휘둘리는 존재들이라 위기 상황에서는 도저히 의지할 수가 없으니까."

"사실이야."

마르가리타도 인정했다.

"아레투자 마법 학교 여자 생도들과 반 아르드의 남자 생도들의 성적을 비교했을 때, 여학생 쪽이 언제나 점수가 높아. 마법은 참을성, 지성, 균형 감각, 인내심뿐만 아니라 패배와 실패를 차분하고 겸손하게 받아들이는 태도도 중요하지. 남자들은 언제나 불가능한 것, 잡을 수 없는 것을 원해. 가능한 것은 그들의 눈에 보이지 않아."

"알았어, 알았다고!"

마르가리타의 말에 쉴라가 웃음을 참지 못하고 외쳤다.

"학술적으로 성별 우월주의를 설명하는 것만큼 최악인 건 없어, 마르가리타, 창피한 줄 알아야지. 당신은…… 물론 나 역시 이 회합, 아니 지도부가 여성으로만 이루어져야 마땅하다고 생각해. 이것이 마법의 미래에 대한 일이라면, 남자들에게 그 운명을 맡기기엔 너무 중차대한 문제니까."

프란체스카 핀다베어가 노래하는 듯한 목소리로 끼어들었다.

"만약, 제가 이 자연스러우면서도 당연한, 여성들만으로 우리 모임을 구성하는 문제에서 조금 벗어나 우리 회합의 목적에 대해 얘기해도 된다면, 저는 아직 그 목적이 무엇인지 잘 모르겠군요. 우리가 우연히 만난 것도 아니고, 이 시점은 여러 생각을 불러일으키죠. 전쟁이 지속되고 있어요. 닐프가드는 북쪽 나라들을 막다른 곳까지 몰아붙였어요. 혹시 지금 이곳에서 이야기되는 여러 슬로건 아래, 사실은 이 상황을 반전시키고 싶은 의도가 있는 건 아닌가요? 닐프가드를 공격해 막다른 곳으로 몰아붙이는 것? 그런 후에 용감한 우리 엘프들의 가죽을 벗기려 들겠죠? 만약 그런 의도라면 친애하는 필리파, 우리는 합의에 도달할 수 없어요."

"혹시 그런 이유로 제가 여기 초대된 건가요?"

아시르 바 아나히드가 천천히 입을 열었다.

"정치는 잘 모르지만, 황제의 군대가 당신네들의 군대를 격퇴하고 있다는 것 정도는 알고 있어요. 프란체스카 님과 중립국에서 오신 쉴라 님을 제외하고 모든 분들이 닐프가드와 전쟁 중이거나 적대적인 나라들에서 오셨군요. 이 마법적인 연대를 제가 어떻게 이해해야 할까요? 조국을 배신하라는 부추김인가요? 죄송하지만, 전 그렇게는 못해요."

말을 마친 아시르는 몸을 숙여 프로젝션에는 보이지 않는 무언가를 만졌다. 트리스는 야옹거리는 소리를 들은 것만 같았다.

"맙소사, 고양이도 길러. 분명 검정색일걸, 내기를 해도 좋아."

키이라가 속삭였다.

"조용히……!"

필리파가 잔뜩 인상을 쓴 채 키이라에게 주의를 주고는 말을 이었다.

"친애하는 프란체스카, 존경하는 아시르. 우리의 의도는 완전히 비정치적인 것입니다. 그게 기본이에요. 우리는 종족이나 나라, 왕이나 황제의 이익을 위해 행동하지 않을 겁니다. 아직 마법과 마법의 미래를 위해서만 행동할 거예요."

그러자 사브리나가 비아냥거리며 웃었다.

"마법을 위해서라…… 여자 마법사들을 위해서가 아니고? 우린 닐프가드에서 마법사들이 어떤 대접을 받는지 알잖아. 우리가 여기 앉아서 비정치적이니 뭐니 얘기를 하는 동안 닐프가드가 전쟁에서 승리해 우리 모두 황제의 지배하에 놓이게 된다면, 우린 다 저 여자 꼴……."

트리스는 불안한 듯 몸을 움직이고 필리파는 낮게 한숨을 쉬었다. 키이라는 고개를 떨구고 쉴라는 은여우 털목도리를 고쳐 매는 척했다. 프란체스카는 입술을 깨물었고, 아시르는 표정엔 변함이 없었지만 얼굴이 조금 붉어졌다.

분위기가 심상치 않음을 깨달은 사브리나가 서둘러 덧붙였다.

"우리 모두 그다지 좋은 처지가 되긴 어려울 거라는 말을 하고 싶었어. 필리파와 트리스와 나, 우리 모두는 소든의 언덕에 있었잖아. 에미르는 그때의 전투에 대해서도, 타네드에 대해서도, 우리가 지금까지 벌인 모든 활동에 대해서도 복수할 거야. 조금 전 내가 한 말은 이 모임이 비정치적임을 선언하는 것에 대해 내가 비판하는 수많은 이유 중 하나에 불과해. 한 가지 물을게. 이 모임에 참여하는 것이 우리의 왕들을 위해서 정치적으로 도와주는 것을 바로 그만둬야 한다는 걸 뜻하는 거야? 아니면 왕들을 계속 섬기면서 실제로는 두 주인, 그러니까 권력과 마법, 이 둘 모두에게 봉사해야 한다는 것을 뜻하는 거야?"

사브리나의 물음에 프란체스카가 조용히 말했다.

"누군가가 자신을 비정치적이라고 말하면 난 언제나 묻죠. 도대체 어떤 정치를 말하는 것인지."

"확실히 말해두는데, 지금 말하는 그 정치는 아니에요."

아시르가 필리파를 바라보며 말했다. 그러자 마르가리타가 고개를 쳐들었다.

"난 비정치적이야. 나의 학교 역시 그렇고. 세상에 존재하는 어떤 종류, 어떤 형태의 정치를 말해도 마찬가지야!"

아까부터 말이 없던 쉴라가 입을 열었다.

"여러분은 지금 여성들만 있는 자리에 있다는 것을 명심하세요. 그러니 맛있는 것이 놓인 접시를 식탁에서 팔꿈치로 치며 가로채려는 여자아이들처럼 굴지 마시고요. 필리파가 제안한 원칙은 명확합니다. 적어도 나에게는 그래요. 여기 모인 여러분이 저보다 이해력이 떨어진다고 생각지도 않고요. 이 방에서 나가면 원하는 대로, 원하는 분을 위해, 자신이 원하는 만큼 충성스럽게 일하면 되는 것이죠. 그러나 이 회합 아래 모일 때만큼은 우리는 언제나 마법과 마법의 미래를 위해서만 일하는 겁니다."

"그것이 바로 제가 생각한 바입니다."

필리파가 확실하게 결론을 짓고는 말을 이었다.

"문제도 많고, 의혹을 제기할 만하고, 명확하지 않은 부분도 많다는 걸 인정합니다. 다음 만남에서는 그 문제들을 이야기하기로 해요. 그리고 다음 만남은 프로젝션이나 일루전이 아닌 직접 참석하는 것으로. 다음 만남에 오시는 건 이 회합과 꼭 함께하겠다는 선언이 아니라, 일단은 긍정적인 감정을 가지고 있다는 것으로 알겠습니다. 이 회합의 체계적인 구성과 구체적인 목표 등 모든 것을 함께 의논해서 추진할 겁니다. 우리 모두 같이요. 똑같은 권리를 가지고."

"우리 모두가? 여기 빈자리들이 보이는데, 일부러 저렇게 놔둔 건 아닐 텐데요."

쉴라가 되물었다.

"회합에는 열두 명의 여자 마법사가 있어야 합니다. 저 빈자리 중 한 자리는 다음번 회합에서 아시르 님이 추천하시는 분으로 채웠으면 합니다. 닐프가드 제국에도 아직 한 명쯤은 존경받을 만한 마법사가 있을 테니까요. 두 번째 자리는 프란체스카 님이 순혈 엘프인 여자 마법사를 추천하길 원해요, 혼자서 외톨이가 되지 않게. 세 번째는……."

"두 자리는 안 될까요? 두 명의 후보자가 있는데."

프란체스카가 고개를 들고 물었다.

"이 부탁에 반대하시는 분 있나요? 만약 없다면, 저는 찬성해요. 오늘은 8월 5일, 상현달이 뜨고 다섯 번째 날이군요. 보름달이 뜨고 두 번째 날에, 그러니까 열나흘째 되는 날 다시 만나기로 합시다, 자매님들."

"잠시만."

쉴라가 말을 끊었다.

"그래도 여전히 한 자리가 비어 있는데. 열두 번째 마법사는 누군가요?"

"그게 바로 우리 위원회가 처음 결정해야 할 문제예요."

필리파는 비밀스럽게 웃음을 짓고는 덧붙였다.

"2주 후 여러분께 누가 저 자리에 앉아야 하는지 말씀드리겠습니다. 그런 후에 우리가 함께, 그 인물을 어떻게 저 자리에 앉힐지에 대해 고민하기로 해요. 제가 그 인물을 추천하는 이유와 그 인물에 대해 여러분은 의아하게 여기실 겁니다. 왜냐하면 보통의 인물이 아니니까요, 자매님들. 죽음일 수도 있고 삶일 수도 있고, 파괴일 수도 있고 재생일 수도 있으며, 질서일 수도 있고 혼돈일 수도 있습니다. 어떻게 보는가에 따라 달라지죠."

마을 사람 모두는 무리가 지나가는 것을 보려고 울타리 앞에 붙어 있었다. 투직도 다른 사람들과 함께 나왔다. 할 일이 있었지만 참을 수가 없었다. 시궁쥐들에 대해서 한창 시끄러웠던 것이다. 모두 잡혀서 목이 매달렸다는 소문까지 돌았다. 그러나 그 소문은 사실이 아니었다. 그 증거로 그들은 지금 마을 사람들 앞에서 보란 듯이 행진하고 있었다.

"뻔뻔스러운 악당들이구먼. 마을 한가운데로……."

투직 뒤에서 누군가가 속삭였다. 그러나 목소리는 감탄으로 가득했다.

"결혼식이라도 가는 것처럼 차려입었어."

"저 말들 좀 봐! 닐프가드인들도 저런 말은 없어."

"훔친 거겠지. 시궁쥐들은 아무 데서나 말을 가져간다고. 지금은 말 팔기 좋은 때지. 하지만 제일 좋은 말은 자기들이 가진대."

"저 맨 앞에…… 저 사람이 기젤러야, 우두머리."

"그 옆에 밤색 말을 탄 여자 엘프는…… 이스크라라고 부르더군."

울타리 밖으로 똥개 한 마리가 넘어와 컹컹 짖으며 이스크라의 암말 앞에서 알짱거렸다. 이스크라는 숱 많은 검은 앞머리를 넘기고 말을 돌려 채찍으로 개를 내리쳤다. 개는 비명을 내지르며 세 번을 굴렀다. 이스크라는 개를 향해 침을 뱉었다. 투직은 나직이 욕설을 뇌까렸다.

투직 옆에 있는 이들은 마을을 지나가는 시궁쥐 무리들을 슬쩍슬쩍 가리키며 속삭이고 있었다. 투직은 어쩔 수 없이 그 이야기를 들어야만 했다. 투직 역시 다른 이들처럼 익히 소문을 들은 터라 밀짚 빛깔의 머리를 어깨까지 늘어뜨리고 사과를 먹고 있는 것이 카일레이고, 체격이 탄탄한 건 아세, 그리고 수놓인 가죽 반코트를 입은 것이 리프라는 것은 알았다.

행렬의 맨 끝에는 손을 잡고 행진하는 두 여자아이가 있었다. 그중 키가 큰 여자애는 검은 갈기와 검은 꼬리를 한 밝은 갈색 말을 타고, 머리는 마치 티푸스라도 걸렸던 것처럼 짧았으며, 풀어 헤쳐진 조끼 속에는 새하얀 레이스 블라우스를 입고 있었고, 목걸이와 팔찌, 귀걸이 등 여러 장신구들이 눈부실 정도로 빛나고 있었다.

"저 머리 짧은 애가 미슬이야. 번쩍거리는 것들을 주렁주렁 걸치고 있네, 무슨 크리스마스트리도 아니고……."

사람들이 숙덕이는 소리가 투직에게 들려왔다.

"자기 나이보다 더 많은 사람을 죽였다던데."

"그럼 그 옆에 있는 여자애는 누구야? 밤색과 흰색 털이 섞인 말을 탄 저 여자애 말이야. 등에 칼을 메고 있네."

"팔카라고 부르던데. 올해 여름부터 시궁쥐들이랑 같이 다닌대. 될성부른 나무는 떡잎부터 다르다던데, 어린 게…….”

떡잎이라…… 투직의 눈에는 딸 밀렌카보다 몇 살 더 많아 보이지도 않았다. 잿빛 머리카락이 벨벳 베레모 아래로 화려하게 꽂은 공작 깃 장식과 함께 흘러내렸다. 목에는 새빨간 비단 스카프를 화려한 리본 모양으로 매고 있었다.

울타리 앞에 모인 마을 사람들이 갑자기 부산스러워졌다. 무리의 맨 앞에서 말을 타고 가던 기젤러가 말을 멈추고는, 무심한 손놀림으로 지팡이를 겨우 짚고 서 있는 미키트카 할멈의 발치에 짤랑거리는 돈주머니를 던졌다.

“신께서 너희를 보호하길, 자비로운 젊은이들. 만수무강하시오, 우리의 후원자여!”

미키트카 할멈이 새된 목소리로 외쳤다.

이스크라의 커다란 웃음소리에 할멈의 외침은 더 이상 들리지 않았다. 이스크라는 도발적으로 오른발을 안장 머리에 얹고는 돈주머니를 찾더니 보란 듯이 군중을 향해 지폐 한 줌을 뿌렸다. 리프와 아세도 이스크라를 따라 돈을 뿌렸다. 모래로 덮인 길에 은색의 비가 흩뿌려지는 것 같았다. 카일레이는 낄낄거리며 돈을 향해 몰려든 사람들에게 다 먹은 사과를 던졌다.

“자선가님들!”

“우리의 용감한 매들!”

“좋은 일들만 생기시길!”

투직은 다른 이들을 따라 뛰어가지도, 모래밭과 닭똥 사이에서 돈을 줍기 위해 무릎을 꿇지도 않았다. 여전히 울타리 주변에 서서 자기 앞을 천천히 지나가는 여자아이들을 바라보고 있었다. 잿빛 머리의 여자아이가 투직의 눈길과 얼굴 표정을 눈치챘다. 그러자 머리를 짧게 깎은 여자아이의 손을 뿌리치고서 말을 거세게 걷어차더니 투직에게로 다가왔고, 등자가 울타리에 닿을 정도로 그를 바짝 몰아붙였다. 투직은 여자아이의 초록빛 눈을 보고 몸을 떨었다. 분노와 차가운 혐오로 가득한 눈이었다.

"놔둬, 팔카."

머리가 짧은 여자아이가 외쳤다. 하지만 그럴 필요는 없었다. 초록빛 눈을 가진 여자아이는 투직을 울타리까지 몰아붙인 것에 만족하고, 뒤도 돌아보지 않은 채 시궁쥐들과 함께 말을 몰았다.

"자선가님들!"

"용감한 매들!"

투직은 거칠게 침을 뱉었다.

오후에는 펜 아스프라의 요새에서 외양만으로도 공포를 불러일으키는 검은 옷의 기사들이 왔다. 말발굽 소리가 울려 퍼지고, 말들이 거친 숨을 내뱉었으며 무기들이 쩔렁거렸다. 질문을 받은 촌장과 다른 농부들은 천연덕스럽게 거짓말을 하며 추격자들을 전혀 다른 방향으로 인도했다. 투직에게는 아무도 묻지 않았다. 다행이었다.

투직이 풀을 먹인 후 집으로 돌아와 안뜰에 막 들어섰을 때, 목소리가 들렸다. 수레 만드는 목수의 쌍둥이 딸들의 지저귀는 듯한 목소리가 이웃집 남자아이들의 변성기 목소리 사이에서 들려왔다. 그리고 딸 밀렌카의 목소리. 놀이를 하는 중이구나. 투직은 장작을 쌓아놓은 곳으로 향했다. 곧이어 그의 얼굴이 어두워졌다.

"밀렌카!"

유일하게 살아남은 딸, 밀렌카는 투직에게 가장 소중한 존재였다. 밀렌카는 나뭇가지에 줄을 매어 칼처럼 등에 메고 있었다. 울로 만든 모자 아래로 흘러내린 머리카락에는 닭의 깃털을 꽂고, 엄마의 스카프를 목에 감고 있었다. 기묘하게 생긴 화려한 리본 모양으로.

밀렌카의 눈은 초록색이었다.

투직은 지금까지 딸을 때린 적도, 매를 든 적도 없었다. 단 한 번도.

이번이 처음이었다.

수평선 위로 번쩍하는 빛이 지나가더니 우르릉 쾅 소리가 났다. 바람 한 줄기가 리본 강의 표면을 곡괭이처럼 내리치고 지나갔다. 폭풍우가 올 거야. 밀바는 생각했다. 폭풍우가 지나가면 날씨가 나빠지겠지. 푸른머리되새들은 절대 틀리는 법이 없어.

밀바는 말을 재촉했다. 폭풍우가 오기 전에 위쳐를 따라잡으려면 서둘러야 했다.

살면서 나는 많은 군인들을 만났다. 사령관들, 장군들, 대장들, 수많은 전투와 원정의 승리자들. 그들의 이야기와 회고담을 들어왔다. 지도 위로 몸을 굽힌 그들의 모습, 그 지도 위에 여러 색의 선을 그으며, 전술과 전략을 짜곤 했다. 그렇게 종이 위에서는 모든 것이 다 잘될 것만 같았다. 모든 것이 제대로 움직이고, 명확하고, 모범적으로 정리되어 있었다. 이래야만 하죠, 군인들은 말했다. 군대란 무엇보다 질서와 정리입니다, 질서와 정리가 없는 군대는 존재할 수 없습니다. 그렇기 때문에 진짜 전쟁이 —난 진짜 전쟁도 몇 번이나 본 적이 있다— 마치 불이 난 매춘굴과 거의 흡사하다는 건 정말 이상한 일이다.

단델라이온, 〈반세기 시의 역사〉 중

제 2 장

수정처럼 맑은 리본 강의 물이 단층의 모서리 위로 넘쳐 부드럽고 커다란 포물선을 그리며 폭포수처럼 거품을 일으켰다. 물은 오닉스처럼 새까만 바위 위로 떨어지고 있었다. 하얗게 부서진 물결은 다시 폭포수 아래 넓고 깊은 웅덩이를 향해 떨어졌는데, 너무나 깨끗해서 물결에 따라 흔들리는 초록빛 물풀들의 꼬임 하나하나가 다 보일 정도였다. 바닥에 깔린 색색의 돌들은 마치 모자이크처럼 반짝였다.

강둑 양쪽은 털처럼 돋아난 무성한 풀로 덮여 있었는데 그 안에서 흰가슴 물까마귀 떼가 목 아래의 하얀 가슴을 자랑스럽게 내보이며 돌아다니고 있었다. 풀 위로는 초록빛과 갈색, 황토색의 관목들이 은가루를 뿌려놓은 것 같은 가문비나무 숲을 배경으로 서 있었다.

"젠장, 여긴 정말 아름답군."

단델라이온이 한숨을 쉬었다.

커다란 검은빛의 송어가 폭포를 거슬러 오르려 하고 있었다. 잠시 동안 송어는 지느러미를 긴장시키더니 꼬리를 흔들며 공중에 멈춰 있다가 무겁게 부글거리는 물거품 속으로 뛰어들었다.

어두워지기 시작한 남쪽 하늘에 번갯불이 번쩍이고 멍멍한 천둥소리가 숲 주위를 에워쌌다. 게롤트의 검은색 갈기를 한 갈색 암말은 머리를 세차게 흔들며 이빨을 드러내고는 나뭇가지를 뱉어냈다. 게롤트가 고삐를 움켜잡자 갈색 암말은 말발굽 소리를 내며 춤추듯 뒤로 물러났다.

"후우! 이거 봤어, 단델라이온? 무용수가 따로 없군, 젠장! 기회만 생기면 이 말을 치워버려야겠어, 차라리 노새가 낫겠다고!"

"그럴 기회가 빨리 올까? 이 계곡에서 바라보는 야생의 풍경은 비견할 수 없는 미적 경험을 선사하지만, 약간의 변화를 위해 덜 미적인 술집이 하나 나오면 딱 좋겠군. 이 낭만적인 자연 풍경, 먼 지평선을 감상한 지도 일주일이 다 되어가니 난 이제 실내가 그리워. 특히 따뜻한 음식과 찬 맥주가 있는 그런 실내 말이지."

음유시인은 모기에 물려 가려운 뒷목을 긁었다.

"아직 좀 더 그리워해야 할 것 같은데."

게롤트가 안장에 앉은 채 돌아보며 말했다.

"나도 슬슬 문명이 그립다고 하면 자네에게 위안이 되려나? 알다시피 브로킬론에 정확히 한 달 하고도 엿새 동안 있었어. 밤이면 낭만적인 자연이 엉덩이를 시리게 하고, 등에는 벌레가 스멀스멀 기어가지 않나, 코에는 이슬이 맺히고…… 워워! 젠장! 자꾸 이렇게 변덕을 부릴 셈이냐, 이 빌어먹을 녀석아!"

"등에가 물어서 그래. 폭풍우 전이라 벌레들이 피를 빨려고 기승을 부리는군. 남쪽에서 번개가 잦아지고 있어."

게롤트가 춤추듯 뒤척거리는 말을 진정시키며 하늘을 바라보았다.

"나도 봤어. 바람도 달라졌더군. 바다 냄새를 싣고 오는 모양인데. 분명 날씨가 변할 거야. 가자. 그 뚱땡이 말 좀 빨리 몰아봐."

"내 흑마의 이름은 페가수스야."

"당연히 그러시겠지. 아, 이 엘프 말도 이름을 붙여볼까. 흠, 뭐라고 하지······."

"로취는 어때?"

단델라이온이 빈정거리며 말했다.

"로취라······ 좋지."

"게롤트."

"왜?"

"지금까지 말에게 로취 말고 다른 이름을 준 적이 있긴 해?"

게롤트는 잠시 생각하더니 단델라이온을 재촉하며 대답했다.

"아니, 없어. 그보다 그 뚱땡이 페가수스 좀 빨리 몰아보라고, 단델라이온. 갈 길이 멀어."

"당연하시겠지. 도대체 닐프가드까지는 얼마나 먼 거야?"

단델라이온이 퉁명스럽게 물었다.

"멀어."

"겨울이 되기 전에는 도착할 수 있어?"

"일단 베르덴으로 가는 거야. 거기서······ 상황에 대해 이야기를 좀 나누자고."

"무슨 상황? 날 떼놓고 가거나 겁줄 생각은 아니겠지? 내가 함께하겠다고! 난 그렇게 결심했어."

"그건 그때 가서 두고 볼 일이고. 일단은 베르덴까지 가야 해."

"베르덴까지는 멀어? 이 지역에 대해서는 좀 알아?"

"잘 알아. 우리는 키안 트레즈 폭포 근처에 있고 조금 더 가면 일곱 마일이라는 곳이 나오지. 강 뒤의 저 산은 올빼미 언덕이야."

"그럼 우리는 강을 따라 남쪽으로 가는 건가? 리본 강은 보드로그 성채 근처에서 야루가와 합류할 텐데……."

"남쪽으로 가는 것은 맞지만 이쪽 강둑으로 갈 거야. 리본 강은 여기서 서쪽으로 꺾이고, 우리는 숲을 통해서 간다. 드라이쇼트, 삼각형이라고 불리는 곳까지 가야 해. 그곳에서 베르덴과 브뤼헤, 브로킬론의 경계선이 나누어지지."

"거기까지 가면?"

"야루가 강으로. 강어귀까지, 신트라까지."

"그런 후에는?"

"그 후에는…… 그보다 먼저 그 느려터진 페가수스 좀 어떻게 해보라니까."

소나기는 이들이 강 한가운데를 건너고 있을 때 따라잡았다. 처음에는 거센 바람이 몰아치더니 강한 회오리를 일으키며 머리카락과 외투를 마구 휘젓고, 강둑의 나무들에서 부러진 나뭇가지와 나뭇잎들이 얼굴을 세차게 때렸다. 소리를 지르고 발뒤꿈치로 말을 걷어차며 강둑 방향으로 가까스로 움직였다. 강둑에 거의 다다랐을 무렵 바람이 잦아들더니 강둑 쪽으로 몰려오는 회색의 벽 같은 빗줄기가 보였다. 리본 강의 표면은 마치 누군가가 하늘에서 강을 향해 수백만 개의 쇠구슬이라도 떨어뜨리는 듯 하얗게 부글부글 끓어올랐다.

강둑에 도착하기도 전에 둘은 이미 흠뻑 젖어 있었다. 서둘러 숲속으로 몸을 피했다. 높이 자란 나무들이 빽빽하게 초록빛 지붕을 드리웠지만, 이런 비는 막을 수 있는 게 아니었다. 빗줄기가 금세 새어 들어오고 나뭇잎들은 휘어져 시간이 지나자 숲속이나 밖이나 똑같은 처지가 되고 말았다.

둘은 외투로 몸을 감싸고 두건을 뒤집어썼다. 숲속은 컴컴한 어둠에 쌓여 있었고, 가끔 번쩍하는 번갯불로만 주변을 확인할 수 있었다. 귀가 먹을 듯한 커다란 천둥소리가 되풀이되자 게롤트의 말 로취는 겁을 먹었는지 땅바닥을 발굽으로 차며 또다시 춤추듯 움직였다. 반면에 뚱뚱한 페가수스는 아무렇지도 않은 듯 평정을 유지했다.

"게롤트! 잠시 멈추는 게 좋겠어! 여기 어디쯤에서 비를 피해야 해!"

숲을 흔들어대는 천둥소리에 맞서 단델라이온이 소리쳤다.

"어디서? 빨리 달리기나 해!"

게롤트가 당치도 않다는 듯 고함을 질렀다. 둘은 빗속을 뚫고 내달렸다.

시간이 조금 지나자 비는 눈에 띌 만큼 약해지고, 바람은 어느새 잦아들었으며 간간이 들려오는 천둥소리도 기세가 한풀 꺾인 듯했다. 빽빽이 자란 오리나무 사이의 지름길로 한참을 달리자 평원이 나타났다. 평원에는 거대한 너도밤나무가 자리하고 있었는데 그 큰 나뭇가지 밑, 갈색으로 변한 나뭇잎과 너도밤나무 열매들이 두꺼운 카펫처럼 깔려 있는 곳에 당나귀들이 끄는 마차 몇 대가 매어져 있었다. 그리고 마부석에 앉아 있는 마부가 게롤트와 단델라이온을 향해 석궁을 겨누고 있었다. 게롤트가 나직이 욕을 했지만 천둥소리에 가려져 잘 들리지 않았다.

"활 내려놔, 콜다."

밀짚모자를 쓴 키 작은 남자가 너도밤나무 둥치로부터 돌아서더니 한쪽 발로 껑충거리고는 바지춤을 잠그며 말했다.

"우리가 기다리는 자들이 아니야. 하지만 고객님들이지. 고객님들을 겁줘서는 안 되잖아. 시간은 없지만, 장사할 시간은 언제든 있다고!"

"저자들은 뭐지?"

단델라이온이 게롤트의 등 뒤에서 웅얼거렸다.

"엘프님들, 가까이 오시죠. 걱정들 마시고, 우린 한 편이니까요. 네'스 오테아트! 바, 세이데, 세아드밀! 나, 당신네 사람, 이해해? 거래 원해? 자, 이리 와요, 여기 나무 밑으로, 여긴 비도 덜 맞아요!"

밀짚모자를 쓴 남자가 소리쳤다.

게롤트는 이들의 오해가 전혀 이상하지 않았다. 게롤트도 단델라이온도 회색 엘프 망토를 입고 있었다. 게롤트는 드라이어드들이 건네준, 엘프들이 가장 좋아하는 나뭇잎 무늬가 있는 겉옷을 걸치고 있는 데다가, 전형적인 엘프식 마구에 엘프식 장식이 있는 안장을 얹어둔 말을 타고 있었다. 게다가 두 사람 모두 두건으로 얼굴이 반쯤 가려져 있었다. 단델라이온으로 말할 것 같으면, 곱슬거리는 머리를 어깨까지 늘어뜨리고 있었는데 그 머리를 공들여 손질하기 시작한 이후로 이미 여러 차례 엘프나 하프 엘프로 오해받기 일쑤였다.

"조심해. 자넨 지금 엘프야. 말을 시키지 않는 한 먼저 입을 열지 마."

게롤트가 나직이 속삭였다.

"왜?"

"저들은 행상이니까."

단델라이온이 조용히 씩씩거렸다. 어떤 상황인지 파악한 것이다.

모든 것이 돈 때문이었고, 수요가 공급을 만들었다. 숲을 헤집고 다니는 스코이아텔에게는 처분이 가능한, 별 필요가 없는 약탈품들이 모였고, 장비와 무기는 언제나 부족했다. 그래서 언제부터인가 이렇게 숲속의 장터가 생겨났다. 그런 장사에 종사하는 인간들까지. 벌목으로 생긴 길, 작은 길, 샛길, 들판에 이르기까지 비밀스럽게 다람쥐들의 물건을 거래하는 마차들이 모여들었다. 엘프들은 이들을 하브'케런이라고 불렀는데, 구체적으로 번역할 수는 없지만, 할퀴는 듯한 탐욕스러움을 연상시키는 말이었다. 사람들은 이들을 하브카쥐라고 불렀는데, 연상 작용을 해봤을 때 어감이 더 좋지 않았다. 실제로 질이 좋지 않은 자들이었다. 잔인하고 인정사정 봐주지 않으며 살인을 포함해 그 어떤 것도 주저하지 않는 자들이었다. 그래서 군대에 잡힌 하브'케런은 조금의 자비도 기대할 수 없었다. 때문에 어지간해서는 모습을 잘 드러내지 않았다. 길에서 만난 누군가가 자신들을 군대에 고할 것 같은 낌새를 느끼면 곧장 석궁이나 칼을 빼 드는 놈들이었다.

이들을 맞닥뜨린 것은 딱히 좋은 일이 아니었다. 다행히 행상인들은 위쳐와 음유시인을 엘프로 생각하고 있었다. 게롤트는 두건으로 얼굴을 더 단단히 가리고, 만약 신분이 들통나면 어찌할지 생각했다.

"비가 엄청 오는군요. 하늘에 누가 구멍이라도 뚫은 것 같네요! 나쁜 테드, 엘'에아? 하지만 장사에 좋은 날씨 나쁜 날씨가 어디 있겠어요? 나쁜 물건, 나쁜 돈이 있을 뿐이죠. 헤헤, 엘프, 내 말 알아들어?"

비뚜름하게 밀짚모자를 쓴 행상이 손을 비비며 말했다.

게롤트는 고개를 끄덕였고, 단델라이온은 두건 속에서 무언가 확실치 않은 말을 중얼거렸다. 엘프들이 인간들을 무시하고 인간과 대화를 나누고 싶어 하지 않는다는 사실은 잘 알려진 터라 누구도 이상하게 여기지 않았다. 둘에게는 다행이었다. 그러나 마부는 석궁을 내려놓지 않았고, 그건 좋은 징조가 아니었다.

"누구 밑에 있죠? 어느 부대 소속이신가?"

진정한 장사치다웠다. 시종일관 묵묵부답인 손님의 태도에도 하브'케런은 조금도 기가 죽지 않았으니까.

"코인네아흐 데 레오? 앵거스 브리-크리? 아님 리오르다인? 일주일 전 리오르다인이 세금을 징수해서 돌아오는 왕의 집행관들을 쳤다는 걸 내가 알고 있지. 세금은 돈으로 받았어, 곡식이 아니라. 난 나무 타르나 곡식 따위는 받지 않아. 피 묻은 옷가지도 안 받고. 약탈품 중에서는 밍크, 담비, 산족제비털만 취급한다고. 하지만 제일 좋은 건 돈이지, 보석이나 장신구도 좋아! 그런 게 있으면 언제라도 환영이야! 에벨리엔 바라 엔 아르드 세데, 엘'에라? 엘프, 내 말 알아들어? 다 있다고. 구경해."

행상은 마차로 다가가 축축한 마차 포장의 끝자락을 걷어냈다. 칼, 활, 화살촉, 안장 등이 보였다. 하브'케런은 물건들을 뒤져 화살 하나를 꺼냈다. 화살촉은 톱니처럼 생겼고 날카롭게 갈려 있었다.

"이런 건 다른 곳엔 없어. 다른 상인들은 이런 걸 무서워하지. 바보 같은 놈들, 왜냐하면 이런 화살을 맞으면 말과 함께 몸이 찢어지고 말거든. 하지만 난 다람쥐들이 뭘 좋아하는지 알지. 손님은 왕이고, 모험을 하지 않는 장사꾼이 어떻게 돈을 벌겠어? 가시 달린 화살촉은 한 다스에 9오렌이야. 나 에브'데 아엔 트베데안네, 엘'에아, 세이드헤, 이해해? 맹세코 비싸게 받는 게 아니라고. 얼마 남기지도 못해. 자식들 머리를 걸고 맹세할 수 있어. 만약 세 다스를 사면 6퍼센트 할인해주지. 자, 기회라고. 다시 한 번 맹세하지만 완전 거저야. 여기 세이드헤, 내 마차에서 손 떼고!"

행상은 잔뜩 거들먹거리며 말했다.

단델라이온은 타르 칠을 한 마차의 방수포에서 얼른 손을 떼고는 두건을 눈 위로 푹 눌러썼다. 게롤트는 시인 친구의 통제할 수 없는 호기심에 이미 몇 번이나 속으로 욕을 했는지 모를 지경이었다.

"미르'메 바라. 스콰에스'메."

단델라이온이 사과하듯 손을 올리며 중얼거렸다.

"화내지는 말고. 하지만 저긴 보면 안 돼. 왜냐하면 다른 물건들도 있거든. 파는 건 아냐. 세이드헤들에게 파는 건 아니지. 주문받은 품목이거든, 헤헤. 말이 길어졌네. 돈을 보여줘."

하브'케런이 이빨을 드러내 보이며 눈을 반짝였다.

시작되었군. 게롤트는 팽팽하게 당겨진 마부의 석궁을 바라보며 생각했다. 그 석궁의 화살 역시 톱니처럼 생겼을 테고 날카롭게 갈렸으리라 짐작할 만한 충분한 이유가 있었다. 배에 꽂히는 순간 복부를 관통해 등 이곳저곳에서 지저분한 창자를 끌고 나올 만한 화살이리라.

"네'스 테드. 테아르데. 미레안 바라. 바'엔 보르트. 부대에서 돌아올 때, 그때 거래. 엘'에아? 도'이네, 이해하나?"

게롤트는 노래하는 듯한 엘프 특유의 악센트를 흉내 내며 말했다.

"이해한다. 알았다고, 알았어. 물건은 갖고 싶은데, 아직 현금은 부족하다 이거지. 그럼 꺼져버려! 난 여기서 중요한 인물들과 약속이 있다고. 그들 눈에는 띄지 않는 편이 안전할걸. 빨리 갈 길이나 가."

하브'케런은 거칠게 침을 뱉었다.

그때 히힝 하는 말 울음소리를 듣고 하브'케런은 이야기를 중단한 채 소리쳤다.

"젠장! 너무 늦었어! 이미 왔다고! 머리를 두건 속에 감춰, 엘프들! 절대 움직이지 말고 입도 뻥끗하지 마! 콜다, 이 멍청한 자식, 그 활 내려놔! 빨리!"

빗소리와 천둥소리, 그리고 양탄자처럼 깔린 나뭇잎 때문에 말발굽 소리가 잘 들리지 않았던 것이다. 덕분에 말 탄 이들은 눈 깜짝할 사이에 너도밤나무 주위를 둘러쌌다. 스코이아텔은 아니었다. 다람쥐들은 무장을 한 채로 다니지 않았는데 나무 주위를 둘러싼 여덟 명은 비로 씻긴 투구와 어깨 덮개, 갑옷으로 번쩍번쩍 빛나고 있었다.

그중 한 명이 천천히 말을 몰아 가까이 다가왔다. 체구가 작은 하브'케런 앞에서 말 탄 기사의 덩치는 산처럼 보였다. 원체 체격이 큰 기사인데다가 굉장히 큰 전투용 비(非)거세 수말을 타고 있었다. 갑옷으로 무장한 어깨 위에는 늑대 가죽이 덮여 있었고, 투구의 얼굴 가리개는 아랫입술까지 덮고 있었다. 손에는 위협적으로 보이는 전투용 망치가 들려 있었다.

"리도!"

기사가 쉰 목소리로 외쳤다.

"파올리타나!"

행상은 곧장 떨리는 목소리로 되받아 소리쳤다.

기사는 더 가까이 다가와 안장 위에서 몸을 굽혔다. 그러자 투구의 얼굴 가리개에서 어깨 덮개로, 그리고 불길하게 번쩍이는 전투용 망치 날 위로 물줄기가 떨어졌다.

"파올리타나!"

행상은 허리를 깊숙이 숙이며 다시 소리쳤다. 밀짚모자를 벗자 얼마 없는 머리카락이 머리에 딱 붙어 있었다.

"파올리타나! 저는 같은 편입니다, 암호와 구호도 알고 있습지요. 파올리타나라는…… 나리, 약속드린 대로 여기서 기다리고 있었습니다."

"저자들은 뭐지?"

"제 호위병입니다. 그, 아시겠지만 엘프들은……."

하브'케런은 몸을 더 깊숙이 숙였다.

"그를 잡았나?"

"마차 안에 있습니다. 관 속에요."

"뭐라고? 관?"

기사의 화난 외침은 천둥소리 때문에 온전히 들리지는 않았다.

"그건 곤란하지! 드 리도 님께서 분명 포로를 생포하라고 일렀을 텐데!"

"살아 있어요, 살아 있습니다요. 명령하신 대로 말입니다. 관 속에 넣어 놨지만 분명 살아 있습니다. 그 관은 제 생각이 아니었고, 나리…… 파올리 타나가……."

행상이 말을 더듬으며 서둘러 덧붙였다.

기사는 망치를 박차에 가져다 대며 신호를 보냈다. 세 명의 기사들이 안 장에서 뛰어내리더니 곧장 마차의 덮개를 끌어내렸다. 그러고는 마차 안의 안장들, 담요들, 마구들을 바닥에 내던졌다. 게롤트의 눈에 번쩍이는 번갯불 사이로 갓 만들어진 소나무 관이 보였다. 그러나 유심히 보지는 않았다. 손끝으로 스멀스멀 냉기가 흐르는 것이, 당장이라도 무슨 일이 벌어질 것만 같았기 때문이었다.

"어쩌려고 이러십니까, 나리? 제 상품들을 죄다 못 쓰게 만드실 생각이 십니까?"

하브'케런은 젖은 나뭇잎 위로 내동댕이쳐진 물건들을 보며 물었다.

"내가 전부 사겠다. 말과 마차까지 모두."

"아하! 그렇다면 얘기가 다를지요. 그러면 잠시 계산 좀…… 송구하지만 테메리아 돈으로는 500, 나리네 플로렌으로는 45되겠습니다."

행상의 부은 얼굴에 탐욕스러운 웃음이 흘렀다.

"그렇게나 싸게? 가까이 와봐."

기사는 얼굴 가리개 뒤로 소름 끼치는 웃음을 지었다.

"단델라이온, 조심해."

게롤트는 외투의 쬠쇠를 조심스레 풀며 낮게 속삭였다.

하브'케런은 순진하게도 인생 최고의 거래를 기대하며 기사에게 다가갔다. 그리고 그 거래는 그의 인생에서 가장 특별한 거래가 되었다. 최고는 아니었지만, 인생의 마지막 거래였던 것이다. 기사는 등자 위에 서서 있는 힘껏 하브'케런의 숱 없는 머리 위로 망치를 내리쳤다. 하브'케런은 비명도 지르지 못한 채 쓰러졌다. 그는 몸을 떨며 양팔을 허우적거렸고 발뒤꿈치로 양탄자처럼 깔린 나뭇잎들을 헤집었다. 마차 근처에 있던 기사 한 명은 마부의 목에 가죽끈을 옭아매 교살했고, 다른 기사는 지체 없이 단검을 찔러 넣었다.

기사 중 하나가 재빠른 동작으로 석궁을 어깨에 메고는 단델라이온을 겨냥했다. 그러나 이미 게롤트의 손에는 하브'케런의 마차에서 내동댕이쳐진 칼이 들려 있었다. 게롤트는 칼자루를 움켜잡고는 창처럼 찔러 넣었다. 몸에 칼이 박힌 기사는 제대로 된 저항조차 하지 못하고 말에서 떨어졌다. 얼굴에는 의아하다는 듯한 표정이 남아 있었다.

"도망쳐, 단델라이온!"

단델라이온은 페가수스에게 달려가 안장을 향해 풀쩍 뛰어올랐다. 그런데 몸짓이 너무 거칠었고 기술도 부족해 안장 위에 올라앉지 못하고 반대편으로 나가떨어지고 말았다. 그 덕분에 간신히 목숨을 건졌지만. 공격해오던 기사의 칼날이 쉭 소리를 내며 페가수스의 귀 옆으로 날아들었던 것이다. 뚱뚱한 페가수스는 겁을 먹고 발길질을 하며 공격자의 말과 부딪쳤다.

"엘프가 아니야! 생포하라! 생포해!"

투구를 쓴 기사가 검을 빼 들며 외쳤다.

마차에서 뛰어나온 다른 기사가 그 명령을 듣고 잠시 망설였다. 반면에 게롤트는 이미 자기 칼을 확보했고, 한 치의 망설임도 없었다. 다른 두 명의 기사는 그들 위로 분수처럼 쏟아지는 피를 보고는 두려움에 휩싸였다. 게롤트는 기회를 놓치지 않고 기사 하나를 쓰러뜨렸다. 하지만 다른 두 기사들이 등 뒤에서 달려들었다. 게롤트는 상체를 숙인 채 칼을 꺼내고 공격하는 척 슬쩍 피하려는데 느닷없이 오른쪽 무릎에 엄청난 통증이 느껴졌다. 게롤트는 자신의 몸이 고꾸라지는 것을 느꼈다. 싸우다 상처를 입은 것이 아니었다. 브로킬론에서 치료받았던 다리가 이렇게, 아무런 경고 없이 갑자기 말을 듣지 않는 것이었다.

그 순간, 마차 바퀴를 간신히 붙든 게롤트의 눈에 번쩍거리는 번개 사이로 활시위를 팽팽히 당긴 금발의 아가씨가 오리나무 숲에서 나오는 것이 보였다. 기사들 역시 금발의 아가씨를 발견했다. 그럴 수밖에 없었던 것이, 기사 하나가 시뻘겋게 곤죽이 된 목을 붙든 채 말 엉덩이 쪽으로 쓰러졌던 것이다. 얼굴 가리개를 쓴 우두머리 기사를 포함한 나머지 세 명의 기사는 곧장 위험을 직감하고 말의 목 뒤로 숨었다. 말의 두터운 목덜미 정도면 화살을 피하기 충분하다고 생각한 것이다. 그것은 착각이었지만.

밀바라고 불리는, 금발의 마리아 배링은 활시위를 당겼다. 활시위를 얼굴에 대고 고정한 후 침착하게 조준했다.

곧이어 기사 중 한 명이 비명과 함께 말에서 미끄러져 떨어지다가 발이 등자에 걸려 말발굽에 사정없이 뭉개졌다. 또 다른 기사는 안장의 앞머리를 뚫고 날아온 화살에 맞았다. 그런데 우두머리 기사가 어느 틈엔가 말을 달려 밀바 가까이 다가가 있었다. 등자에서 상체를 곧추세운 기사는 끝장을 보려는 듯 검을 치켜들었다. 밀바는 조금의 두려움도 없이 커다란 체구의 기사를 똑바로 응시한 채, 다섯 발짝밖에 되지 않는 거리에서 기사의 금속으로 된 얼굴 가리개 옆으로 활을 쏘았다. 화살은 투구를 쳐내며 얼굴을 관통했다. 말은 속도를 줄이지 않았고, 투구와 얼굴의 상당 부분을 잃어버린 기사는 잠시 동안 안장에 앉아 있다가 천천히 무너지더니 흙탕물 속으로 떨어졌다. 말은 히히힝 울더니 그대로 내달렸다.

게롤트는 가까스로 자리에서 일어나 다리를 문질렀다. 아프긴 해도 다리는 정상적으로 움직이는 것 같았다. 문제없이 일어설 수 있었고 걸을 수도 있었다. 단델라이온도 자신의 몸 위로 쓰러져 있는, 목이 엉망이 된 시체를 밀치며 힘겹게 일어나고 있었다. 시인의 얼굴은 잿빛이 되어 있었다.

밀바는 두 사람에게로 오는 길에 시체로부터 화살을 뽑았다.

"고맙소. 단델라이온, 고맙다고 하게. 이쪽은 밀바. 그녀 덕분에 우리가 산 거야."

밀바는 두 번째 시체에서도 화살을 뽑아내고는 피가 묻은 화살촉을 점검했다. 단델라이온은 들리지 않는 작은 소리로 무언가 중얼거리고는 격식을 갖추어, 그러나 어째서인지 멈칫거리며 몸을 굽혀 인사를 하더니 무릎이 푹 꺾이면서 구토를 해댔다.

"저 사람은 누구예요? 당신 친군가요, 위쳐?"

밀바는 젖은 나뭇가지에 화살촉을 닦아 화살통 안에 집어넣으며 물었다.

"그렇소. 이름은 단델라이온, 음유시인이지."

"시인이라……."

밀바는 이제 헛구역질 단계로 넘어간 단델라이온을 바라보다가 눈길을 돌렸다.

"뭐, 그렇다면 이해가 가네요. 이해가 안 가는 건, 시인이면 어디 조용한 데서 시나 쓸 것이지 왜 여기서 토를 하고 있는지 모르겠네요. 내가 상관할 바는 아니지만."

"어느 정도는 당신이 상관한 셈이요. 저 사람의 목숨을 구했으니까. 내 목숨도 마찬가지고."

밀바는 빗방울로 흠뻑 젖은 얼굴을 닦았다. 얼굴에는 아직도 활시위에 눌린 자국이 남아 있었다. 여러 번 활을 쏘았지만, 자국은 단 한 개였다. 활 시위가 매번 정확히 그 자리에 고정된 것이었다.

"당신들이 행상인들과 이야기를 시작했을 때, 나는 이미 오리나무 숲에 있었어요. 그놈들에게 들키기는 싫었고, 뭐 그럴 필요도 없었으니까요. 그런데 난데없이 저자들이 나타나서 소동이 일어나더군요. 몇 명은 제대로 해치우던데요. 칼을 제법 쓴다는 건 인정해야겠어요. 하지만 지금은 다리가 성치 못하네요. 브로킬론에 더 있어야 했어요. 절뚝거리는 다리를 고친 후에 움직여야 했다고요. 그러다 죽을 때까지 절뚝거리게 될 수도 있어요, 알고 있어요?"

"난 괜찮소."

"그러시겠죠. 난 당신에게 경고하려고 뒤를 따라왔어요. 그런 후에 다시 돌아가려고요. 당신이 가려고 하는 길은 현재 통과가 불가능해요. 남쪽에서는 전쟁이 한창이라고요. 드라이쇼트부터 브뤼헤까지 닐프가드 군대들이 진격하고 있어요."

"어떻게 아오?"

"여기만 봐도."

밀바는 팔을 쭉 펴 시체들과 말들을 가리켰다.

"이들도 닐프가드인이잖아요? 투구에 새겨진 태양 안 보여요? 말 덮개 위의 자수도! 빨리 움직여요, 다른 놈들이 또 올 수도 있다고요. 이들은 어쩌다 보니 이곳에 온 것 같은데."

"그렇진 않은 것 같소. 어쩌다 들렸거나 선발대는 아니오. 다른 이유가 있어서 온 거요."

게롤트가 고개를 저었다.

"무슨 이유인지 궁금하군요."

"바로 저것."

게롤트는 마차 위에 놓인 관을 가리켰다. 비를 맞아 어두운색으로 변해 있었다. 빗줄기는 아까보다 약해졌고 더 이상 천둥소리도 들리지 않았다. 폭풍우가 북쪽으로 올라간 것이다. 게롤트는 나뭇잎 사이에 놓인 칼을 집어 들고는 풀쩍 마차 위로 올랐다. 그러고는 나직이 욕을 했다. 아직도 무릎에서 통증이 느껴졌기 때문이었다.

"이것 좀 열게 도와주시오."

"뭐야, 시체를 꺼내겠다는 건가요?"

밀바는 관 뚜껑에 구멍이 나 있는 것을 보고 숨을 멈췄다.

"젠장! 행상인들이 이 안에 산 사람을 집어넣고 나른 건가?"

"무슨 포로라고 하던데. 그들은 이 포로를 전달하려고 여기서 닐프가드인들을 기다리고 있었소. 구호와 암호 같은 것도 주고받던데……."

게롤트는 관 뚜껑을 잠시 가늠해본 후 힘을 주어 열기 시작했다.

잠시 뒤 관 뚜껑은 우지직거리는 소리와 함께 떨어져 나갔다. 관 모서리에 고정시킨 가죽끈으로 손발이 꽁꽁 묶인 남자의 모습이 드러났다. 게롤트는 몸을 굽혔다. 그리고 자세히 살펴보았다. 그리고 다시 한 번, 또다시 한 번 자세히 바라보았다. 그러고는 욕을 했다.

"이럴 수가…… 어떻게 이런 일이…… 어처구니가 없군."

게롤트는 말을 제대로 잇지 못했다.

"아는 사람이에요, 위쳐?"

"얼굴은."

게롤트는 차디차게 웃어 보였다.

"밀바, 칼은 집어넣어도 좋은데 묶인 끈은 풀어주지 마시오. 이건 내가 보기엔 닐프가드 내부 문제요. 우리가 상관할 바가 아니지. 여기 그대로 놔두는 게 좋겠소."

"지금 내가 제대로 들은 거 맞나?"

뒤에서 단델라이온이 물었다. 여전히 얼굴은 창백했지만 호기심이 다른 감정들을 앞선 상태였다.

"묶여 있는 사람을 저렇게 숲속에 내버려 두자고? 지금 저 나무 관 속에 들어 있는 사람과는 구면인 모양인데, 어쨌거나 저 사람은 포로라고, 맙소사! 우리를 죽이려고 했던 자들의 포로였어. 우리 적들의 적이라고."

단델라이온은 게롤트가 구두 굽에서 칼을 꺼내는 것을 보고는 말을 중단했다. 밀바가 조그맣게 헛기침을 했다. 떨어지는 빗방울 아래 단단히 묶여 있던 포로의 짙푸른 눈동자가 흔들렸다. 게롤트는 몸을 굽혀 그의 왼쪽 어깨에 묶인 매듭을 칼로 끊었다.

"봐, 단델라이온."

게롤트는 포로의 풀린 쪽 손목을 잡아 올렸다.

"여기 이 손의 상처 보여? 시리가 벤 거야. 타네드에서, 한 달 전에. 이놈은 닐프가드인이야. 시리를 납치하려고 타네드에 특별히 파견되었던 놈이라고. 시리는 납치당하지 않으려고 저항하면서 이놈에게 칼을 휘둘렀지."

"하지만 그래봤자 아무 소용없었던 것 아닌가요."

밀바가 중얼거렸다.

"이 상황은 뭔가 말이 안 돼. 만약 이자가 당신네 시리를 닐프가드를 위해 타네드 섬에서 납치했다면, 도대체 왜 지금 관 속에 누워 있는 거죠? 왜 하브'케런이 닐프가드인들에게 이자를 내준 거죠? 저 입에서 재갈 좀 벗겨봐요, 위쳐. 무슨 이야기든 한번 들어보게."

"듣고 싶은 생각이 전혀 없소. 저렇게 누워서 눈깔 굴리는 걸 보고 있자니 저자를 한 대 치고 싶어 손이 근질근질하군. 지금 겨우 참고 있는 중이오. 놈이 입이라도 열었다간 더 이상은 못 참을 것 같거든. 하고 싶은 말이 많지만 이쯤 해두겠소."

게롤트가 나직이 뇌까렸다.

"그럼 참지 말아요. 나쁜 놈이라면 한 대 쳐요. 빨리요, 시간 없으니까. 내가 이미 말했지만 곧 닐프가드인들이 온다니까요. 난 말을 가지러 갈게요."

밀바가 어깨를 으쓱했다.

게롤트는 묶여 있는 포로의 손을 놓았다. 포로는 곧장 입에 물려 있던 재갈을 찢고 매듭을 뱉었다. 그러나 입을 열지는 않았다. 게롤트는 그의 가슴팍에 단도를 던져주었다.

"무슨 짓을 했길래 이 안에 들어가게 되었는지 모르겠군, 닐프가드인. 나와는 상관없지만. 그 단도를 줄 테니 스스로 묶여 있는 끈을 풀어. 여기서 네놈 편을 기다리든지, 숲으로 도망치든지 그건 마음대로 해."

포로는 침묵했다. 온몸이 묶인 채 좁은 나무 관 안에 쑤셔 박혀 있는 모습은 타네드에서보다 더 처량하고 무력해 보였다. 타네드에서 보았던 마지막 모습은, 무릎을 꿇고 온몸이 상처투성이인 채로 피 웅덩이 속에서 공포에 질려 있던 광경이었다. 게롤트가 보기에 포로는 스물다섯 살도 채 되지 않은 듯했다.

"타네드 섬에서 네놈 목숨을 살려주었지. 이번에도 살려주겠어. 하지만 마지막이야. 다음에 만나면 개처럼 죽일 거다. 기억해. 만약 동료들에게 우리를 추격하라고 길을 알려줄 생각이라면 이 관을 들고 가라. 요긴하게 쓰일 테니. 가자, 단델라이온."

"빨리! 서둘러요!"

밀바가 서쪽으로 나 있는 길로 말을 달리며 외쳤다.

"그 방향이 아니라고요! 숲으로! 젠장, 숲으로!"

"무슨 일이오?"

"리본 강 쪽에서 엄청난 인원이 이쪽으로 오고 있어요! 닐프가드인들이에요! 뭘 멍하니 보고 있어요! 잡히기 전에 빨리 말을 달려요!"

마을에서 한창인 전투는 이미 한 시간이 지났지만 끝날 기미가 보이지 않았다. 돌벽과 울타리, 그리고 마차로 만든 바리케이드 뒤에서 방어하고 있던 보병들은 방죽 길을 통해 진격해 들어오는 기마부대의 공격을 이미 세 차례나 막아냈다. 방죽의 넓이가 좁아 기사들은 말에 가속을 낼 수 없었고, 덕분에 방어에 집중하기도 용이했다. 결과적으로 공격은 언제나 바리케이드 앞에서 무너졌는데, 용맹하고도 결사적인 병사들이 기사들에게 화살과 돌멩이를 맹렬히 퍼붓고 있었다. 기마부대는 이러한 공격에 잔뜩 독이 올랐고, 그 수가 줄어들고 있는 동안 방어하는 군대가 빠른 역습을 펼쳐 도끼와 삼지창, 삐쭉삐쭉한 쇠못이 박힌 망치 등으로 인정사정없이 공격했다. 기마부대는 시체와 말을 남겨둔 채 풀밭까지 후퇴하고, 보병들은 바리케이드 뒤로 숨어 적들에게 욕설과 비웃음을 날렸다. 시간이 조금 지난 후 기마부대는 또다시 전열을 정비하고 공격을 시작했다.

그렇게 전투가 계속되고 있는 중이었다.

"누가 누구랑 싸우는 거야, 도대체?"

벌써 몇 번째 단델라이온이 묻고 있었다. 다만 밀바로부터 얻은 마른 빵을 입속에 넣고 씹어대느라 뭐라고 하는지 알아들을 수 없는 게 문제였지만.

게롤트 일행은 절벽 끝, 주목나무 덤불 사이에 몸을 숨긴 채 앉아 있었다. 아무에게도 들킬 염려 없이 전투를 구경하는 중이었다. 더 정확히 말하자면, 전투를 보고 있어야만 했다. 다른 길이 없었다. 앞에서는 전투가 벌어졌고, 뒤로는 숲이 불타고 있었으니까.

"짐작하기 어렵진 않아."

게롤트가 마침내 내키진 않지만 단델라이온의 질문에 대답하기로 했다.

"말 탄 놈들이 닐프가드군이야."

"보병들은?"

"보병은 닐프가드군이 아니고."

"기사들은 베르덴에서 온 정규 부대예요."

지금까지 우울한 얼굴로 수상하게 말이 없던 밀바가 입을 열었다.

"옷에 바둑판무늬가 수놓아져 있잖아요. 그리고 저 마을에 있는 건 브뤼헤의 정규 보병부대예요. 깃발을 보면 알아요."

바로 그때 승리에 고무된 보병들이 방어벽 위에 끝이 닿가지 모양으로 갈라져 있고, 하얀 십자 무늬가 수놓아진 초록 깃발을 세웠다. 게롤트의 기억으로는 조금 전까지만 해도 어디에서도 저 깃발을 보지 못한 것 같았다. 방어하던 군인들이 지금에서야 저 깃발을 가져온 듯했다. 전투 시작 시에는 어딘가 없어졌던 모양이다.

"여기 계속 앉아 있을 거야?"

단델라이온이 물었다.

"맙소사, 그걸 질문이라고. 주위를 좀 보고 말해요! 이쪽저쪽 개판이라고."

밀바가 퉁명스럽게 내뱉었다.

단델라이온이 몸을 돌려 확인해볼 필요도 없었다. 시선이 닿는 곳 모두 연기 기둥으로 차 있었다. 연기가 가장 심하게 차 있는 곳은 북쪽과 서쪽이었는데, 부대들이 숲을 태운 모양이었다. 일행이 가야 할 남쪽 방향 하늘에도 연기가 자욱했는데 그 길은 전투로 막혀 있었다. 하지만 언덕에 앉아 있었던 한 시간 동안 연기는 동쪽에서도 피어오르고 있었다.

침묵 속에서 시간이 조금 흐른 후 밀바가 게롤트를 바라보며 말했다.

"그건 그렇고 위쳐, 궁금한 게 있는데 지금 무슨 생각하는 거예요? 우리 뒤쪽으로는 닐프가드인들과 불타는 숲이 있고, 우리 앞에 있는 건 당신 눈으로 직접 보고 있는 광경이고. 그럼 이제 계획이 뭐예요?"

"내 계획은 변함없소. 여기서 싸움박질이 끝날 때까지 기다렸다가 남쪽으로 움직이는 거요. 야루가 강을 건너서."

"미쳤군."

밀바의 얼굴이 일그러졌다.

"지금 무슨 일이 일어나고 있는지 눈으로 보고 있을 거 아니에요. 맨눈으로 봐도 저건 오합지졸 용병들이 싸우는 게 아니라 진짜 전쟁이라고요. 베르덴에서 온 닐프가드가 전진하는 거예요. 야루가 남쪽까지 이미 갔을 거라고요. 어쩌면 브뤼헤 전체가, 아니 소든까지 불에 휩싸여 있을지도…….”

“무슨 일이 있어도 야루가까지는 가야 하오.”

“멋지군요. 그다음에는?”

“배를 찾아서 물살을 따라 내려가 강어귀까지 가보려고. 그다음에는 배를 타고…… 거기서부터는 젠장, 다니는 배가 있어야 할 텐데…….”

“닐프가드로? 여전히 계획엔 변함이 없으시다?”

밀바가 콧김을 내뿜었다.

“나와 함께 가줄 필요는 없소.”

“그럴 일은 없을 거예요, 당연히. 신들에게 감사할 일이죠, 죽고 싶어 환장한 건 아니니까. 겁먹은 건 아니에요. 하지만 당신에게 일러둘 게 있어요. 이런 판국에 휩쓸려 죽는 건 조금도 어려운 일이 아니라는 거죠.”

“나도 아오. 경험이 있으니까. 저쪽은 딱히 가본 적은 없소, 그래야 할 이유가 없었으니까. 하지만 가야 하기 때문에 가는 거요. 무엇도 날 막지 못하오.”

게롤트가 무심하게 말했다.

“하! 목소리하고는! 칼로 오래된 냄비 바닥을 긁는 소리네. 에미르 황제가 당신 목소리만 들어도 무서워서 벌벌 떨 것 같네요. 경비병! 경비병! 큰일이 났다! 위쳐가 조각배를 타고 닐프가드로 오고 있다! 곧 도착할 것이다! 나의 목숨과 왕관이 위험하다!”

밀바는 게롤트를 노려보며 쏘아붙였다.

“밀바, 그만두시오.”

“뭘 그만둬요? 이제라도 누군가 당신의 눈을 똑바로 보고 진실을 말해줄

때예요. 당신보다 더 바보 같은 인사가 있다면, 발정 난 토끼와도 하겠네! 지금 에미르 황제에게 가서 당신의 그 여자애를 빼내오겠다고요? 에미르가 황후로 맞이하려는 아이를? 다른 왕들에게서도 빼앗아온 그 애를? 에미르의 발톱은 단단해서 자기가 잡은 건 절대로 놓지 않을 거라고요. 왕들도 실패했는데, 당신이?"

게롤트가 아무 대꾸도 하지 않자 밀바는 다시 한 번 안됐다는 듯 고개를 끄떡이며 말했다.

"황제와 싸워 그의 약혼녀를 빼앗으러 닐프가드로 간다라…… 결과가 어떻게 될지 생각은 해본 거예요? 만약 정말로 그곳에 도착한다 치고, 궁에서 황금과 비단에 싸여 있는 그 시리라는 아이를 만난다면 뭐라고 할 건가요? 가자, 나와 함께, 황제의 옥좌는 아무것도 아니다, 우리 둘이 오두막에서 살면 되지, 수확 전에는 나무껍질도 맛있어, 이렇게 말할 건가요? 정신 차려요, 절뚝이 위쳐 양반. 당신이 드라이어드들에게 받은 옷과 신발도 부상으로 죽어나간 엘프들 거예요. 당신의 그 아가씨가 당신을 보면 뭐라고 하겠어요? 침을 뱉으며 비웃을 거라고요! 거지는 당장 궁 밖으로 내쫓으라고, 개를 풀어놓으라고 할 걸요!"

밀바의 목소리는 점점 커지다가 급기야 이 연설의 막바지에는 거의 고함을 지르고 있었다. 흥분해서 그런 것보다는 근처에서 높아지는 소음에 맞서기 위해서였다. 아래쪽에서는 수십 명, 아니 한 백 명쯤 되는 병사들이 소리를 지르고 있었고, 브뤼헤에서 온 병사들에게 또 다른 공격이 가해졌다. 이번에는 두 방향에서 동시에 벌어졌다. 격자무늬가 있는 남보랏빛 튜닉을 걸친 베르덴의 병사들이 방죽 길 위에서 빠르게 달려가고 있었고 들판 뒤에서는 방어하는 무리의 옆쪽을 치는, 검은색 망토의 기세등등한 기마부대가 나타났다.

"닐프가드예요." 밀바가 짧게 중얼거렸다.

이번에는 브뤼헤의 보병들도 어쩔 수가 없었다. 기마부대는 방죽을 넘어 눈 깜짝할 사이에 마을을 지키던 병사들을 칼로 흩어버렸다. 십자 무늬의 초록 깃발은 바닥으로 떨어졌다. 보병 중 일부는 무기를 버리고 투항했고 일부는 숲 방향으로 도망쳤다. 그러나 숲 쪽에서는 세 번째 부대가 나타났다. 그들은 정규군이 아니었고 되는대로 옷을 입고 무장도 제대로 갖추지 못한 기마부대였다.

"스코이아텔이군요."

밀바가 자리에서 일어나며 말을 이었다.

"이제 알겠나요, 지금 어떤 일이 일어나고 있는지, 위쳐? 당신도 이해가 가냐고요? 닐프가드, 베르덴, 다람쥐들까지 다 한편이라고요. 전쟁이에요. 에이단에서 한 달 전에 있었던 전쟁처럼."

"저건 약탈일 뿐이오."

게롤트가 머리를 저었다.

"도적질을 하러 온 거겠지. 기마부대만 있고 보병도 없……."

"보병들은 요새와 수비대를 맡은 거예요. 저 연기들이 도대체 뭐라고 생각하는 거예요? 소시지라도 굽는 건가?"

아래쪽 마을 방향에서, 다람쥐들로부터 공격을 받고 도망치는 사람들의 끔찍한 비명 소리가 들려왔다. 집들의 지붕으로부터 연기와 불길이 일었다. 거센 바람이 아침에 내린 비를 이미 말려버린 터라 불은 삽시간에 퍼져갔다.

"아, 마을이 불타버리는군."

밀바가 중얼거렸다.

"지난번 전쟁 이후 간신히 재정비한 마을인데. 기반을 잡으려고 2년 동안이나 땀을 뺐는데, 타버리는 건 순식간이네. 이걸 보고 뭐 배운 거 없냐고요!"

"뭘 말이오?"

게롤트의 날카로운 물음에도 밀바는 대답하지 않았다. 불타는 마을에서 피어오른 연기가 하늘 높이 올라갔고 게롤트 일행이 앉아 있는 벼랑까지 닿아 눈을 찌르고 눈물이 나게 했다. 큰불 속에는 비명이 들려왔다. 갑자기 단델라이온의 얼굴이 백지장처럼 창백해졌다.

검은 깃털이 달린 투구를 쓴 기사의 명령에 따라 아무 무기도 없는 포로들을 둥글게 한곳에 모은 후 칼과 창으로 공격하고 있었다. 땅에 쓰러진 포로들은 말발굽에 짓밟혔다. 모여 있던 포로들이 흩어지고 있었다. 일행이 숨어 있는 곳까지 들리는 비명 소리는 더 이상 사람의 목소리가 아니었다.

"우린 남쪽으로 가야 한다는 거지? 저 불을 뚫고? 저 학살자들의 본고장인 닐프가드로?"

단델라이온이 의미심장하게 게롤트를 바라보며 물었다.

"내 생각엔…… 다른 방법이 없어."

"있어요."

밀바가 말했다.

"내가 당신들을 올빼미 언덕의 숲을 통해 키안 트레즈로 인도해줄 수 있어요. 브로킬론으로요."

"불타는 숲을 지나서? 좀 전에 간신히 따돌린 놈들이 있는 그곳으로?"

"그게 남쪽 길보다는 나아요. 키안 트레즈까지는 14마일이고 난 지름길도 아니까."

게롤트는 눈길을 아래로 돌려 불길 속에서 스러져가는 마을을 바라보았
다. 닐프가드인들은 이미 포로들을 처리한 상태였고, 기마부대는 행진 대
열을 갖추고 있었다. 가지각색의 스코이아텔 부대는 동쪽으로 향하는 길로
움직이고 있었다.

"난 안 돌아가. 하지만 단델라이온을 브로킬론으로 데려가 주시오."

게롤트가 단호하게 말했다.

"싫어! 난 자네랑 같이 갈 거야!"

아직도 얼굴빛이 제대로 돌아오지 않은 단델라이온이 소리쳤다.

밀바는 손을 흔들며 사슬갑옷과 활을 집어 들고 말 쪽으로 한 걸음 옮기
더니 갑자기 휙 돌아섰다.

"젠장, 내가 엘프들을 구하는 짓을 너무 오래, 너무 자주 한 거야. 누가 죽
는 꼴은 도저히 못 보겠다고! 당신들을 야루가까지 데려다주겠어, 정신 나
간 양반들. 하지만 남쪽 길이 아니라 동쪽 길로 가는 거야."

밀바가 소리쳤다.

"그쪽도 숲이 불타고 있는데."

"불을 뚫고 갈 거예요. 난 익숙해."

"그렇게까지 할 필요 없소, 밀바."

"당연히 없지! 빨리 말에 올라타요! 이제 움직이자고!"

얼마 못 가서였다. 말들은 빽빽하게 자란 풀숲 사이에서 힘겹게 움직였
지만, 일행은 제대로 난 길을 지나갈 엄두조차 낼 수 없었다. 저 멀리 제대
로 된 길에서는 계속해서 철컹철컹, 절그럭절그럭하는, 행진 중인 부대의

소리가 들려왔기 때문이었다. 덤불이 가득한 협곡의 아래쪽은 순식간에 어두워졌다. 일행은 밤을 지내기 위해 멈춰 섰다. 비는 내리지 않았고 하늘은 불길로 밝았다.

그럭저럭 마른자리를 찾아 각자 옷과 담요로 몸을 감싸고 누웠다. 밀바가 근처를 정찰하러 자리를 떴다. 밀바가 자리를 뜨자마자 단델라이온은 곧바로 브로킬론의 여자 명사수를 향한 궁금증을 쏟아냈다.

"사슴처럼 예쁜 아가씨야."

단델라이온이 중얼거렸다.

"게롤트, 만나는 여자마다 운이 좋군. 날렵하고 날씬하고, 걷는 모습이 꼭 춤을 추는 것 같아. 내 취향에서 보면 허벅지가 좀 가늘고 어깨가 꽤 튼실하지만 아, 여자다운 여자야. 앞쪽의 그 사과 같은…… 하하, 당장이라도 윗옷이 터질 것 같은……."

"입 닥쳐, 단델라이온."

음유시인은 아랑곳하지 않고 망상을 계속했다.

"어쩌다가 부딪쳤는데 말이지, 다리가 대리석처럼 단단해. 자네 브로킬론에서 한 달 동안 지루하지는 않았겠어."

정찰에서 돌아오던 밀바가 이 연극적인 속삭임을 듣고는 단델라이온을 쏘아보았다.

"시인, 지금 내 얘기하는 거예요? 내가 등을 돌리자마자 무슨 뒷말이야? 새가 내 등에 똥이라도 싼 거야?"

"당신의 활쏘기 실력을 감탄하는 중이오. 궁수 중 당신과 겨룰 수 있는 자는 거의 없겠지."

단델라이온이 이빨을 드러내며 웃었다.

"네네, 어련하실까."

단델라이온이 게롤트 쪽을 의미심장하게 슬쩍 바라보며 말했다.

"언젠가 읽은 적이 있는데, 최고의 궁수들은 제리카니아 여자들이라더군. 스텝에 사는 부족이지. 어떤 여자 궁수들은 활을 당길 때 방해가 되지 않도록 왼쪽 가슴을 자른다고 해. 가슴이 거치적거린다는 이유로."

"어떤 시인이 지어낸 말이겠죠. 자리에 앉아 펜을 요강에 담그고 말도 안되는 소리를 끄적거리면 바보 같은 사람들이 믿겠지. 젖꼭지로 활을 쏘는 줄 알아요? 활시위는 옆으로 서서 입 쪽으로 당기는 거야. 아무것도 거치적거리지 않는다고. 자른다는 둥 하는 말들은 죄다 헛소리라고요. 머릿속은 텅텅 비었고, 여자 젖꼭지만 생각하는 놈들이 지어낸 말이지."

밀바는 신랄하게 비아냥거렸다.

"시와 시인에 대한 당신의 평가에 감사하오. 그리고 활쏘기에 대한 정보도. 활은 좋은 무기지. 아는지 모르겠지만, 바로 이런 방향으로 전쟁의 기술도 발전하고 있소. 앞으로의 전쟁에서는 서로 멀리 떨어진 채 싸우게 될 거요. 엄청나게 멀리 날아가는 무기들이 발명되어, 적들이 서로 얼굴도 보지 않고 죽일 수 있게 될 거라고."

"헛소리. 활은 훌륭한 무기죠. 하지만 전투란 남자 대 남자의 싸움, 칼날이 닿는 거리에서 서로 맞붙어, 더 강한 자가 더 약한 자의 목을 치는 거죠. 언제나 그래왔고 앞으로도 그럴 거예요. 그게 끝나면, 싸움도 끝이라고요. 그때까지는 당신도 보았듯 이렇게 싸우는 거예요. 지난번 마을 방죽 길 위에서처럼. 내가 이런 이야기까지 할 필요가 있나. 나가서 좀 더 둘러보고 와야겠네. 말들이 불안해하던데 근처에 늑대라도 있나."

밀바는 말을 끝낸 후 자리를 떴다.

"사슴 같은 여자야."

단델라이온의 눈길이 밀바를 따라갔다.

"흠, 아까 방죽 길에서의 전투와 벼랑에 함께 숨어 있을 때 한 말을 돌이켜보면 게롤트, 어떤 관점에서는 저 여자의 말이 맞는 것 같지 않아?"

"무슨 관점?"

"그…… 시리에 대해서 말이야. 우리의 아름답고 날쌘 궁수 아가씨는 자네와 시리의 관계를 모르고 있는 것 같아. 자네와 닐프가드 황제가 시리를 두고 경쟁하는 관계라고 짐작하는 모양인데. 그게…… 자네가 지금 닐프가드로 가고 있는 목적이라고 생각하는 것 같아."

단델라이온은 조금 머뭇거리며 말했다.

"전혀 맞지 않은 관점이군. 다른 건 또 뭐지?"

"잠깐, 말 돌리지 말고. 내 눈을 똑바로 봐. 자네는 시리를 받아들였고 보호자를 자청했어. 하지만 시리는 보통 여자애가 아니지. 왕손이라고, 게롤트. 더 말할 필요도 없이 시리에게는 왕위가 약속된 거야. 궁, 왕관 등등. 뭐 그게 다 어쩌면 닐프가드의 것인지도 모르겠지만. 나도 잘은 모르지만 혹시 에미르 황제야말로 시리에게는 최고의 남편감이 아닐까?"

"바로 그거야. 자넨 모른다고."

"자넨 알고?"

게롤트는 담요를 덮어썼다.

"지금 무슨 결론을 내리든 억지로 결론짓지는 마. 나도 알아, 그게 어떤 결론일지. 태어날 때부터 정해져 있는 운명으로부터 시리를 구할 수는 없어. 왜냐하면 시리가 우리를 계단에서 내던져버리라고 경비병에게 명령할지도 모르니까. 그럼, 시리는 그냥 잊자고."

단델라이온이 입을 열었지만 게롤트는 단델라이온이 끼어들도록 놔두지 않았다. 게롤트는 점점 더 거칠게 변해가는 목소리로 말했다.

"용이나 나쁜 마법사가 납치해 간 것도 아니고, 해적들이 몸값을 받아내려고 데려간 것도 아니야. 탑이나 지하 감옥이나 철창에 갇혀 있는 것도 아니고, 고문을 하거나 굶기고 있는 것도 아니지. 그 반대야. 비단 이불을 덮고, 은 식기로 식사를 하고, 비단옷과 보석을 걸치고 장신구를 주렁주렁 달고, 누가 자신을 왕비로 만들지 지켜보고 있는 중이다, 한마디로 말해서 행복해. 그런데 어떤 위처가, 옛날에 어쩌다 재수가 없어서 만나게 된 위처가 작정을 하고 그 행복을 부수려고, 망치려고, 무너뜨리려고, 구멍 뚫린 신발로 짓밟아버리려 한다는 거지. 그것도 죽은 엘프에게 물려받은 신발로. 그 말인가?"

"내가 그렇게 말한 건 아니잖아."

단델라이온이 퉁명스럽게 대꾸했다.

"위처는 당신에게 말한 게 아니에요."

밀바가 갑자기 어둠 속에서 나타나 잠시 망설이다가 게롤트 옆에 앉았다.

"나한테 말한 거죠. 내가 한 말이 괴로웠던 거예요. 꼭 그렇게 생각해서가 아니라 화가 나서 한 말이었어요. 용서해요, 게롤트. 안 그래도 깊은 상처에 발톱을 꽂은 것 같았겠죠. 너무 화내지 말아요. 다시는 그렇게 말하지 않을게요. 용서하는 거죠? 사과의 의미로 키스라도 해줄까요?"

대답도 허락도 기다리지 않고 밀바는 게롤트의 목을 꽉 껴안은 채 볼에 키스를 했다. 게롤트는 밀바의 어깨를 잡았다.

"가까이 오시오. 단델라이온 자네도. 함께…… 붙어 있으면 좀 따뜻할 거야."

게롤트는 헛기침을 했다.

모두들 오랫동안 말이 없었다. 불길로 환해진 하늘에 구름이 나타나 반짝이던 별을 가렸다.

"할 말이 있어. 하지만 웃지 않겠다고 약속해줬으면 하는데."

마침내 침묵을 깨고 게롤트가 입을 열었다.

"말해봐요."

"이상한 꿈을 꾸었소, 브로킬론에서. 처음엔 환각인 줄 알았지. 내 머리가 어떻게 된 줄 알았어. 타네드에서 내가 머리를 좀 세게 맞았으니. 하지만 며칠 동안 계속 같은 꿈을 꾸는 거요. 계속해서 같은 꿈을."

단델라이온과 밀바는 아무 말도 없이 귀를 기울였다.

"시리가 금실로 수놓아진 휘장이 달린 궁전 침대에서 자는 게 아니었소. 먼지 자욱한 시골길을 말에 탄 채 달리고 있고, 마을 사람들은 손가락질을 하고 있었지. 마을 사람들은 시리를 다른 이름으로 불렀소. 개들은 짖어대고. 시리는 혼자가 아니었소. 다른 이들과 함께 있더군. 머리를 짧게 깎은 여자애가 시리의 손을 잡고 있었지…… 시리는 그 여자애를 보며 웃었고. 그 웃음은 끔찍했소. 시리의 진한 화장도 마음에 들지 않았고…… 그리고 무엇보다 시리가 가는 길엔 죽음이 흩뿌려져 있었소."

"그럼 지금 그 여자애가 어디에 있다는 거예요? 닐프가드에 없다는 건가요?"

밀바가 게롤트에게 고양이처럼 달라붙으며 물었다.

"나도 모르겠소. 하지만 그 꿈을 몇 번이나 꾸었지. 문제는, 난 꿈을 믿지 않는다는 거요."

게롤트는 힘겹게 대답했다.

"당신은 바보군요. 난 꿈을 믿는데."

"잘 모르겠군. 하지만 느껴지는 건 있었소. 시리의 앞에는 불이 있고, 뒤에는 죽음이 있었지. 난 서둘러야 하오."

새벽이 되자 비가 내리기 시작했다. 전날처럼 거센 바람을 동반한 폭우는 아니었고 짧은 소나기였다. 하늘은 흐려지고 납빛의 구름이 잔뜩 끼었다. 조금씩 가는 빗줄기가 일정하게, 하지만 끈질기게 내렸다.

일행은 동쪽으로 향했고, 밀바가 길잡이 역할을 했다. 게롤트가 밀바에게 야루가는 남쪽이 아니냐고 묻자 밀바는 화를 내며 길을 이끄는 건 자기고, 자기가 뭘 하고 있는지 잘 알고 있다며 쏘아붙였다. 게롤트는 더 이상 아무 말도 하지 않았다. 사실 움직이고 있다는 것 자체가 무엇보다도 중요했다. 방향은 큰 의미가 없었다.

일행은 침묵 속에서, 온몸이 젖고 추위에 떨며 안장 위에서 몸을 웅크린 채 달렸다. 나무가 잘린 길은 피하고, 되도록이면 숲길을 고수했다. 길을 따라 행군하는 기마부대의 말발굽 소리가 들려오면 곧장 풀숲에 숨었다. 전투의 소음과 소란스러운 기척이 있으면 멀리 돌아갔다. 불에 휩싸인 마을과 이글이글 타며 연기가 피어오르는 불구덩이 곁을 지나기도 했다. 비에 젖은 재 냄새로 가득한, 이제는 검은 땅으로 흔적만 남은 집터와 과수원도 지났다. 시체들 위로 몰려든 까마귀 떼를 쫓기도 했다. 봇짐에 허리가 굽은, 전쟁과 불타는 마을을 뒤로한 채 도망치는 시골 사람들, 얼이 빠져 질문을 해도 이해하지 못하고 겁에 질린 채 슬픔과 공포로 가득한 눈망울만 굴리는 사람들을 지났다.

일행은 동쪽으로 불과 연기를 뚫고, 보슬비와 안개를 뚫고 계속 나아갔다. 눈앞에는 전쟁의 파노라마가 펼쳐지고 있었다. 마치 그림 같았다.

그 그림은 흑두루미가 있는 풍경이었다. 타버린 마을의 잿더미 위에 굵고 검은 선으로 앉아 있었다. 흑두루미 위에는 발가벗은 시체가 매달려 있었다. 머리를 아래로 한 채. 엉망이 된 사타구니와 배에서 흘러나오는 피가 가슴과 얼굴로 떨어져 내려 머리카락에 방울방울 맺혀 있었다. 시체의 등에는 아르드 마크가 새겨져 있었다. 칼로 새긴 것이었다.

"안'기바레예요. 다람쥐들이 왔다 간 거죠."

밀바가 젖은 머리카락을 넘기며 말했다.

"안'기바레가 뭐요?"

"밀고자."

이번엔 말이 있는 풍경이었다. 화려한 검은색 마구를 장착한 회색 말이었다. 말은 전장 끄트머리에 쌓여 있는 시체들과 땅에 꽂힌 부러진 창 사이를, 배에 난 상처를 비집고 나온 창자를 끌고 돌아다니며 고통스럽게 울었다. 말의 고통을 끝내줄 수도 없었다. 전장에는 말 말고도 시체들의 소지품을 노리는 도둑들이 돌아다니고 있었기 때문이었다.

이번에는 십자가에 매달린 소녀가 있는 풍경이었다. 타버린 농장 옆에 발가벗겨지고 피투성이가 된 채로 죽어 있었다. 유리알 같은 눈은 하늘을 응시하고 있었다.

"전쟁이 남자들의 일이라고들 하죠. 하지만 여자들에게도 관대하지 않아요. 재미를 봐야 하니까. 빌어먹을 영웅들, 제기랄."

밀바가 거칠게 뇌까렸다.

"당신 말이 맞소. 하지만 그렇게 말한다고 해서 그 사실이 바뀌진 않소."

"난 바꿨어요. 집에서 도망쳤죠. 오두막집에 처박혀서 빗자루질이나 하고 바닥이나 닦으며 살고 싶진 않았어요. 집이 불타고, 바닥에 묶일 때까지 기다리지도 않았죠."

밀바는 더 이상 말하지 않고 앞서 달려나갔다.

이제는 훈제장이 있는 풍경이었다. 이곳에서 단델라이온은 이날 먹은 것을 모조리 토해내고 말았다. 그래봤자 마른 빵과 마른 생선 반 토막이었지만.

훈제장에서 닐프가드인들, 어쩌면 스코이아텔이 꽤 많은 수의 포로들을 처리한 것 같았다. 도대체 얼마나 많은 포로들이 학살당했는지는 가까이 가 봐도 짐작이 되지 않았다. 학살하는 과정에서 활과 칼, 창만 동원한 것이 아니라 훈제장에 있던 도끼, 목공용 칼, 목재용 톱까지 쓰였던 것이다.

다른 풍경들도 있었지만 게롤트와 단델라이온, 밀바는 더 이상 기억하지 못했다. 기억 속에서 그 풍경들을 지워버렸던 것이다.

모두들 무덤덤해졌다.

이후 이틀 동안은 20마일도 나아가지 못했다. 비는 계속해서 내렸다. 여름 가뭄에 목말랐던 땅은 이미 충분히 물을 마시고, 숲길은 진흙투성이로 변했다. 안개와 수증기 때문에 연기가 잘 보이지 않았지만 지독한 탄내로 짐작하건대 군대가 멀지 않은 곳에 있음을, 여전히 눈에 보이는 것들은 모조리 태워버리고 있음을 말해주고 있었다.

피난민들은 보이지 않았다. 숲에는 게롤트 일행만 있었고, 그렇게 생각했다.

일행을 뒤따라오는 말의 투레질 소리를 처음 들은 것은 게롤트였다. 게롤트는 돌처럼 굳은 표정으로 로취를 돌려세웠다. 단델라이온이 입을 열었지만 밀바가 손짓하며 조용히 하라고 경고한 후 안장 옆에서 활을 꺼냈다.

일행 뒤를 따라오던 이가 덤불 사이에서 모습을 드러냈다. 게롤트 일행이 자신을 기다리고 있는 것을 보고는, 밤색의 수컷 망아지를 멈춰 세웠다. 모두들 바람결에 스치는 나뭇가지 소리만 들리는 침묵 속에 서 있었다.

"우리를 따라오지 말라고 했을 텐데."

마침내 게롤트가 입을 열었다.

단델라이온이 마지막으로 관 속에서 보았던 닐프가드인은 젖은 앞머리 아래 눈을 가리고 있었다. 단델라이온은 갑옷과 가죽 카프탄에 외투를 걸쳐 입은 닐프가드인을 간신히 알아보았다. 마차에서 죽은 하브'케런 중 한 명의 옷을 걸친 것 같았다. 그러나 너도밤나무 아래의 난리 이후 듬성듬성 난 수염에도 감춰지지 않은 앳된 얼굴이 기억났다.

"따라오지 말라고 했다."

게롤트가 서늘한 어조로 되풀이했다.

"그래, 따라오지 말라고 했지. 하지만 난 따라와야만 했다."

젊은이가 마침내 인정했다. 닐프가드 억양은 느껴지지 않는 말투였다.

게롤트는 말에서 뛰어내려 단델라이온에게 말고삐를 쥐어주었다. 그러고는 칼을 빼 들었다.

"말에서 내려. 보아하니 이제는 무기를 갖추었군, 좋아. 네놈의 손에 무기가 없을 땐, 널 치고 싶지 않았다. 하지만 지금은 이야기가 달라. 내려."

게롤트가 무심한 표정으로 말했다.

"난 당신과 싸우지 않는다. 싸우고 싶지 않아."

"그렇겠지. 네 동료들이 그랬던 것처럼 칼싸움보다는 다른 싸움을 선택하고 싶겠지. 예를 들어, 우리를 따라왔다면 아마도 네놈 역시 지나왔을 그

훈제장에서처럼. 내려."

"내 이름은 카히르 모르 디플린 엡 셀락이다."

"자기소개를 부탁한 적은 없는데. 말에서 내리라고 말했다."

"난 내리지 않아. 당신과 싸우고 싶지 않다."

"밀바, 미안하지만 저 자식 말 좀 죽여줘."

게롤트가 밀바를 향해 고갯짓을 했다.

"안 돼! 그러지 마, 제발. 내리겠다."

카히르 엡 셀락은 밀바가 활시위에 화살을 물리기 전에 손을 올리더니 가슴에 양팔을 교차시켰다.

"만약 원한다면 날 죽여라. 저 엘프에게 활을 쏘라고 명령해. 난 당신과는 싸우지 않는다. 난 셀락의 아들이다. 난, 난…… 당신들과 합류하고 싶다."

"내가 뭘 잘못 들은 것 같은데. 다시 말해봐."

"당신들과 합류하고 싶다. 그 여자아이를 찾으러 가는 것 아닌가. 당신을 돕고 싶다. 난 당신을 도와야만 해."

"미친놈이잖아. 머리가 이상해진 것 같아. 여기 미친놈이 있다고."

게롤트는 밀바와 단델라이온을 향해 돌아섰다.

"우리 일행으로 제격이군요. 미친놈이라니, 안성맞춤이야."

밀바가 중얼거렸다.

"이자의 제안을 긍정적으로 생각해봐, 게롤트. 어쨌거나 닐프가드 귀족이잖아. 이자의 도움을 받아서 우리가……."

"입 조심해, 닐프가드인."

단델라이온의 말이 채 끝나기도 전에 게롤트가 차갑게 말을 잘랐다.

"어서 칼을 잡아라, 닐프가드의 애송이."

"난 싸우지 않는다. 그리고 난 닐프가드인이 아니다. 난 비코바로 사람이야, 그리고 이름은……."

"네놈 이름이 뭐건 상관없다. 무기를 잡아."

"싫다."

"위쳐!"

밀바가 빽 소리를 지르더니 안장에서 몸을 굽혀 땅에 침을 뱉었다.

"시간은 가고 비는 내리고 닐프가드인은 당신과 싸울 생각이 없고. 게다가 당신, 표정은 험상궂지만 저자를 냉혹하게 해치울 생각도 없잖아요. 언제까지 여기서 미적거릴 건가요? 내가 저 밤색 망아지 배에 화살을 박아줄 테니 우린 갈 길이나 가자고요. 걸어서 우릴 쫓아오진 못할 테니까."

밀바의 말이 끝나기 무섭게 셀락의 아들 카히르는 밤색 말의 안장 위로 풀쩍 뛰어올라 왔던 길로 말을 달렸다. 알아들을 수 없는 고함을 질러대면서. 게롤트는 잠시 동안 카히르의 뒷모습을 바라보더니 말에 올라탔다. 아무 말도 없었고, 더는 쳐다보지도 않았다.

"내가 늙어가고 있군. 자꾸 걸리는 게 생겨."

로취가 밀바의 검정말과 나란히 걷게 되자 게롤트는 나직이 중얼거렸다.

"그렇죠, 노인네들에게 일어나는 현상이죠. 폐병풀을 끓여 마시면 좋대요. 일단은 안장에 쿠션부터 까는 게 어때요?"

밀바는 참 안됐다는 눈으로 게롤트를 바라보았다.

"그게 아니잖소. 양심에 거리낀다는 말이지, 치질이 아니라고, 밀바. 지금 당신은 말뜻을 착각하고 있어."

단델라이온이 심각하게 설명했다.

"똑똑한 척하며 떠들어대는 걸 내가 어떻게 따라가겠어요! 잘난 척이나 하고! 빨리 갈 길이나 가요!"

"밀바, 놈의 말을 정말 죽일 생각이었소?"

얼굴로 떨어지는 비를 피하려고 애쓰며 말을 달리던 게롤트가 물었다.

"아니, 말이 무슨 잘못이 있다고. 그리고 그 닐프가드인도…… 왜 우릴 쫓아온 거죠? 대체 뭣 때문에 우리와 합류하겠다는 둥 돕겠다는 둥 그런 소리들을 한 거죠?"

밀바는 마지못해 사실을 말했고, 궁금증을 털어놓았다.

"그걸 내가 어떻게 알겠소, 젠장."

숲이 끝나고 남쪽에서 북쪽으로 뻗은 언덕 사이로 굽이치는 길에 이르렀을 때에도 계속해서 비가 내리고 있었다. 보는 시점에 따라 이 길은 북쪽에서 남쪽으로 뻗었다고 말할 수도 있을 것이다.

이들이 길에서 본 것은 조금도 놀라운 광경이 아니었다. 이미 볼 만큼 본 광경이었다. 뒤집어지고 속이 빈 마차와 죽은 말들, 흩어진 봇짐, 보따리와 광주리들. 불과 얼마 전까지만 해도 사람이었을 것들이 갈기갈기 찢어져 이상한 모습으로 굳어있었다.

일행은 무서워하지 않고 가까이 다가갔다. 학살은 오늘이 아니라 어제나 그저께쯤 벌어졌던 게 분명했기 때문이다. 일행은 이미 시체를 훑어보기만 해도 그런 것들을 추측할 수 있었다. 어쩌면 이들 안의 동물적 본능이 지난 며칠 동안 깨어나 예민해져 있는 것인지도 몰랐다. 또한 전장의 난리판을 뚫고 드물지만 약간의 식량이나 여물을 구하는 법도 터득했다.

게롤트 일행은 길게 늘어선 파손된 마차들 중 마지막 마차 옆에 서 있었다. 마차는 구덩이로 밀쳐진 채 부러진 바퀴살 위에 기울어져 있었다. 마차 위에는 기이한 각도로 목이 꺾인 뚱뚱한 여자가 누워 있었다. 여자가 걸친 옷의 옷깃에는 찢어진 귀에서 흘러나온 핏줄기가 비에 씻긴 채 얼룩져 있었다. 귀에 걸었던 귀걸이를 뜯어가며 생긴 상처 같았다. 마차의 포장 위에는 '베라 뢰벤하웁트와 아들들'이라는 글자가 적혀 있었다. 근처에 아들들은 보이지 않았다.

"농부들이 아니에요."

밀바가 입술을 깨물고는 말을 이었다.

"상인들이에요. 남쪽에서 왔고요. 딜링겐에서 브뤼헤로 향하다가 여기서 잡힌 거죠. 좋지 않군요, 위처. 난 이쯤에서 남쪽으로 방향을 틀려고 했는데, 이제 어떻게 해야 할지 잘 모르겠어요. 딜링겐과 브뤼헤 전체가 이미 닐프가드의 손아귀에 있을 테고, 이 길로는 야루가로 갈 수 없어요. 우린 계속 동쪽으로 가야 해요, 털로우를 통해서. 그쪽엔 울창한 숲만 있을 뿐 사람이 없어서 군대가 그쪽으로 가진 않을 거예요."

"난 더 이상 동쪽으로는 가기 싫소. 야루가로 가야 하오."

게롤트가 단호하게 말했다.

"야루가로 갈 거예요. 하지만 안전한 길로 가야죠. 이 지점에서 남쪽으로 움직이면 곧장 닐프가드인들의 입속으로 떨어지는 거예요. 얻는 것도 없이."

밀바의 목소리는 예상외로 침착했다.

"적어도 남쪽으로 가면 시간은 벌 수 있지. 동쪽으로 계속 가는 건 낭비일 뿐이오. 지금은 도저히 그럴 형편이……."

게롤트가 언성을 높였다.

"쉿, 잠시 이야기 좀 멈춰봐."

갑자기 단델라이온이 말을 돌려세우며 말했다.

"무슨 일이야?"

"소리가…… 노랫소리가 들려."

게롤트는 고개를 저었고, 밀바는 코웃음을 쳤다.

"당신한테만 들리는 거 같은데요, 시인님."

"조용히! 입 좀 다물어봐! 누군가 노래를 부르고 있어, 안 들려?"

게롤트는 두건을 내렸고 밀바 역시 귀를 쫑긋 세웠다. 잠시 후 밀바는 게롤트를 보며 아무 말 없이 고개를 끄덕였다.

음유시인의 음악적인 귀는 틀리지 않았다. 말도 안 된다고 생각했던 그의 말은 사실이었다. 숲속 한가운데, 보슬비를 맞으며 시체로 가득한 길 위에 서 있는 일행에게 노랫소리가 들려왔던 것이다. 남쪽으로부터 누군가 오고 있었다. 노랫소리는 크고 명랑했다.

밀바는 검은 말의 고삐를 홱 당겨 달아날 준비를 했지만 게롤트가 손짓으로 막았다. 게롤트는 궁금했다. 들려오는 노랫소리는 위협적이고 리듬이 강한, 행군하는 병사들이 쿵쿵거리며 부르는 노래도 아니었고, 으스대는 기마부대의 노래도 아니었다. 가까워지는 노랫소리는 두려움을 불러일으키지 않았다. 오히려 그 반대였다.

빗방울이 나뭇잎 사이로 떨어지는 소리가 났다. 노래의 가사도 들리기 시작했다. 전쟁과 죽음의 풍경 속에서 들려오는 즐거운 노랫소리는 낯설고 부자연스러웠으며, 어울리지도 않았다.

　잡목 숲에서 늑대가 어떻게 춤을 추는지 봐라

　이빨을 드러내고, 꼬리를 흔들며, 즐겁게 뛰어오르네

오, 이 숲속 짐승은 왜 이렇게 즐거운 것일까?

분명 아직 마누라가 없어서 그렇겠지, 저렇게 설치는 걸 보면!

움―타, 움―타, 우후―하!

단델라이온은 갑자기 소리 내 웃더니 게롤트와 밀바의 다급한 경고에도 불구하고 젖은 코트 아래서 류트를 꺼내 현을 뜯으며 목청껏 노래를 거들기 시작했다.

저 들판의 늑대가 어떻게 다리를 늘어뜨리고 있는지 봐라

고개는 푹 숙이고, 꼬리는 말려 있고, 눈에는 눈물이 흐른다

오, 이 숲속 짐승은 왜 이렇게 슬픈 걸까?

분명 어제 결혼했거나 약혼식을 했겠지!

"우, 후, 하!"

여러 목소리가 이제 아주 가까이에서 들려왔다.

낄낄거리는 웃음소리가 울려 퍼지더니 누군가 입속에 손가락을 넣고 세찬 휘파람을 불었다. 그러더니 구부러진 길을 돌아 괴상하고 화려한 무리가 나타났다. 한 줄로 서서 무거운 장화로 박자에 맞춰 진흙을 튀기며 걷고 있었다.

"드워프들이야. 하지만 스코이아텔은 아니에요. 수염을 땋지 않았으니까."

밀바가 작은 목소리로 말했다.

드워프들은 모두 여섯이었다. 모두들 비슷한 외투를 입고 있었는데, 두건이 달리고 얼룩덜룩한 회색과 갈색으로 이루어진 짤막한 외투로 보통 드워프들이 굿은 날씨에 입는 옷이었다. 드워프들의 저 외투는, 길 위에서 십여 년 동안 나무 타르와 먼지, 끈적거리는 기름 등이 쌓여 완벽하게 방수가 되는 물건이라는 걸 게롤트는 알고 있었다. 이 실용적인 외투는 보통 아버지가 장남에게 물려주는 편인데, 주로 성인이 된 드워프들만 입었다. 성인 드워프라는 건 드워프 나이로 수염이 허리까지 닿을 정도, 그러니까 약 쉰다섯 살 정도를 말했다.

다가오는 드워프들 중 어려 보이는 드워프는 없었다. 그러나 나이가 아주 많은 드워프도 없었다.

"사람들을 이끌고 오네. 분명 피난민들일 거예요. 짐이 많은 걸 보니."

밀바가 고갯짓으로 게롤트에게 여섯 명의 드워프 뒤를 따라오는 사람들을 가리키며 말했다.

"드워프들도 짐이 상당하군." 단델라이온이 말했다.

그러고 보니 드워프 한 명, 한 명이 많은 짐을 끌고 있었다. 사람과 말이라면 진즉에 뻗었을 정도의 짐이었다. 평범한 꾸러미와 주머니들 사이에서 게롤트는 자물쇠로 잠긴 여행 가방과 몇 개의 구리 솥, 작은 서랍장처럼 보이는 물건을 보았다. 한 드워프는 마차 바퀴 하나를 등에 메고 있었다.

선두에서 무리를 이끄는 드워프는 짐을 메고 있지 않았다. 허리띠에는 작은 도끼가 매달려 있었고, 등에는 얼룩무늬 고양이 가죽으로 만든 칼집 속의 긴 검을 둘러맸으며, 어깨에는 초록색의 젖은 털이 흐트러진 앵무새가 앉아 있었다. 그 드워프가 일행에게 말을 걸었다.

"안녕하신가!"

길 한가운데 서서 허리에 손을 올린 채 드워프가 소리쳤다.

"요즘엔 길에서 사람보다는 늑대를 만나는 게 더 나은 시대지. 말로 하는 인사보다는 석궁을 맞을 때가 더 많고! 하지만 노래와 음악으로 인사하는 사람이라면 우리의 친구가 확실하지! 아니면 우리의 여자라든지. 어이쿠, 함께 계신 여자분께는 실례. 반갑소! 난 졸탄 치베이요."

"게롤트요. 여기, 노래를 했던 사람은 단델라이온. 그리고 이쪽은 밀바."

게롤트가 잠시 망설이다 일행들을 소개했다.

"씹-할!" 앵무새가 빽 소리를 질렀다.

"그 주둥이 닥치지 못해!"

졸탄 치베이가 앵무새에게 화를 냈다.

"용서하시게. 외국에서 건너온 아주 똑똑한 새인데, 교양이 좀 없어. 내가 이걸 10탈러나 주고 샀지. 이름은 야전 사령관 두다. 그리고 여긴 나의 동반자들이오. 먼로 브뤼스, 야존 바르다, 캘럽 스트래튼, 피기스 메를루조, 그리고 퍼시벌 슈텐바흐."

퍼시벌 슈텐바흐는 드워프가 아니었다. 젖은 두건 아래로 땋은 수염 대신 보이는 길고 뾰족한 코는 노움의 오래된 귀족 혈통을 증명하고 있었다.

졸탄 치베이는 얼마 떨어지지 않은 곳에 있는 무리들을 가리켰다.

"그리고 뒤의 저들은 케르노프에서 온 피난민들이오. 보시다시피 여자와 아이들뿐이지. 더 많았는데, 닐프가드 부대가 사흘 전에 무리를 학살하고 흩어놓았소. 우리들과는 숲에서 만나 지금 함께 가고 있는 거요."

"대담하군. 큰길로, 그것도 노래를 부르면서 이동하다니."

게롤트가 뜸을 들이다 말을 건네자 졸탄은 수염을 만지며 대답했다.

"내 생각엔 질질 짜면서 이동하는 게 더 나을 거 같진 않소. 딜링겐에서부터 숲길로 조용히 숨어서 오다가, 군대가 지나간 후부터는 시간이라도 벌어 보려고 큰 길로 들어왔지."

졸탄은 들판의 참혹한 광경을 보고 갑자기 말을 멈추었다.

"저런 풍경은…… 우리도 익숙해졌지. 딜링겐과 야루가부터는 길목마다 시체뿐이더군……. 혹시 당신들 일행이오?"

졸탄이 시체를 가리키며 말했다.

"아니오. 닐프가드가 상인들을 습격한 거 같더군."

"닐프가드가 아니오."

드워프는 고개를 저으며 무표정한 얼굴로 죽은 사람들을 바라보았다.

"스코이아텔이오. 정규군은 시체에서 화살을 뽑는 수고 따위는 하지 않거든. 하지만 좋은 화살촉은 반 크라운쯤 한단 말이지."

"뭘 좀 아는군요." 밀바가 중얼거렸다.

"어디로 가시는가?"

"남쪽으로." 게롤트가 바로 대답했다.

"그건 좋지 않은 생각이오."

졸탄은 다시 고개를 저었다.

"거긴 그야말로 지옥이야, 불과 학살뿐이지. 딜링겐은 분명 이미 넘어갔고, 닐프가드의 검은 부대들이 야루가로 몰려들고 있어서 지금 당장이라도 오른쪽 강둑의 계곡 전체를 점령할 기세요. 보이는 것처럼 우리 앞에도 있고, 북쪽에도 있고, 브뤼헤로도 가고 있지. 제정신이라면 도망칠만한 구석은 단 한 곳, 동쪽뿐이오."

밀바가 의미심장하게 게롤트를 바라보았지만 그는 입을 다물었다.

"우리는 동쪽으로 가는 중이라네."

졸탄이 말을 이었다.

"단 하나 남은 기회는 최전선 바로 뒤에 바짝 붙어서 테메리아 군이 동쪽의 이나 강에서 출발할 때까지 숨어있는 거지. 털로우에 있는 언덕까지는 숲길을 따라 걷다 옛길을 통해 이나 강으로 흐르는 소든의 호틀라 강까지 이동할 계획이오. 원한다면 우리와 함께 가도 좋소. 천천히 가도 괜찮다면 말이지. 그쪽은 말이 있지만, 우린 피난민과 같이 이동해 속도가 느리거든."

"당신들은 천천히 가도 괜찮나 보군요."

밀바가 졸탄을 뚫어져라 바라보며 말했다.

"드워프는 아무리 짐이 많아도 하루에 30마일은 갈 수 있잖아요. 그것도 말에 탄 사람하고 거의 비슷한 속도로요. 나도 옛길을 알아요. 저 난민들이 없다면 당신들은 사흘 안에 호틀라까지 도착할 거예요."

"여자와 아이들이요. 우린 이들을 그저 운명에 맡기고 떠날 수는 없소. 그러지 말라고 말할 셈이오?"

졸탄이 수염과 배를 잔뜩 부풀렸다.

"아니, 그런 뜻은 아니오." 게롤트가 대답했다.

"대답이 좋군. 첫인상이 틀리지 않았어. 그럼, 우리와 함께 갈 거요?"

게롤트가 밀바를 바라보았다. 밀바는 고개를 끄덕였다.

졸탄은 밀바가 고개를 끄덕이는 것을 보았다.

"좋소, 그럼 이쪽으로 갑시다, 군대가 우리를 따라잡기 전에. 하지만 먼저…… 야존, 먼로, 저 마차들 좀 조사해. 피기스, 우리 바퀴가 저 마차에 맞는지 확인해봐. 그럼 좋을 텐데."

"딱 맞아! 마치 이 마차에서 빠진 바퀴 같은데!"

바퀴를 들고 있던 드워프가 소리쳤다.

"내가 뭐라고 했어, 이 멍청아! 어제 내가 그 바퀴를 가져오자고 했을 때 투덜거리더니! 어서 끼워봐! 캘럽, 가서 좀 도와줘!"

놀랄 만큼 신속하게 새 바퀴가 끼워진 '죽은 베라 뢰벤하웁트와 아들들'의 마차는 포장을 비롯해 쓸데없는 것이 모두 벗겨진 후 구덩이에서 꺼내어졌다. 순식간에 짐들이 모두 마차에 실렸다. 졸탄은 잠시 생각하다 마차에 아이들도 태우라고 명령했다. 그 명령은 마지못해 미적거리며 실행됐다. 게롤트는 애들의 엄마들이 드워프에게서 가급적이면 멀리 떨어져 있으려 하는 걸 느꼈다.

단델라이온은 티가 나게 역겨워하는 표정으로 두 드워프가 시체들로부터 벗겨낸 옷들을 입어보는 모습을 바라보고 있었다. 다른 드워프들은 마차들을 뒤졌지만, 가져갈 만한 것은 찾지 못했다. 졸탄 치베이가 손가락을 입에 넣어 이제 그만하라는 휘파람 신호를 보낸 후 전문가다운 눈길로 로취와 페가수스, 밀바의 검은 말을 바라보았다.

"마구를 갖춘 말이라."

졸탄은 불만스럽다는 듯 중얼거리고는 코를 찡그렸다.

"여기엔 쓸 수 없겠군. 피기스, 캘럽, 마차를 끌어. 이따가 교대해줄게. 출발!"

게롤트는 드워프들이 가져온 마차가 늪지마냥 진창투성이인 땅에 빠져 금방 버려질 거라 예상했지만, 그건 착각이었다. 드워프들은 마치 황소처럼 힘이 셌고, 동쪽으로 난 숲길은 다행히 풀에 덮여 있어 푹푹 빠지지도 않았다. 그러나 비는 쉴 새 없이 내리고 있었다. 밀바는 우울해졌고 신경질적으로 변해 입만 열면 말발굽이 부드러워져 곧 갈라지고 터질 거라고 말했다. 졸탄 치베이는 말발굽을 살펴보더니 입술을 핥으며 말고기 요리라면 자신 있다고 말하는 바람에 밀바를 더 화나게 만들었다.

일행은 긴 대열을 유지하며 이동했는데, 한가운데에 교대로 끄는 마차가 위치하고 마차 앞에는 졸탄이, 그 옆에는 페가수스에 올라탄 단델라이온이 교양 없는 앵무새와 말싸움을 하며 이동하고 있었다. 마차 뒤에는 게롤트와 밀바가, 그리고 그 뒤쪽에는 케르노프에서 온 여섯 명의 여자 피난민들이 발을 끌며 따라왔다.

안내자 역할은 긴 코를 가진 노움인 퍼시벌 슈텐바흐가 맡아 했다. 노움은 키나 힘으로는 드워프와 상대가 되지 않았지만, 굉장한 지구력이 있었고, 유연성과 민첩성 면에서는 훨씬 나았다. 행진 중에 퍼시벌은 끊임없이 주변을 오가며 덤불 속을 살피고, 앞서가다가 없어지고, 그러다 갑자기 멀리서 나타나 손짓 발짓으로 앞길은 괜찮다는 신호를 보내곤 했다. 길에서 돌아올 때마다 마차 위에 앉은 네 명의 아이들을 위해 나무딸기나 호두, 아니면 좀 이상해 보이지만 분명 맛있을 것 같은 뿌리 등을 가지고 왔다.

일행의 속도는 끔찍하게 느려 무려 사흘 동안이나 숲길을 걸었다. 천만다행으로 군대는 만나지 않았다. 연기나 큰불의 아지랑이도 보이지 않았다. 그러나 숲속에 그들만 있는 것은 아니었다. 정찰 역할을 하던 퍼시벌은 몇 번이나 숲속에 숨은 다른 피난민들의 존재를 알려왔다. 이런 무리들 몇은 빠르게 지나쳤다. 쇠스랑과 곡괭이로 무장한 농부들의 얼굴이 인사를 나누고 싶어 하는 것 같지 않았기 때문이었다. 그래도 농부들과 협상을 벌여 케르노프의 여자 피난민을 농부들에게 맡기는 게 어떻겠냐는 의견이 있었지만 졸탄은 반대했고, 밀바 역시 졸탄의 의견을 지지했다. 여자들 역시 난쟁이 무리를 떠나고 싶어 하는 것 같지 않았다. 여자들이 드워프들에게서 두려움과 마뜩잖은 감정을 느끼고 거리를 두는 것이 분명했고, 말 한번 제대로 건네지 않은 채 행렬이 설 때마다 멀찍이 떨어져 있는 것으로 보았을 때 이 무리를 떠나려 하지 않는 건 희한한 일이었다.

　게롤트는 그 이유를 대충 짐작할 수 있었다. 이들이 얼마 전에 겪었던 비극의 탓도 있겠지만, 드워프들의 행동이나 태도에도 그 원인이 있었다. 졸탄과 동료들은 야전 사령관 두다에 지지 않을 정도로 자주 찰진 욕을 내뱉었고, 욕의 종류는 훨씬 다양했다. 더불어 음담패설이 가득한 노래를 불러 댔고 거기엔 단델라이온까지 열심히 가세했다. 침을 뱉고 손에 코를 푸는 것은 물론, 천둥 같은 소리로 방귀를 뀌는 건 웃음과 농담, 경쟁의 일종으로 생각했다. 덤불에서 생리 현상을 해결하는 건 그야말로 큰일을 볼 때뿐이었고, 작은 건 멀리 가서 해결하지도 않았다.

　바로 그 문제 때문에 밀바도 졸탄에게 화를 내며 욕설을 퍼부었다. 왜냐하면 졸탄이 아침에 일어나자마자 누가 보건 말건 타고 남은 재 위에 오줌을 갈겼기 때문이었다. 욕을 먹은 졸탄은 주눅 들기는커녕 이중인격에 성격파탄자, 밀고자나 소변을 숨어서 해결한다고 주장했다. 그러나 졸탄의 청산유수 같은 설명도 밀바를 납득시키진 못했다. 밀바는 드워프들에게 더욱더 화려한 욕설과 몇 개의 구체적인 협박을 통해 효과를 보기 시작한 모양이었다. 언제부터인가 모두들 얌전히 덤불로 가서 볼일을 해결하기 시작한 걸 보면 말이다. 그러나 끝끝내 성격파탄자나 밀고자로 몰리기는 싫었는지 대체로 함께 모여서들 갔다.

　드워프 무리와 합류한 그날을 기점으로 단델라이온은 완전히 신이 났다. 그는 특히 드워프들 중 일부가 자신의 이름을 알고 있고, 심지어 자신의 발라드와 이야기를 들어봤다는 걸 알게 되자 드워프들과 거의 형제 같은 사이가 되었다. 단델라이온은 졸탄 옆에 딱 붙어서 절대로 자리를 양보하지 않았다. 드워프들에게 얻어낸 누비 윗도리를 걸치고, 깃털이 달린 낡아빠진 모자는 담비털 모자로 바꾸었다. 구리 장식이 달린 넓은 허리띠에는 선물로 받은 산적 같은 모양의 칼을 꽂았다. 몸을 굽히려고 할 때마다 그 칼에 엉덩이를 찔리기 일쑤였지만. 다행히도 그 칼은 금방 어딘가에서 잃어버렸고, 두 번째 칼 선물은 받지 못했다.

일행은 털로우 근처의 빽빽한 숲을 헤매고 있었다. 숲은 군대와 피난민에 뭉개져, 동물의 흔적이라곤 찾아볼 수 없는 죽어 있는 숲처럼 보였다. 사냥감은 없었지만 당장 굶주리지는 않았다. 드워프들은 상당한 양의 식량을 가지고 있었다. 그러나 스펀지처럼 식량을 빨아들이는 입들이 많았기 때문에 그 식량도 곧 바닥이 나버렸다. 그러자 야존과 먼로가 날이 어두워지자마자 빈 자루를 둘러메고 사라졌다. 아침이 밝아올 무렵 이들은 자루를 가득 채워 나타났다. 한 자루에는 말들을 위한 사료가 가득했고, 다른 자루에는 보리와 밀가루, 말린 쇠고기, 지금 막 치즈가 되어가는 덩어리, 거대한 킨죽*까지 있었다. 킨죽은 돼지 위 속에 채워져 풀무 모양으로 생긴 두 나무판 사이에 고정되어 있었다.

게롤트는 이 식량들이 어디서 왔는지 짐작이 갔지만, 캐묻지 않고 적당한 시기를 기다렸다. 그리고 졸탄과 둘만 있게 되었을 때야 게롤트는, 우리와 똑같이 굶주리고 생존을 위해 버둥거리는 다른 피난민들의 물건을 훔치는 것은 옳지 못한 행동이 아니냐고 조심스럽게 물었다. 졸탄은 무거운 목소리로 당연히 옳지 않으며 스스로도 수치스럽게 생각하고 있다, 하지만 자신은 그렇게 할 수밖에 없다고 대답했다.

"제어할 수 없는 이타심은 나의 큰 단점이지. 난 언제나 좋은 일을 하려고

---

* 킨죽(kindziuk): 리투아이나와 폴란드 동쪽 국경 지역의 특산물인 유명한 말린 소시지.

애쓰네. 하지만 난 제정신 박힌 드워프고, 모든 사람들에게 선행을 베풀 수 없다는 사실을 잘 알고 있어. 만약 모든 사람을 위해 좋은 일을 하고자 한다면, 그리고 전 세계와 그곳에 살고 있는 모든 생명들을 위해 살고자 한다면 그건 짜디짠 바다에 마실 수 있는 물 한 방울을 떨구는 것과 똑같아. 쓸데없는 노력이지. 그래서 난 확실한 선행만 하기로 했네. 쓸모없고 무의미한 선행이 아니라. 난 내 자신에게 잘하고 내 옆에, 내 주위에 있는 이들에게 잘할 거야."

게롤트는 더 이상 질문하지 않았다.

　　　　·

어느 날 밤 야영 중에 게롤트와 밀바는 구제불능의 이타주의자, 졸탄 치베이와 길게 이야기를 나눌 기회가 있었다. 전쟁이 어떻게 되어 가고 있는지 졸탄은 잘 알고 있었다. 최소한 잘 알고 있는 듯한 느낌이 들었다.

졸탄은 귀청이 떨어질 것 같은 소리로 욕을 해대는 야전 사령관 꽥꽥이를 진정시키고 이야기를 시작했다.

"공격은 라마스로부터 일곱 번째 되는 날 드라이쇼트에서부터 시작됐네. 닐프가드와 동맹을 맺은 베르덴의 군대가 함께 왔지. 베르덴은 현재 황제 보호령이니까. 빠르게 행군하면서 드라이쇼트 뒤쪽의 모든 시골 마을들을 불태우고, 그 마을들을 지키던 브뤼헤의 군대를 쳐부수며 전진했어. 그러고는 예상치 못한 경로로 강을 건넜지. 배 위에 다리를 설치한 거야, 반나절만에. 믿을 수 있나?"

"이젠 못 믿을 일이 없어요. 전쟁이 시작되었을 때, 당신들은 딜링겐에 있었나요?"

밀바가 물었다.

"근처에 있었지. 침략 소식이 전해졌을 때, 우리는 이미 브뤼헤 쪽으로 향하는 길에 있었어. 새까맣게 몰려든 피난민으로 길은 난리가 났지. 어떤 이들은 남쪽에서 북쪽으로 달아나고, 또 어떤 이들은 그 반대로 달아나고. 나중에 보니 닐프가드군은 우리 앞에도, 바로 뒤에도 있었던 거야. 드라이 쇼트에서 전진했던 군대가 중간에서 양쪽으로 갈라졌던 거지. 엄청난 기마 부대가 북동쪽으로, 브뤼헤 쪽으로 가는 걸 봤다고."

"그러면 이미 닐프가드의 검은 군대가 털로우부터 북쪽 지역까지 포진한 거군요. 그리고 우리는 지금 그 한가운데, 그러니까 두 개의 전장 사이 그 빈틈에 있는 것이고요."

"한가운데. 하지만 빈틈은 아니야. 황제의 군대 양쪽에는 다람쥐들과 베르덴의 용병들, 그리고 여러 잡스러운 부대들이 있는데, 이들은 닐프가 드 군대보다 더해. 케르노프를 불태우고 우리를 거의 붙잡을 뻔한 놈들도 이 녀석들이었어. 간신히 숲속으로 도망쳤지. 그 후부터 숲에서 코빼기도 내보인 적이 없어. 조심해야 해. 옛길로 가면 거기서 호틀라 강이 흐르는 방향을 따라 이나 강까지 가야하는데, 이나 강에서는 다시 테메리아 군을 만나야 한다고. 폴테스트 왕의 군대도 이제는 충격에서 벗어나 닐프가드에게 대항하겠지."

졸탄의 이야기를 잠자코 듣고 있던 밀바가 게롤트를 바라보며 말했다.

"그랬으면 좋겠군요. 다만 문제가 있다면 우리는 중요하고 시급한 문제가 있어서 무조건 남쪽으로 가야만 한다는 거죠. 털로우에서부터 남쪽으로 갈까 생각하고 있었어요. 야루가 방향으로요."

"남쪽으로 꼭 가야만 하는 일이 뭔지 모르겠군. 분명 목숨을 내걸 만큼 중요하고 급한 문제겠지."

졸탄은 게롤트 일행을 의아하다는 듯 바라보며 대답을 기다렸지만, 아무도 설명해주지 않았다. 졸탄은 엉덩이를 벅벅 긁더니 헛기침을 하고 침을 뱉었다. 그러고는 다시 말을 이었다.

"내 생각엔 말이지, 닐프가르드가 이미 야루가 강의 양쪽을 모두 점령했다고 해도 전혀 놀랄 일이 아니야. 이나 강어귀까지 말이지. 자네들은 야루가 강의 어디쯤으로 가야 하나?"

"정확한 지점이 있는 건 아니오."

게롤트는 잠시 망설이다가 대답을 하기로 결심했다.

"강을 건너기만 하면 되오. 배를 타고 어귀까지 갈 생각이오."

졸탄이 웃음을 터트렸지만, 게롤트의 말이 농담이 아니라는 것을 깨닫고 웃음을 그쳤다.

"자네들이 계획한 여정은 엄청나군. 하지만 허황된 꿈은 버리게. 브뤼헤 남쪽으로는 이미 불에 휩싸여 있고, 야루가로 가기도 전에 자네들은 꼬챙이에 꿰이거나 닐프가르드의 아가리에 떨어질 거요. 만약 기적이 일어나 야루가 강까지 도착한다 해도 강을 타고 어귀까지 갈 수는 없어. 배 위에 다리를 설치했다는 얘기, 내가 해줬잖아. 신트라에서 브뤼헤로 이르는 둑까지 말이야. 그 다리는 밤이고 낮이고 감시가 철저해서 아무도 건널 수 없다고. 연어라면 또 모르지. 당신들의 그 중요하고 시급한 문제는 더 이상 중요하고 시급해선 안 돼. 안 되는 건 안 되는 거지. 내 생각엔 그렇네."

밀바의 표정과 눈빛 역시 졸탄과 같은 생각이라는 것이 역력했다. 게롤트는 아무 말도 하지 않았다. 몸 상태는 최악이었다. 계속된 습한 기후와 무리한 일정은 왼쪽 어깨뼈와 오른쪽 무릎에 둔탁한 바늘로 찌르는 듯한 오싹하고 불쾌한 고통을 배가시켰다. 스스로도 어떻게 해볼 도리가 없는 압도적이고 불쾌한 감정이 그의 내면에서 휘몰아치고 있었다. 그동안 한 번도 느껴보지 못했던, 지독한 무기력함과 모든 걸 포기하고 싶다는 감정이.

　이틀 후, 비가 그치고 해가 모습을 드러냈다. 숲은 머금었던 습기를 뿜어내고는 안개를 날려버렸고, 그동안 끊임없이 내리는 비 때문에 억지로 입을 닫고 있던 새들이 한꺼번에 지저귀기 시작했다. 졸탄은 기분이 좋아져 길게 휴식을 갖자고 제안하고는, 이다음부터 속도를 내 옛길까지 하루 안에 가겠다고 약속했다.

　케르노프의 여인들은 근처의 모든 나뭇가지 위에 검정색과 회색의 옷들을 빨아 말리고는, 속옷만 입은 것이 부끄러워 덤불에 숨어 먹을 것을 준비하고 있었다. 발가벗은 아이들은 뛰어다니며 안개로 가득한 숲의 평화로움을 어지럽혔다. 단델라이온은 부족한 잠을 보충하고 있었으며, 밀바는 어디론가 사라져 보이지 않았다.

　드워프들은 쉬는 시간을 활동적으로 보냈다. 피기스와 먼로는 버섯을 채집하러 나섰다. 졸탄, 야존, 캘럽, 퍼시벌은 마차 근처에 앉아 쉴 새 없이 궨트를 치고 있었다. 궨트는 이들이 가장 좋아하는 카드놀이로, 비가 추적추적 내리는 저녁에도 틈만 나면 카드를 꺼냈다.

　게롤트도 몇 차례 합석해 응원하기도 했는데, 지금도 옆에 앉아 카드놀이를 지켜보는 중이었다. 특유의 복잡한 게임 규칙을 아직도 이해할 수 없었지만, 정교하게 그려진 카드의 문양과 조그마한 형상들을 구경하는 건 즐거웠다. 인간들의 카드와 비교했을 때, 드워프들의 카드는 예술 작품이나 다름없었다. 게롤트는 다시 한 번 이 수염 난 작은 사람들의 뛰어난 기술이 그저 광물, 제철, 제련뿐만이 아니라는 확신이 들었다. 카드의 만듦새만 봐도 드워프들의 기술이 얼마나 뛰어난지 알 수 있었다. 반면에 인간들은 카드보다는 주사위 놀이를 훨씬 좋아했고, 무엇보다 대부분의 인간 노름꾼들은 심미적인 걸 중요하게 생각하지 않았다. 게롤트가 경험한 바에 따르면, 인간들이 카드놀이에 사용하는 카드는 항상 더럽고 닳아빠진 것들이라 카드 패를 테이블 위에 내려놓기 전에 손에 달라붙은 것들부터 떼야 할 지경이었다. 카드에 그려진 그림들은 하도 엉망이라 처녀와 기사를 구분하기 위해서는 말에 앉아있는지 확인하는 방법 밖에 없었다. 물론 그 말이라는 것도 어딘가 잘못된 족제비처럼 그려져 있었지만.

드워프들의 카드에서 그런 일은 있을 수 없었다. 왕관을 쓰고 있는 귀족은 정말로 귀족다웠고, 처녀는 가슴이 풍만하고 아름다웠으며, 미늘창을 들고 있는 기사는 건방진 표정으로 수염을 기르고 있었다. 드워프 말로 이 인물들은 흐라발, 바이나, 발레라고 불렸지만 졸탄과 일행은 카드놀이를 할 때 인간과 똑같은 명칭을 사용했다.

해는 쨍쨍 빛나고 숲속에 가득했던 안개는 흩어지고 있었다. 게롤트는 조금 편안해진 마음으로 카드놀이를 응원했다.

퀜트 놀이의 기본 규칙은 마치 마시장의 경매를 연상케 했다. 참가자들의 목소리에서 묻어나는 긴장과 열광이 경매장과 다르지 않았다. 두 명이 짝이 되어 가장 높은 '값'을 부르면서 여러 가지 트릭을 구사하면, 상대 쪽의 다른 두 명도 짝이 되어 이를 막는 것이었다. 드워프들의 퀜트 놀이는 소란스럽고 폭력적으로 변질되기 일쑤였으며, 참가자들 옆에는 두꺼운 곤봉이 놓여 있었다. 곤봉을 내리치는 것은 어쩌다 있는 일이었지만, 들고 흔들어대는 일은 흔했다.

"지금 무슨 짓이야, 이 멍청한 녀석아! 머리가 돈 거 아냐? 왜 하트가 아니라 스페이드를 낸 거야? 내가 지금 아무 생각 없이 하트로 가고 있는 줄 알아? 아우, 몽둥이로 네 멍청한 대가리에 뭐가 들었는지 노크 좀 해봤으면 좋겠네!"

"난 스페이드의 잭을 네 장이나 갖고 있었다고, 그래서 최대한 이용해보려고 했지!"

"스페이드 네 장이라고? 물론 그러시겠지! 카드를 아래 놓고 내려다보면서 네 불알까지 같이 센 거 아냐? 스트래튼, 제발 생각이라는 걸 좀 하라고! 여기가 무슨 대학인 줄 알아? 넌 지금 카드놀이를 하고 있는 거야! 패만 좋으면 돼지도 성주가 될 수 있어. 자, 내라고, 바르다."

"다이아몬드로 바꿔."

"무슨 다이아몬드!"

"다이아몬드 킹! 하지만 옷에 똥을 쌌네! 스페이드 두 장!"

"렌트!"

"캘럽, 졸지 말고! 지금 두 장에 렌트야! 얼마 불러?"

"다이아몬드 똥!"

"계속해. 하! 그래서? 아무도 렌트를 안 해? 겁이 난다 이거지, 계집애들. 바르다, 네가 지금 1등이야. 퍼시벌, 또다시 바르다에게 눈짓을 했다간 그 눈탱이를 겨울까지 제대로 뜨지도 못하게 만들어주겠어."

"잭."

"퀸!"

"그리고 킹을 옆으로! 퀸은 무슨! 하하, 하지만 나에겐 하트가 있었지, 이럴 때 써먹으려고. 잭, 10, 그리고 다시……."

"그리고 에이스를 그 뒤로! 에이스가 없는 놈은 포기하는 게 좋을 걸. 그리고 다이아몬드! 아하, 졸탄? 사정이 좋지 않은걸!"

"잘 좀 보라고, 빌어먹을 노움 녀석아. 내가 당장 몽둥이를 가져와서……."

졸탄이 자신의 몽둥이를 사용하기도 전에, 숲속에서 찢어지는 듯한 비명 소리가 들려왔다.

자리에서 가장 먼저 일어난 건 게롤트였다. 뛰어가는 게롤트의 입에서 욕설이 절로 나왔다. 무릎에서 지독한 통증이 느껴졌기 때문이었다. 게롤트의 뒤를 따라 졸탄이 마차에서 고양이 가죽에 싸인 검을 꺼내 들고 달려왔다. 퍼시벌과 나머지 드워프들도 몽둥이를 집어 들고는 뛰어왔으며 비명 소리에 잠을 깬 단델라이온이 그 뒤를 따르고 있었다. 양옆으로는 숲에서 뛰어나온 피기스와 먼로가 뛰어가고 있었다. 둘은 버섯이 든 광주리를 내팽개치고 도망가는 아이들을 붙잡아 왔다. 어디서 나타났는지는 알 수 없었지만, 밀바도 급하게 뛰어오며 화살통에서 화살을 꺼내 들고 게롤트에게 비명 소리가 들린 장소를 가리켰다. 사실 그럴 필요도 없었다. 게롤트는 소리를 듣고 보자마자 무슨 일인지 알아챘던 것이다.

비명을 지른 건 아홉 살쯤 되어 보이는, 머리를 양 갈래로 땋은 주근깨투성이의 여자아이였다. 여자아이는 마치 굳어버린 것처럼 나무둥치 옆에 쌓인 나무토막 더미 곁에 서 있었다. 게롤트는 재빨리 뛰어가 여자아이를 붙잡아 진정시킨 후, 곁눈질로 나무둥치 사이의 움직임을 살펴보았다. 그러고는 졸탄과 나머지 드워프들이 있는 뒤쪽으로 물러섰다. 나무둥치 사이에서 무언가 움직이는 걸 본 밀바는 능숙한 동작으로 활시위에 화살을 걸었다.

"쏘지 마시오. 먼저 이 아이부터 안전한 곳으로 데려가시오, 어서. 그리고 다들 뒤로 물러서시오. 되도록 천천히. 급작스럽게 움직이지 말고."

게롤트가 나직이 속삭였다.

처음에는 속이 빈 나무토막이 살아 움직이는 것처럼 보였다. 마치 내리 쬐는 햇볕을 피해 나무둥치 사이에서 그늘이라도 찾는 듯이. 그러나 좀 더 찬찬히 살펴보자 나무토막이라고는 말할 수 없는 것들이 시야에 들어왔다. 울퉁불퉁하게 마디가 튀어나온 가느다란 네 쌍의 다리가 골이 파이고 점이 박힌, 게딱지처럼 딱딱한 껍질로 된 배에 붙어 있었던 것이다.

"조용히. 자극하지 말고. 저래보여도 굉장히 빠른 놈이오. 공격적이진 않지만, 번개처럼 움직이지. 가끔 위협을 느끼면 먼저 공격하기도 하는데, 저 놈의 독은 해독제가 없소."

게롤트가 작은 목소리로 말했다.

괴물은 천천히 나무둥치를 향해 움직였다. 사람들과 드워프들을 바라보면서 나무토막처럼 생긴 몸에 붙은 눈을 천천히 움직였다. 움직임은 거의 없었다. 발끝을 깨끗이 닦더니 다리 하나하나에 붙은 날카로운 집게를 천천히 움직였다.

"비명 소리가 대단해서 정말 엄청난 게 나왔나 했네. 베르덴의 기마부대 라도 만난 줄 알았지. 아니면 무슨 전설적인 검투사나. 근데 저게 뭐야, 커다란 거미나 딱정벌레 같은데. 물론 자연의 신비라는 건 부정할 수 없지만."

게롤트 옆에 서 있던 졸탄이 별것 아니라는 듯 말했다.

"자연의 신비가 아니요. 저기 앉아 있는 건 오코그우프요. 카오스의 부산물로, 시대가 바뀌면서 점점 멸종되고 있는 것들 중 하나지. 무슨 말인지 알 거요."

"알지, 물론. 비록 카오스나 저런 괴물들의 전문가인 위쳐는 아니지만.

그럼, 위쳐님께서 시대의 변화 아래 멸종되어 가는 부산물을 어떻게 하실지 궁금하군. 더 정확하게 말하자면, 위쳐가 저런 것들을 어떻게 처리하는지 그게 궁금해. 자네 칼을 쓸 건가? 아니면 내 시힐이라도 빌려드릴까?"

졸탄이 게롤트의 눈을 응시했다.

"아름다운 무기로군."

게롤트는 졸탄이 옻칠이 된 칼집에서 꺼낸 검을 잠시 바라봤다.

"하지만 필요 없소."

"흥미롭군. 그럼 이렇게 같이 서서 저놈을 구경하는 건가? 시대의 변화 속에서 멸종되어 가는 부산물이 위협을 느낄 때까지? 아니면 길을 돌려서 닐프가드인들에게 도움을 청하는 것은 어떻겠소? 괴물 사냥꾼, 당신의 의견을 묻는 거요."

"마차에서 국자와 냄비 뚜껑이나 가져다주시오."

"뭐라고? 뭘 가져오라고?"

"전문가에게 토 달지 마시죠, 졸탄."

단델라이온이 끼어들며 말했다.

언제나 부지런한 퍼시벌이 마차로 뛰어가 눈 깜짝할 사이에 필요한 물건들을 가지고 왔다. 게롤트는 모여 있는 일행들에게 눈짓을 하더니 있는 힘을 다해 국자로 냄비 뚜껑을 두드리기 시작했다.

"그만, 그만!"

졸탄이 손으로 귀를 막으며 외쳤다.

"빌어먹을 국자 망가지겠어! 딱정벌레는 갔어! 이미 도망갔다고, 젠장!"

"정말 가버렸네! 근데 저 먼지 좀 봐! 젖어 있는데도 저런 먼지가 나다니! 내가 잘못 본 건가?"

퍼시벌이 신기해하자 게롤트가 드워프들에게 조금 구부러진 국자와 냄비 뚜껑을 돌려주며 차분히 설명했다.

"오코그우프는 청각이 아주 발달해서 소리에 민감하오. 우리가 보통 생각하는 그런 귀는 없지만, 대신 온몸으로 소리를 느낄 수 있소. 특히 금속이 울리는 소리를 못 견디지. 그걸 고통스럽게 느끼는……."

"똥구멍까지 말이지? 알겠다고, 알겠어. 국자로 냄비 뚜껑을 때릴 때 나도 고통을 느꼈을 정도니까. 저 괴물이 나보다 청각이 훨씬 발달했다면 가여울 지경이구만. 혹시 여기로 다시 돌아오진 않겠지? 제 친구들을 데리고?"

졸탄이 끼어들며 물었다.

"친구들이 이 세상에 얼마나 남아 있을지 의문이군. 오코그우프는 당분간 이쪽으로는 돌아오지 않을 거요. 걱정하지 않아도 되오."

"괴물에 대해서는 더 이상 아무 말 안하겠네."

졸탄이 걱정스러운 얼굴로 말을 이었다.

"다만 조금 전의 금속 악기 공연은 아마 스켈리게까지 들렸을 거야. 음악을 사랑하는 애호가들이 그걸 듣고 이곳으로 오지 않을까 걱정이군. 누가 올지도 모르니 여길 빨리 떠나는 게 좋겠어. 어이, 천막을 걷어! 숙녀분들! 이제 옷을 입고 애들을 챙기시오! 갑시다, 출발!"

야영을 위해 다시 멈췄을 때, 게롤트는 석연치 않은 점들을 확실히 해야겠다고 마음먹었다. 마침 졸탄 치베이가 이번엔 퀜트에 끼지 않아 솔직하고 남자다운 대화를 위해 어렵지 않게 조용한 곳으로 끌고 올 수 있었다. 게롤트는 말을 돌리지 않았다.

"내가 위쳐라는 걸 어떻게 알았소?"

졸탄은 게롤트를 바라보며 엉큼하게 웃었다.

"내가 관찰력이 뛰어나다고 자랑 좀 할 걸 그랬군. 자네 눈이 어둠이 내린 후와 태양 아래서 어떻게 변하는지 봤다고 말했어야 했나. 아니면 드워프들도 리비아의 게롤트 정도는 들어봤다고 했어야 했나. 하지만 사실은 그것보다 훨씬 시시한 이유지. 무서운 표정 하지 말고. 자네는 말이 없는 편이지만, 당신 친구인 음유시인은 노래하고 떠드느라 입을 다물 틈이 없거든. 그래서 당신의 직업이 무엇인지 알게 되었네."

게롤트는 질문을 더 하고 싶었지만 참았다. 잘한 일이었다.

"알았네, 알았어."

졸탄이 어쩔 수 없다는 듯 말을 이었다.

"단델라이온이 모든 것을 말해줬지. 사실, 우리 사이에는 솔직함이 제일이라는 걸 알아챈 거야. 우리가 자네들에게 잘해주었으니, 우리에게 뭔가를 감추는 게 불편하다고 느낀 게 당연하고. 간단히 말하자면, 나도 알고 있네. 남쪽으로 가는 일이 자네에게 왜 그리도 중요한지. 닐프가드로 꼭 가야만 하는 시급하고도 중요한 일이 있다는 걸 알고 있어. 그리고 그곳에서 누굴 찾으려 하는지도 알아. 그건 시인이 떠들어서 알게 된 건 아니야. 전쟁이 일어나기 전 나는 신트라에서 살았네. 그래서 그 운명의 아이와 그 아이가 인정한 흰 머리의 위쳐에 대한 이야기를 들었지."

게롤트는 아무 말도 하지 않았다.

"다른 건 그저 관찰력의 문제였네. 자네는 그 징그러운 벌레 괴물을 그냥 쫓아냈어. 자네의 직업이 괴물을 해치우는 위쳐인데도 말이지. 그 괴물은 자네의 그 아이에게 나쁜 짓을 하지 않았으니, 칼을 쓰기 보다는 냄비 뚜껑이나 두드려서 쫓아버렸어. 왜냐하면 자네는 지금 위쳐가 아니라 납치당한 아가씨를 구하러 달려가는 용감한 기사님이기 때문이야.”

졸탄은 게롤트의 대답이나 반응을 기다리지 않았다.

“여전히 날 뚫어져라 바라보고 있군. 끊임없이 배신감을 느끼면서 비밀이 드러난 게 자네에게 어떤 식으로 불리하게 돌아올지 걱정하고 있어. 입술을 깨물 건 없네. 우리 모두 함께 이나 강으로 가는 거야. 서로 도우면서, 힘이 되어주면서 말이지. 자네의 목표는 우리와 같아. 살아남아서, 계속해서 살아가는 거야. 그래서 고상한 사명을 계속해나가는 거지. 아니면 살아남아 죽음의 시간이 왔을 때 부끄럽지 않길 바라는 걸 수도 있고. 자네는 스스로가 변했다고 생각하겠지. 그리고 이 세상도 변했다고 생각할거야. 하지만 이 세상은 전과 똑같은 세상이야. 자네 역시 그대로지. 조바심 내지 말게.”

졸탄은 게롤트의 침묵에도 아랑곳하지 않고 독백을 이어갔다.

“우리 무리에서 떨어져 나갈 생각은 하지 말게. 남쪽으로, 브뤼헤와 소든을 지나 야루가 방향으로 혼자 가는 건 안 돼. 닐프가드로 가는 다른 길을 찾아봐야 한다고. 만약 원한다면 내가 충고해줄 수도…….”

“원치 않소. 나에게 신경 쓰지 마시오, 졸탄.”

게롤트는 며칠 전부터 계속해서 아팠던 무릎을 문지르며 말했다.

궨트 놀이에 한창인 드워프들을 응원하고 있던 단델라이온이 나타났다. 게롤트는 아무 말도 없이 시인의 소매를 붙잡아 숲으로 끌고 갔다. 단델라이온은 게롤트의 표정을 보자마자 왜 그러는지 곧바로 눈치챘다.

“떠버리 같으니. 말이 왜 그렇게 많은 거야? 이 멍청아, 자넨 정말 혀를 묶어놔야겠군. 아니면 이 사이에 재갈을 물리든지.”

게롤트의 작지만 단호한 어투에도 단델라이온은 아무 말 없이 거만한 표정을 짓고 있었다. 게롤트가 말을 이었다.

"내가 자네와 함께 다닌다는 사실이 알려지자, 분별 있는 사람들은 의아해했지. 자네가 나와 함께 다니는데도 그냥 내버려둔다고. 그러고는 내게 충고를 해주더군. 어디 사막에서 자네 목을 졸라버리고, 돈을 훔친 다음 버려두고 오라고 말이야. 쓰러진 나무뿌리의 구덩이 속에 던져 넣고 나뭇잎으로 덮어버리라고. 그 말을 안 들은 내가 바보지."

"자네가 누구인지, 어떤 목적을 가지고 있는지가 그렇게 큰 비밀이었나?"

갑자기 단델라이온이 목소리를 높였다.

"그래서 사실을 감추고 그렇지 않은 척해야 한다는 거야? 저 드워프들은…… 동료들이라고."

"난 동료 따윈 없어. 가진 적도 없고, 가질 생각도 없네. 난 그 누구도 필요하지 않아. 알아들었나?"

게롤트가 소리쳤다.

"당연히 그러시겠죠."

게롤트의 등 뒤에서 밀바의 목소리가 들렸다.

"그리고 이젠 나도 알겠네요. 당신에겐 아무도 필요 없군요, 위쳐."

"난 전쟁을 치르고 있는 것이 아니오."

게롤트는 갑자기 돌아서며 말을 이었다.

"닐프가드로부터 이 세상을 구하고, 악의 제국을 멸망시키려고 움직이는 게 아니니 용감한 동반자들은 필요 없소. 난 그저 시리에게 가는 거요. 그게 바로 내가 혼자 가도 되는 이유요. 내가 이렇게 말하는 건 큰 실례겠지만,

다른 건 어떻게 되든 상관없소. 날 내버려두시오. 혼자 있고 싶군."

잠시 후 다시 돌아섰을 때 자리를 떠난 건 단델라이온뿐이었다.

"또다시 꿈을 꾸었소. 밀바, 난 시간을 낭비하고 있어. 시간을 낭비하고 있다고! 시리가 날 필요로 하고 있소. 내가 시리를 구해야만 하오."

"말해봐요. 털어놔 보라고요. 끔찍한 꿈이라 하더라도 얘기해 봐요."

밀바가 작은 목소리로 말했다.

"끔찍하진 않았소. 내 꿈에서…… 시리는 춤을 추고 있었소. 연기로 자욱한 헛간 같은 곳에서 춤을 추고 있었지. 그리고 젠장, 행복해 보였소. 음악소리와 함께 누군가의 비명이 들리고…… 집 전체가 비명 소리와 현악기를 긁는 소리로 흔들릴 지경이었소. 그런데도 시리는 정신없이 춤을 추며 구두를 연신 구르고 있었지……. 그리고 그 빌어먹을 헛간 지붕 위에서 차가운 겨울바람을 타고 죽음도 함께 춤을 추고 있었소. 밀바, 시리가 날 필요로 하고 있어."

밀바는 시선을 돌렸다.

"당신을 필요로 하는 건…… 시리뿐이 아니에요."

게롤트가 듣지 못할 만큼 밀바의 목소리는 속삭임에 가까웠다.

야영을 하고자 또다시 멈췄을 때 게롤트는 졸탄의 검, 시힐에 관심을 보였다. 오코그우프 사건 때 눈여겨보았던 것이다. 졸탄은 군말 없이 옻칠을 하고 고양이 가죽으로 감싼 칼집에서 시힐을 꺼내 보여주었다.

칼의 길이는 40인치쯤 되었지만, 무게는 2파운드 정도밖에 되지 않았다. 칼날 전체엔 비밀스러운 고대 룬어가 새겨져 있었으며 푸르스름한 빛이 났다. 거기다 마치 면도날처럼 날카로워서 약간의 솜씨만 있다면 정말로 면도도 할 수 있을 것 같았다. 도마뱀 가죽을 십자 모양으로 엮어 감싼 12인치 정도 길이의 칼자루는 양끝을 둥근 황동으로 장식했으며, 칼날에 직각으로 붙어있는 날밑은 작지만 무척이나 정교했다.

"훌륭한 작품이군. 정말 멋진 쇳덩이야."

게롤트는 시힐을 쥐고서 휙휙 소리가 나도록 휘두르더니 왼쪽을 빠르게 찌르고는 재빨리 위치를 바꾸며 측면을 방어하는 자세를 취했다.

"쇳덩이라고? 제대로 좀 보라고. 좀 있으면 그걸 칼 대신 고추냉이라고 할 기세군."

퍼시벌이 콧김을 뿜으며 씩씩거렸다.

"전에 사용하던 내 칼이 더 나은 것 같은데."

게롤트의 말에 졸탄이 어깨를 으쓱거렸다.

"그랬겠지. 왜냐하면 그 칼도 우리 드워프 공방에서 나온 것이었을 테니까. 자네 위쳐들은 칼을 휘두를 줄은 알지만 만드는 법은 전혀 모르지. 이런 칼은 우리 드워프들만이 만들 수 있다고, 카본 산 아래 마하캄에서만."

"드워프들은 금속을 녹이고, 합금으로 된 칼날을 만들지. 하지만 그걸 제련하고 연마하는 건 바로 우리 노옴들이야. 우리 노옴 공방에서 하는 작업이지. 우리 노옴의 기술력으로 옛날에는 귀히르*도 만들었어, 이 세상 최고의 칼이지."

퍼시벌이 잠자코 듣고만 있을 수 없다는 듯 끼어들었다.

"지금 내가 들고 다니는 칼은 브로킬론에 있는 카라그 안 카타콤바에서 온

---

* 귀히르(gwyhyr): 노옴들이 만드는 칼로 세상에서 가장 훌륭한 칼로 알려져 있다. 약 200년 전부터 더 이상 만들어지지 않고 있다.

거요. 드라이어드들에게 받았소. 상당히 훌륭한 무기지만, 드워프나 노옴이 만든 건 아니지. 엘프의 칼날인데 아마 100년에서 200년은 되었을 거요.”

게롤트가 칼날을 보여주며 말했다.

“아무것도 모르는 소리!”

노옴인 퍼시벌이 칼을 받아들고서 손가락으로 문지르며 반박했다.

“엘프들이 마감한 건 맞아. 그렇지, 칼자루와 날밑 말이지. 엘프들이 녹을 없애고 조각을 하고 끌로 깎고 장식을 한 거야. 하지만 가장 중요한 칼날은 마하캄에서 쇠를 두드리고 날카롭게 갈아 만든 거야. 그리고 몇 세기 전에 만든 칼이고. 금속의 질이 낮고 과정이 원시적이니까. 그 옆에 졸탄의 시힐을 놔봐, 차이가 보이겠지?”

“보이는군. 하지만 내 것도 그리 나빠 보이진 않는데.”

게롤트의 말에 퍼시벌은 콧방귀를 뀌며 손을 내저었고, 졸탄은 거만한 웃음을 지었다.

“칼이란 뭔가를 베는데 쓰는 거야, 장식품 마냥 모양새로 평가하는 물건이 아니라.”

졸탄은 가르치는 듯한 어조로 말을 이었다.

“내 말은, 자네의 칼은 전형적인 강철과 쇠를 섞어 만들었어. 하지만 내 시힐의 칼날은 최상급 흑연과 붕사를 섞어 녹인 최고의······.”

“신기술이라고!”

조금 흥분한 퍼시벌이 졸탄의 말을 끊고 목소리를 높였다. 이야기가 잘 아는 분야로 흘러온 것이 분명했다.

“이 칼날의 구조와 구성, 여러 번 접쇠를 해 만든 부드러운 중심부, 그리고 아주 단단한 강철로 연마된······.”

"진정해, 진정하라고."

졸탄이 퍼시벌을 진정시켰다.

"퍼시벌, 위쳐가 금속 장인이 되는 일은 없을 거야. 그러니 너무 세부적인 이야기로 지루하게 할 필요는 없어. 내가 간단히 설명해주지. 제대로 된 단단한 자성(磁性) 강철은 날을 세우기가 아주 힘들어. 왜냐고? 더럽게 단단하기 때문이야! 우리가 옛날부터 보유했던 그런 기술 없이는 불가능하다고. 자네들은 아직 습득도 하지 못한 기술 없이는 말이지. 게다가 날카로운 칼을 원한다면 연마 과정에서 좀 더 말을 잘 듣도록 날 중심은 단단하게 벼리고 바깥쪽은 부드러운 강철로 만들어. 바로 그런 비정상적인 방법으로 자네의 브로킬론 칼이 만들어진 거야. 신기술로 만들어진 칼은 그 반대야. 속은 부드럽고 날은 단단하지. 이런 칼은 연마하는 데에도 시간이 많이 걸리고, 앞서 말한 대로 발전된 기술을 필요로 해. 그 대신 결과물을 보면 말이지, 공중에 던져진 얇은 삼베도 가를 수 있게 된다, 이거야."

"당신의 시힐이라면 그런 게 가능하다는 거요?"

게롤트의 물음에 졸탄이 피식 웃었다.

"아니. 그렇게까지 날카롭게 벼린 칼은 손꼽을 정도고, 마하캄 밖으로 나가는 일도 잘 없네. 하지만 아까 그 게딱지 벌레의 껍질 정도는 상대할 수 있었으리라 장담하지. 조금의 힘도 들이지 않고 조각조각 자를 수 있을 거야."

칼과 금속가공에 대한 이야기는 더 이어졌다. 게롤트는 흥미롭게 이야기를 들었고, 자신의 경험을 나누며 지식을 얻을 수 있었다. 이것저것 물어보기도 하고, 졸탄의 시힐을 시험해보기도 했다. 하지만 다음날 그 이론들을 직접 몸으로 체험하게 될 줄은 꿈에도 몰랐다.

근처에 사람들이 살고 있다는 첫 번째 증거는 나무껍질과 톱밥 사이에 정연하게 쌓아놓은 땔감들이었다. 맨 앞에서 가던 퍼시벌이 가장 먼저 발견했다.

졸탄은 무리를 멈춰 세우고 퍼시벌을 더 멀리 정찰 보냈다. 퍼시벌은 사라졌다가 30분쯤 후에 흥분한 채 멀리서부터 손짓과 함께 숨을 몰아쉬며 달려왔다. 퍼시벌은 바로 이야기를 하는 대신 손가락으로 긴 코를 잡고 대단한 기세로 풀어 재꼈는데, 그 소리는 마치 양치기의 뿔피리 소리를 연상시켰다.

"사냥감들 다 도망가겠네. 얘기해봐, 앞에 뭐가 있지?"

졸탄이 목청을 높이며 재촉했다.

"들판에 마을이 있어. 집은 세 채, 헛간 하나, 초가 몇 채……. 마당에는 개가 왔다갔다하고 굴뚝에서는 연기가 나더라니까. 요리를 하는 것 같더라고. 오트밀. 우유를 넣고 만든 오트밀일 거야."

퍼시벌은 주머니가 많이 달린 상의 앞쪽에 손가락을 문질러 닦으며 말했다.

"뭐? 부엌에라도 갔다 온 거야? 냄비 안을 보고 온 건가? 오트밀이라는 걸 어떻게 알아?"

단델라이온의 빈정대는 말투에 퍼시벌은 그를 거만한 눈으로 흘겨봤고, 졸탄은 화가 난 듯 콧김을 뿜었다.

"시인, 퍼시벌을 화나게 하지 마. 노움들은 1마일 밖에서도 음식 냄새를 맡을 수 있으니까. 퍼시벌이 오트밀이라고 하면 오트밀인 거야. 젠장, 상황이 마음에 들지 않는군."

"왜지? 우유를 넣은 오트밀이라잖아! 기꺼이 먹어줄 수 있는데."

"졸탄 말이 맞아요."

밀바가 고개를 끄덕이며 말을 이었다.

"그리고 단델라이온, 당신은 잠시 가만있어요. 이건 시가 아니니까. 만약 우유를 넣고 끓인 오트밀이라면, 그건 젖소가 있다는 뜻이에요. 보통 농부라면 불을 보고 자기 소를 챙겨 숲으로 숨어야 정상인데, 왜 거기 그대로 있을까요? 숲으로 들어가서 멀찍이 빙 돌아가는 게 좋겠어요. 느낌이 좋지 않아요."

"진정해, 진정. 도망가는 건 언제라도 가능해. 어쩌면 전쟁이 끝난 게 아닐까? 테메리아의 군대들이 드디어 움직였다면? 우리가 이 숲속에서 뭘 알겠어? 중요한 전투가 이미 모두 지나가서 닐프가드를 막아냈고, 전선이 우리 뒤로 밀려 농부와 가축들이 모두 집으로 돌아온 걸지도 몰라. 확인해봐야 해, 알아내자고. 피기스, 먼로, 둘은 여기 남아서 눈 똑바로 뜨고 있어. 우린 좀 알아보고 오겠다. 만약 안전하면, 새매 소리를 낼게."

졸탄의 말을 듣고 있던 먼로가 불안한 듯 수염을 움직였다.

"새매? 넌 새소리 흉내 내는 건 전혀 못하잖아, 졸탄."

"바로 그거야. 만약 새소리 같지 않은 이상한 소리가 들리면 난 줄 알라고. 퍼시벌, 앞장서고. 게롤트, 우리랑 함께 갈 텐가?"

"다 같이 가보자고. 만약 이게 무슨 함정이라면, 일행이 많을수록 안전할 거야."

단델라이온이 말에서 내리며 호기롭게 말했다.

"야전 사령관은 두고 갈게."

졸탄은 앵무새를 어깨에서 내려 피기스에게 건넸다.

"이 녀석이 갑자기 목청껏 욕이라도 했다간 몰래 다가가는 것도 말짱 꽝

이야. 자, 가자."

퍼시벌은 일행을 숲 끝으로, 야생 딱총나무가 무성하게 자란 덤불로 인도했다. 덤불 너머 조금 떨어진 곳에는 커다란 나무둥치들이 잔뜩 쌓여 있고, 그 뒤로는 넓은 들판이 펼쳐져 있었다. 일행은 조심스럽게 덤불 너머를 내다보았다.

퍼시벌의 보고는 정확했다. 들판 한가운데에 정말로 세 채의 집과 헛간 하나, 그리고 짚으로 지붕을 덮은 초가가 몇 채 있었다. 마당에는 거대한 퇴비 더미가 쌓여 있었다. 가옥들과 잘 관리되지 않은 마당 주변으로 군데군데 허물어진 낮은 울타리가 둘러싸고 있었으며, 울타리 뒤로는 갈색 개가 보였다. 초가지붕 중 하나에서는 내려앉은 지푸라기 위로 하얀 연기가 게으르게 퍼져 나가고 있었다.

"정확하군. 연기 냄새만 맡아도 군침이 돌아. 특히 내 콧구멍은 불에 탄 폐허 냄새만 실컷 맡아서 그런지 더 그렇군. 말도, 파수꾼도 보이지 않아. 그건 잘됐어. 산적 같은 놈들이 이곳에 자리를 잡고 먹을 걸 준비하는 건 아닌 거 같은데. 흠, 내 생각엔 안전한 것 같네."

졸탄이 냄새를 맡으며 속삭였다.

"내가 가볼게요."

밀바가 나섰지만 졸탄이 고개를 저으며 반대했다.

"안 돼. 당신은 너무 스코이아텔처럼 보인다고. 당신을 보고 겁먹으면 어떻게 해? 인간들은 겁을 먹으면 예측할 수가 없어. 야존과 캘럽이 간다. 당신은 활을 겨누고, 무슨 일이 생기면 둘을 엄호해줘. 퍼시벌, 나머지 일행들에게 이 사실을 전해주게. 물러나라는 신호를 할 수도 있으니 준비를 갖추라고 전해."

야존과 캘럽은 조심스럽게 덤불에서 나와 건물 쪽으로 움직였다. 옆을 잘 살피며 신중히 다가갔다. 하지만 이들의 냄새를 맡은 개 한 마리가 무섭게 짖어대며 마당을 빙빙 돌기 시작했다. 드워프들이 정답게 혀를 차는 소리에도, 휘파람에도 짖기를 멈추지 않았다. 초가집의 문이 열렸다. 밀바는 곧바로 활을 집어 들고 유연한 몸놀림으로 활시위를 당겼다. 그러나 밀바는 곧 자세를 풀었다.

문지방에 서 있는 것은 키가 작은, 머리를 양 갈래로 땋은 통통한 소녀였는데 아이는 무어라 외치며 손을 휘저었다. 야존은 양팔을 내리고서 무언가 다시 소리쳤다. 소녀는 고함을 지르기 시작했다. 아이가 외치는 소리는 들렸지만, 뭐라고 하는지는 들리지 않았다.

하지만 야존과 캘럽은 소녀가 하는 말을 알아들은 것이 분명했고, 그 말에 별안간 크게 놀란 것 같았다. 두 드워프는 마치 명령이라도 수행하듯 곧장 돌아서서 딱총나무 덤불로 맹렬히 달려왔기 때문이었다. 밀바는 또다시 화살을 걸고 활시위를 당기며 목표물을 찾았다.

"도대체 왜 그래? 무슨 일이야? 왜 저렇게 도망을 치는데? 밀바?"

졸탄이 쉰 목소리로 다급히 물었다.

"좀 닥쳐봐요!"

집집마다 재빨리 활을 겨냥하던 밀바가 화를 냈다. 하지만 목표물은 보이지 않았다. 양 갈래 머리를 땋은 소녀는 집 안으로 들어가더니 문을 닫아 걸었다.

드워프들은 카오스의 모든 악령들이 발뒤꿈치에서 쫓아오고 있기라도 한 듯 달려오고 있었다. 야존이 고함을 질렀다. 욕을 하는 것 같기도 했다. 단델라이온의 얼굴이 갑자기 창백해졌다.

"소리를 지르고 있어…… 이럴 수가!"

"그게 무슨……?"

졸탄은 말을 하다 말고 멈칫했다. 야존과 캘럽이 얼굴이 시뻘게진 채로 뛰어왔기 때문이었다.

"무슨 일이야, 말해봐!"

"저기 역병이…… 흑사병이야!" 캘럽이 헐떡거렸다.

"뭔가 만졌어? 마당에서 뭔가 만졌냐고?"

졸탄이 너무 급작스럽게 뒤로 물러서는 바람에 단델라이온을 넘어뜨릴 뻔했다.

"아니, 개 때문에 접근할 수가……."

"저런 축복받을 개 같으니라고. 신들이시여! 저 개가 장수하게 하옵시고 산더미 같은 뼈다귀를, 카본 산보다 더 높은 뼈다귀들을 누릴 수 있도록 축복하소서!"

졸탄이 하늘을 올려다보며 기도했다.

"아까 그 여자아이, 통통한 그 애의 얼굴이나 몸에 뭐가 나 있었나?"

"아니. 여자애는 건강해. 아픈 사람들은 제일 끝 집에 누워 있대. 자기 시가 쪽 사람들이래. 하지만 이미 많은 사람들이 죽었다고 했어. 아우, 졸탄! 바람이 이쪽으로 불어!"

"이빨 좀 그만 부딪쳐요. 감염된 사람들을 만지지만 않았으면 아무 일도 없을 거예요. 걱정할 거 없다고요. 흑사병 얘기가 진짜라면 말이죠. 당신들을 겁주려고 여자애가 거짓말을 했을지도 모르잖아요."

밀바가 활을 내려놓으며 말했다.

"아니, 거짓말이 아니야. 초가집 뒤로 구덩이가…… 그 구덩이에 시체들이 있었어. 여자애가 죽은 사람들을 묻을 힘이 없어서 그냥 구덩이로……."

아직도 숨을 헐떡거리는 야존이 고개를 저으며 말했다.

"맙소사, 오트밀이 이래서…… 단델라이온, 오트밀 먹을 생각이 싹 사라졌네. 빨리 여기서 떠나자고."

졸탄이 코를 킁킁거리더니 목소리를 높였다.

그때 마당에서 개 짖는 소리가 들려왔다.

"숨어!"

갑자기 게롤트가 몸을 굽히며 속삭였다.

나무가 듬성듬성 베어진 맞은편 들판에서 말을 탄 무리가 휘파람을 불며 떠들썩하게 몰려오더니 집들을 에워싸며 마당에 멈춰 섰다. 그들은 모두 무장을 하고 있었지만, 통일된 옷차림은 아니었다. 요란한 색깔로 되는대로 겉옷을 걸쳤고 무기 역시 대충 갖춘 차림새였다. 무기고에서 정식으로 보급받은 게 아니라 전장에서 주워 걸친 듯했다.

"열세 명." 퍼시벌이 재빨리 머릿수를 헤아렸다.

"뭐 하는 놈들이지?"

"닐프가드나 다른 정규 부대는 아니야. 스코이아텔도 아니고. 내 생각엔 어중이떠중이 건달들이야. 느슨한 무리지. 아니면…… 약탈자들이거나."

졸탄이 낮게 중얼거렸다.

말을 탄 무리들은 함성을 지르며 마당을 돌았다. 개는 창대에 얻어맞고 도망갔다. 머리를 양 갈래로 땋은 여자아이가 또다시 문지방으로 나와 소리를 질렀다. 그러나 이번엔 경고가 효력을 발휘하지 못했거나, 심각하게 여겨지지 않은 것 같았다. 약탈자들 중 한 명이 문 앞까지 말을 달려 여자아이의 머리채를 잡고 문지방에서 끌어내려 물웅덩이로 질질 끌고 갔다. 다른 이들도 말에서 내려 여자아이를 마당 끝까지 함께 끌고 가 속옷을 찢어버리더니 반쯤 썩은 지푸라기 더미 위에 여자아이를 내던졌다. 여자아이는 필사적으로 저항했지만 당해낼 수가 없었다. 약탈자 한 명만이 이 오락에 끼지 않고 울타리에 묶인 말들을 지키고 있었다. 여자아이는 귀청이 찢어져라 비명을 질렀다. 그 후에는 짧게, 고통의 비명을 질렀다. 이윽고 아무 소리도 들리지 않았다.

"군인들! 염병할 영웅들!" 밀바가 벌떡 일어났다.

"흑사병이 무섭지도 않나?" 야존이 고개를 저었다.

"공포는 인간적인 것이지. 저들에게는 이미 인간다운 것이라곤 아무것도 남아 있지 않아."

단델라이온이 중얼거렸다.

"창자는 남아 있겠지. 미친놈들, 내가 그 창자에 구멍을 내주겠어."

밀바가 신중하게 화살을 시위에 메기며 쉰 목소리로 말했다.

"열셋이야. 그리고 말도 있어. 한두 명은 맞추겠지. 하지만 나머지 다른 놈들이 우릴 둘러쌀 거야. 그리고 저놈들은 선발대일 수도 있어. 뒤에 누군가 따라오고 있을지도 몰라."

졸탄이 의미심장하게 말했다.

"그럼 나보고 가만히 앉아서 구경만 하라는 건가요?"

"아니."

게롤트가 등에 멘 칼과 머리끈을 고쳐 맸다.

"구경은 이제 충분해. 아무것도 안 하는 것도 지겹다고. 하지만 저들이 흩어지면 안 돼. 저기, 말을 지키고 있는 놈 보이시오? 내가 저쪽으로 갈 테니, 저놈을 안장에서 떨어뜨리시오. 만약 성공하면 한 명 더 해치우고. 단,

내가 저쪽에 도착했을 때 해치워야 하오."

"그래도 열 한 명이 남는데."

밀바가 돌아보며 말했다.

"나도 수는 셀 줄 아오만."

"흑사병도 있다고. 저쪽으로 가면 감염된 채로 돌아올 거야…….젠장, 위쳐! 우리 모두가 위험해진다고…….빌어먹을, 저 여자애가 자네가 찾던 애도 아니잖아?"

졸탄이 근심 어린 목소리로 중얼거리자 게롤트가 노려보았다.

"닥치고 마차로 돌아가 숲속에 숨어 있으시오, 졸탄."

"난 당신과 함께 갈 거예요."

밀바가 쉰 목소리로 말했다.

"안 돼. 날 멀리서 엄호해주시오, 그게 더 효과적이니까."

"그럼 나는? 난 뭘 해야 하지?" 단델라이온이 물었다.

"보통 때랑 같아. 아무것도 하지 마."

"미쳤군. 지금 저 무리를 혼자…….도대체 왜 이래? 영웅 놀이라도 하겠다는 거야? 여자애들의 구원자야, 뭐야?"

졸탄이 목소리를 높였다.

"입 좀 다무시오, 졸탄."

"지옥에나 가버리라고! 아니, 잠깐. 자네 칼은 여기에 놔둬. 머릿수가 너무 많아. 여러 번 휘두를 여유가 없을 거야. 내 시힐을 가져가게. 시힐은 단 한 번이면 돼."

게롤트는 졸탄의 칼을 주저 없이 받았다. 그 다음 밀바에게 말을 지키고 있는 자를 다시 한 번 손가락으로 가리켰다. 그러고는 나무등치를 훌쩍 뛰어넘어 초가집 쪽으로 다가갔다.

태양은 빛났고, 메뚜기들이 발아래서 풀쩍풀쩍 뛰었다.

말을 지키던 이가 게롤트를 보고는 안장 옆에서 창을 뽑으려고 했다. 약탈자의 머리카락은 길고 부스스했는데, 녹슨 철사로 겨우 이어 붙인 사슬 갑옷 위를 스쳤다. 그리고 훔친 지 얼마 안 되는, 쾜쇠가 반짝거리는 새 구두를 신고 있었다.

망을 보던 자가 고함을 치자 울타리 뒤에서 두 번째 약탈자가 모습을 드러냈다. 칼이 꽂힌 벨트를 목에 걸고 있었는데 지금 막 반바지를 추켜올리는 중이었다. 게롤트는 이미 가까이 와 있었다. 지푸라기 더미 쪽에서는 재미를 보고 있던 무리들의 킬킬거리는 소리가 들려왔다. 게롤트는 숨을 깊게 들이쉬었다. 숨을 들이쉴 때마다 죽이고 싶은 욕망이 더욱더 커졌다. 진정할 수도 있었지만, 굳이 그러고 싶지 않았다. 게롤트도 그들에게서 약간의 재미를 보길 원했다.

"넌 누구냐? 멈춰라! 거기서 뭐하는 거냐!"

부스스한 장발의 약탈자가 창을 손에 움켜쥐고 외쳤다.

"구경은 이제 지겹다."

"뭐라고?"

"시리라는 이름을 아나?"

"이게 지금……."

그러나 놈은 말을 끝맺지 못했다. 회색빛 깃털이 달린 활이 가슴 한복판에 명중해 안장에서 떨어지고 만 것이었다. 첫 번째 약탈자가 땅으로 추락하기도 전에, 게롤트의 귀에는 두 번째 화살이 날아오는 소리가 들렸다. 두 번째 약탈자는 배 아래 쪽, 반바지를 추켜올리던 두 손 한가운데에 활을 맞았다. 놈은 짐승 같은 소리로 비명을 질렀고 몸이 푹 꺾인 채 쓰러지면서 울타리를 망가뜨렸다.

나머지 무리들이 정신을 차리고 무기를 잡기도 전에, 게롤트가 그들 한가운데에 섰다. 드워프의 칼은 번쩍이며 노래를 불렀고, 깃털처럼 가볍고 날카로운 강철 칼날의 노래 속에는 피를 향한 강렬한 욕구가 담겨 있었다. 한번 베고 지나간 것들은 장애물이 되지 않았다. 피가 게롤트의 얼굴로 쏟아졌지만 닦을 틈이 없었다.

약탈자들이 설령 싸울 생각이 있었다 하더라도, 쓰러지는 시체의 모습과 솟구치는 피를 보고는 더 이상 그런 생각을 하지 못할 게 분명했다. 한 놈은 바지를 무릎까지 내리고 있다가 올리지도 못한 채 목을 반쯤 베이고는 아직 평화를 찾지 못한 남성을 흔들거리며 대자로 뻗었다. 옷을 죄다 벗어버린 다른 놈은 양팔로 머리를 감쌌지만, 그대로 양쪽 손목 모두 시힐에 잘려나갔다. 숨이 붙어 있는 놈들은 여러 방향으로 흩어지며 달아났다. 게롤트는 그들을 쫓아가다가 또다시 무릎에서 욱신거리는 통증에 욕을 내뱉었다. 다리가 갑자기 꺾이지 않기를 바랄 뿐이었다.

두 놈은 울타리 끝까지 밀어붙였는데, 칼을 들어 방어를 시도했다. 그러나 잔뜩 공포에 질린 그들의 방어는 한심한 수준이었다. 게롤트의 얼굴은 드워프의 칼이 베고 지나가며 뿜어져 나온 피에 다시 한 번 뒤덮였다. 그러나 남은 놈들이 그 틈을 타 말에 오르고 있었다. 그중 한 명이 활을 맞고 추락해, 그물에서 내던져진 물고기처럼 팔을 휘저으며 버둥거렸다. 두 명은 필사적으로 말을 몰아 도망쳤다. 그러나 도망친 건 단 한 명뿐이었다. 들판에서 느닷없이 졸탄 치베이가 나타났기 때문이었다. 졸탄은 손도끼를 휘두르며 도망치는 이들 중 한 놈의 등 한복판에 손도끼를 꽂았다. 놈은 비명을 지르며 안장에서 떨어졌다. 마지막으로 남은 한 놈은 말의 목에 딱 붙은 채 시체로 가득한 구덩이를 넘어 숲길 쪽으로 달려갔다.

"밀바!" 게롤트와 졸탄이 동시에 외쳤다.

밀바는 이미 그들 쪽으로 달려와 다리를 벌리고 정지 자세로 서 있었다. 팽팽하게 당겨진 활시위를 점점 더 높이 들어 올렸다. 화살이 나가는 소리는 들리지 않았다. 밀바는 조금의 떨림도 없었다. 시위를 떠난 화살이 보인 것은 날아가던 궤도에서 방향을 틀어, 아래로 떨어지던 순간이었다. 놈은 말 위에서 비틀거렸고, 어깨에는 깃털이 달린 화살이 꽂혀 있었다. 그러나 말에서 떨어지지는 않았다. 자세를 고쳐 잡더니 고함을 지르며 검은 말을 사납게 재촉했다.

"정말 대단한 활이고, 대단한 솜씨구만."

졸탄이 감탄하며 중얼거렸다.

"하지만 소용없게 되었군. 놈이 도망가 동료들을 데리고 올 테니."

게롤트가 얼굴에서 피를 닦았다.

"명중했잖아! 아마 이백 보는 됐을걸!"

"말을 맞출 수도 있었는데."

"말은 아무 잘못이 없어요."

뒤따라오던 밀바가 씩씩거리며 말했다. 거칠게 침을 뱉고는 숲으로 사라지는 약탈자를 노려보았다.

"저놈을 놓치다니, 내가 숨이 차서…… 젠장, 쥐새끼 같은 놈, 내 화살과 함께 도망치다니, 재수 옴 붙어라!"

그 순간 숲속에서 말 울음소리가 들리더니, 곧이어 누군가 죽는 듯한 끔찍한 비명이 들려왔다.

"호오……."

졸탄이 존경하는 눈빛으로 밀바를 바라보았다.

"멀리는 못 갔군! 활이 아주 효과가 좋은걸! 아니면 저주인가? 놈이 흑사병에 걸렸다 하더라도 저렇게 빨리 병이 퍼지지는 않을 텐데."

"내 화살 때문이 아니에요. 흑사병도 아니고요. 하지만 누구인지는 알 것 같네요."

밀바가 게롤트를 의미심장하게 바라보았다.

"나도 알고 있어."

졸탄이 킬킬거리며 수염을 잘근잘근 씹었다.

"당신들이 그동안 내내 자꾸 뒤돌아보는 걸 눈치챘거든. 누가 우리를 몰래 따라오고 있다는 걸 말이야. 밤색 망아지를 타고서. 뭐, 당신들만 괜찮다면 내가 상관할 바는 아니지."

"뒤쪽에 호위가 붙은 게 쓸모 있다면 말이죠."

밀바가 게롤트를 의미심장하게 바라보며 말했다.

"카히르가 당신의 적이라는 건, 확실한 거예요?"

게롤트는 대답하지 않았다. 그는 졸탄에게 시힐을 돌려주었다.

"고맙소. 잘 베이더군."

"솜씨 좋은 손에 쥐어졌으니 말이지. 위처에 대한 이야기는 많이 들었지만, 그 짧은 순간에 여덟 명이라니……."

졸탄이 이를 드러내며 감탄했다.

"자랑거리는 못 되오. 방어할 줄도 모르는 놈들이었으니까."

양 갈래로 머리를 땋은 여자아이는 손으로 땅을 짚고 간신히 일어나 두 다리로 섰다. 소녀는 연신 비틀거렸고, 떨리는 손으로는 찢어진 속옷 조각을 어떻게든 해보려고 애를 썼다. 게롤트는 여자아이가 시리와 어떤 면에서도 비슷하지 않다는 것을 깨닫고 조금 충격을 받았다. 조금 전에는 마치 시리의 쌍둥이 자매처럼 보였던 것이다. 여자아이는 이상한 몸짓으로 얼굴을 닦아내고 휘청거리며 집 쪽으로 움직였다. 구덩이를 돌아갈 생각도 못하는 듯했다.

"잠깐, 기다려! 혹시 뭐라도 도움이 필요하다면…… 이봐!"

밀바가 외쳤지만 여자아이는 그녀를 쳐다보지도 않았다. 문지방에 걸려 쓰러질 뻔하다가 문고리를 간신히 붙들고는 그대로 문을 쾅 닫았다.

"그것참, 은혜를 아는 인간 아이로군."

졸탄의 비아냥거림에 밀바는 용수철처럼 몸을 홱 돌렸다. 얼굴이 잔뜩 굳어 있었다.

"지금 저 애가 뭘 감사해야 하는데요?"

게롤트도 비딱한 표정으로 거들었다.

"무슨 은혜를 말하는 거요?"

"약탈자들이 남긴 말이 있잖아."

졸탄은 조금도 위축되지 않고 말을 이었다.

"고기로 쓰면 되지. 소들을 죽이지 않아도 돼. 흑사병에도 멀쩡했고, 이제 굶어 죽을 걱정도 없다고. 저 여자애는 살아남을 거야. 당신 덕분에 더 큰 위험과 진짜 불을 피했다는 걸, 저 여자애는 며칠 후에나 알게 되겠지. 흑사병의 공기가 불어오기 전에 여기서 떠나자고. 이보게, 위쳐, 어디로 가는 건가? 고맙다는 말이라도 들으려고?"

"신발."

게롤트는 하늘을 향해 죽은 눈을 치뜨고 있는 부스스한 장발의 약탈자에게 몸을 굽히며 무심하게 대꾸했다.

"나한테 딱 맞을 것 같아서."

며칠 동안은 말고기를 먹었다. 죔쇠가 번쩍이는 신발은 상당히 편했다. 카히르라는 이름의 닐프가드인이 자신의 밤색 망아지를 타고 뒤쪽에서 따라오고 있었지만 게롤트는 눈길도 주지 않았다.

게롤트는 드디어 비밀스러운 궨트의 규칙을 알아내고 드워프들과 함께 카드놀이를 했다. 물론 졌다.

숲속의 작은 마을에서 일어난 사건에 대해서는 누구도 이야기하지 않았다. 그럴 필요가 없었다.

만드라고라. 만드레이크. 가지과 식물의 한 종류. 초본류로 줄기가 없고 순무와 유사한 뿌리가
달려 있는데, 뿌리 모양은 사람의 형상과 비슷하다. 잎은 로제트형으로 모여서 난다. 만드라고라
아우툼날리스 a. 오피치날리스는 비코바로와 로완, 임락에서 소량 재배되며 야생종은 극히 귀하
다. 열매는 초록색이었다가 노랗게 익는데, 식초나 후추와 함께 식용 가능하며 잎은 날것으로 먹는
다. 만드라고라의 뿌리는 현재 의료 분야와 의약 분야에서 그 가치를 인정받고 있는데, 오래전 특
히 북쪽 지역에 사는 종족들 사이에서 미신적인 의미가 더욱더 컸다. 만드라고라는 사람 형상으로
잘라(알루니키, 알라우니라고 불린다), 집 안에 중요한 부적으로 모셨다. 사람 형상의 만드라고라
부적은 병을 막고, 행운을 가져다주며, 여자들에게는 다산과 순산을 약속한다고 믿었다. 만드라고
라의 뿌리는 활발히 거래되었는데, 그 가격은 60플로렌에 달하였다. 그 대체제로 브리오니아가 이
용되기도 했다. 미신에 따르면 만드라고라의 뿌리는 각종 마법과 마법사들이 쓰는 필터, 또는 독약
에도 이용된다고 한다. 이러한 믿음은 마녀사냥이 횡행하던 시대에 다시 대두되었다. 만드라고라
를 범죄에 이용한 것으로는 루크레지아 비고의 재판이 유명하다. 전설적인 필리파 에일하트 역시
만드라고라를 독약을 만드는 데 썼다고 전해진다.

에펜베르그와 탈봇, 〈막시마 문디 백과사전, 제9권〉

제 3 장

옛길은 게롤트가 마지막으로 와본 이후로 조금 변해 있었다. 현무암 조각이 깔려 있던 평평한 길은 엘프들과 드워프들이 몇백 년 동안 닦아놓은 길이었다. 하지만 지금은 구멍이 가득한 폐허처럼 보였다. 군데군데 파인 구멍 중에는 너무 깊어 작은 채석장을 떠올리게 하는 것도 있었다. 당연히 이동속도는 느려졌고 드워프들의 마차는 구멍들을 요리조리 피해 구불구불하게 움직일 수밖에 없었다.

졸탄 치베이는 이 길이 이렇게 망가진 이유를 알고 있었다. 닐프가드와의 마지막 전쟁 이후, 건축 자재가 매우 부족해졌다. 그러자 사람들은 옛길이 손질된 석재의 보고라는 것을 생각해낸 것이었다. 아무것도 없는 들판에 난 고대의 길은, 이제 어디에서 어디로 가는지 그 의미조차 잃어버렸다. 결국 몇몇을 제외하고는 거의 쓰이지 않던 옛길은 이렇게 인정사정없이 황폐화되고 말았다.

야전 사령관 두다의 귀청이 떨어질 듯한 욕설을 배경으로 졸탄이 불평을 늘어놓았다.

"자네 인간들의 대도시는 하나같이 엘프들과 드워프들의 기초공사 위에 지어진 거야. 작은 성들과 소도시는 인간들이 기초공사를 했지. 하지만 그런 도시들을 세우는 데도 우리 돌들을 가져다 썼어. 그러면서도 언제나 인간들 덕분에 세상이 진보하고 발전한다고 말하지."

게롤트는 아무 말도 하지 않았다.

"하지만 자네 인간들은 파괴조차도 현명하게 할 줄을 몰라."

졸탄은 구멍에 빠진 바퀴를 끌어내는 작업을 지휘하며 욕설을 퍼부었다.

"도대체 왜 길 끝에서부터 돌을 차례대로 뽑아가는 것조차 못하는 건가? 마치 어린 애들 같다니까! 도넛을 제대로 먹지 않고, 손가락으로 가운데 있는 잼부터 파먹고 나머지는 별로 맛이 없다고 던져버리는 어린 애랑 뭐가 달라!"

게롤트는 이 모든 것의 잘못은 정치적인 지형 때문이라고 설명했다. 옛 길의 서쪽 끝은 브뤼헤이고, 동쪽은 테메리아, 가운데는 소든인데 이 모든 왕국들이 각자 원하는 대로 자기들의 구역을 마음껏 파괴하고 있다는 설명도 덧붙였다. 그에 대한 대답으로 졸탄은 각 나라의 왕들에게 욕설을 퍼부었으며 동시에 그들의 정책에 대해서도 온갖 욕설을 늘어놓았고, 야전 사령관 두다는 왕들의 어머니에 대한 욕설까지 더했다.

가면 갈수록 점점 더 가관이었다. 졸탄의 도넛 비유는 이제 그다지 적절하지 않았는데, 길은 어느덧 도넛이 아니라 건포도와 견과류를 여기저기서 파낸 파운드케이크처럼 보였기 때문이었다. 이러다가는 분명 마차가 부서지거나 완전히 꺼낼 수 없을 지경으로 파묻히게 될 것 같았다. 상황을 구한 건, 아이러니하게도 길을 파괴한 원인과 같은 것이었다. 무거운 석재를 실은 마차들이 계속해서 지나가 다져진, 남동쪽으로 뻗어 있는 길을 만난 것이다. 졸탄은 얼굴이 밝아져 이 길이 분명 이나 강의 요새로 통할 거라 장담했다. 이나 강에서 테메리아 군대를 만날 수 있으리라는 희망이 있었다. 졸탄은 지난번 전쟁 때와 마찬가지로 이나 강 너머, 소든으로부터 대규모의 북부 왕국 연합군이 오고 있다고, 그래서 닐프가드의 잔당들을 야루가 강 저쪽으로 몰아내리라고 믿고 있었다.

그렇게 이동 방향을 바꾼 게 결과적으로 일행을 다시 전쟁과 가까워지게 만들었다. 밤이 되자 앞쪽 하늘은 커다란 불길의 아지랑이로 일렁이고 있었고, 낮에는 거대한 연기가 남쪽과 북쪽의 지평선을 표시하듯 피어오르고 있었다. 그러나 누가 누구를 공격하고 불태우는지, 누가 공격당하고 불타는지 알 수가 없었기 때문에 일행은 퍼시벌을 여러 차례 정찰을 보내가며 조심스럽게 움직였다.

그러던 어느 날 모두가 크게 놀라는 일이 발생했다. 말에 탄 사람이 없는 채로 수컷 밤색 망아지가 따라온 것이었다. 닐프가드 자수가 놓인 초록빛 마구에는 검붉은 핏자국이 묻어 있었다. 하브'케런의 마차 옆에서 죽임을 당했던 전 주인의 피인지, 아니면 말이 새 주인을 얻은 후에 묻은 피인지 알 길이 없었다.

"문제가 해결됐네요. 이게 문제였다면 말이죠."

밀바가 게롤트를 바라보며 말했다.

"진짜 문제는, 말을 타고 있던 놈을 떨어뜨린 게 누구인지 모른다는 거야. 그리고 그 누군가가 우리 뒤를 따라올지도 모른다는 거지. 우리의 흔적을 쫓아오면서 말이야."

졸탄이 걱정스러운 표정으로 중얼거렸다.

"그는 닐프가드인이었소. 닐프가드 억양은 거의 없었지만, 똑똑한 농부들이라면 알아챘을 거요."

게롤트가 이를 악물며 뇌까리자 밀바가 고개를 돌렸다.

"그때 그를 죽이지 그랬어요, 위쳐. 그게 더 편한 죽음이었을 텐데."

밀바의 목소리는 작았다.

단델라이온이 고개를 끄덕이며 게롤트를 의미심장하게 바라보았다.

"관짝에서 살아 나왔지만, 결국 저기 어딘가의 구덩이에서 다시 죽게 되었군."

셀락의 아들이자 관에서 살아 나온 닐프가드인 카히르의 추도사는 이렇게 끝났다. 더 이상 그에 대해 이야기하지 않았다. 게롤트가 고집 센 로취와의 결별을 원치 않았기 때문에, 밤색 망아지는 졸탄의 차지가 되었다. 드워프의 발은 등자까지도 닿지 않았지만, 밤색 망아지는 온순하게 새 주인을 받아들였다.

눈길이 닿는 지평선 끝은 불길로 환했고, 대낮에는 하늘의 푸른빛을 흐리며 가는 연기들이 솟구쳐 올랐다. 일행은 곧 불탄 건물들 앞에 다다랐다. 시커멓게 그을린 서까래와 귀퉁이선 아직도 불길이 꿈틀거리고 있었다. 멀지 않은 곳에 누더기를 걸친 여덟 명 정도의 사람들과 다섯 마리의 개가 사이좋게 불에 그슬린 말고기를 뜯고 있다 드워프들을 보고는 겁을 먹고 숨었다. 자리에 남은 것은 말의 갈비 뜯는 일을 도저히 멈출 수 없었던 사람 하나와 개 한 마리였다. 졸탄과 퍼시벌은 이 남자에게 질문을 했지만, 아무런 이야기도 들을 수 없었다. 남자는 단지 훌쩍거리고 말을 더듬으며 머리를 어깨에 파묻고는 뜯어낸 고기 조각에 목이 막혀 쿨럭거릴 뿐이었다. 개는 이를 드러내며 사납게 짖었다. 말고기의 썩은 냄새가 진동을 했다.

일행은 위험을 무릅쓰고 계속해서 길을 따라갔다. 그러다 또 불탄 곳에서 멈춰서야 했다. 연기가 피어오르는 마을은 거의 다 불에 탄 상태였고 큰 전투가 있었던 것 같았다. 연기에 둘러싸인 폐허 뒤에 막 만들어진 무덤이 보였다. 무덤과 조금 떨어진 갈림길에는 거대한 떡갈나무가 있었는데, 도토리가 잔뜩 매달려 있었다.

그리고 사람의 시체도.

"가서 봐야겠어. 가까이 가보자고."

졸탄이 위험에 대한 토론을 마무리하며 결정했다.

"매달려 죽은 사람들을 도대체 왜 보겠다는 거야, 졸탄? 내려주기라도 할 건가? 여기서도 잘 보이잖아. 게다가 신발도 없다고."

단델라이온이 몸을 일으키며 반박했다.

"이런 바보 같으니. 신발이 탐나서 그러는 게 아니야, 군사적 상황을 알아보려는 거지. 우리의 전쟁극에서 어떤 사건이 벌어지고 있나, 그게 궁금한 거라고. 왜 웃나? 자네는 시인이니 전술 같은 걸 이해할 리 없지."

"놀랍겠지만, 난 아는 게 많다네."

"내 생각엔, 전술이 덤불에서 튀어나와 자네 엉덩이를 걷어찬다 해도 모를 것 같은데."

"오, 그런 전술이라면 모르지. 덤불에서 튀어나오는 전술은 그냥 드워프님들에게 맡기겠네. 떡갈나무에 매달린 전술도 마찬가지고."

졸탄은 손을 휘젓더니 떡갈나무를 향해 힘차게 걸어갔다. 궁금한 건 단한 번도 참아본 적이 없는 단델라이온도 결국 페가수스를 몰아 졸탄 뒤를 천천히 따라갔다. 게롤트도 조금 고민하다 그들의 뒤를 따고, 곧 이어 밀바도 천천히 말을 몰아 뒤따랐다.

시체들을 뜯어먹고 있던 까마귀들이 인기척을 느끼고는 마지못해 깍깍 울더니 퍼드덕거리며 물러났다. 어떤 놈들은 숲 쪽으로 날아갔지만, 또 어떤 놈들은 거대한 떡갈나무의 더 높은 가지 위로 잠시 몸을 피했다. 까마귀들은 드워프의 어깨 위에 앉아 까마귀들의 어미에 대한 욕을 퍼붓는 야전 사령관 두다를 흥미롭게 바라보고 있었다.

목이 매달린 일곱 구의 시체 중, 첫 번째 시신의 가슴에는 '국가의 배신자'라는 명패가 매달려 있었다. 두 번째 시신에는 '적과 내통한 놈', 세 번째 시신에는 '엘프 간첩', 네 번째 시신에는 '탈영병', 다섯 번째 시신은 여자로 피에 젖은 찢어진 속옷을 입고 있었는데 '닐프가드 창녀'라고 되어 있었다. 두 명은 명패가 없는 것으로 보아, 어쩌다보니 목이 매달린 듯했다.

"정리가 잘되어 있군. 봤지? 이쪽으로 아군이 지나간 거야. 아군이 방어막을 구축하고 적들을 물리친 거지. 그리고 보다시피, 휴식 시간과 군인으로서의 여가 시간을 즐긴 모양이야."

졸탄이 명패를 가리키며 쾌활한 목소리로 말했다.

"그게 우리랑 무슨 상관이 있나?"

"그러니까 내 말은, 전선이 이미 물러난 상태라는 거야. 닐프가드 군대와 우리 사이에 테메리아군이 있다는 거야. 우린 안전해."

"그럼 우리 앞의 저 연기들은?"

"저건 우리 편이야."

졸탄의 목소리는 확신에 차 있었다.

"다람쥐들에게 식량과 숙박을 제공한 마을들을 불태우는 거지. 이제 우린 전선 뒤에 있다고, 확실해. 저 갈림길에서 남쪽으로 향한 길은 호틀라와

이나 강 쪽으로 갈라지는 세 갈림길 어귀에 놓인 아르메리아 요새 방향이지. 길은 안전해 보이니, 우리도 이 길로 가면 될 것 같아. 이제 닐프가드 놈들을 겁내지 않아도 돼."

그때 뒤에 있던 밀바가 끼어들었다.

"연기가 나는 곳에는 불이 있고, 불이 있는 곳에선 화상을 입기 쉽죠. 내 생각엔 불을 따라가는 건 바보 같은 일이에요. 기마부대가 눈 깜짝할 사이에 우리를 쫓아올 수 있는 저런 길을 이용하는 것도 바보 같은 짓이고요. 숲으로 가요."

"저쪽으로 테메리아인들이나 소든에서 온 군대가 지나갔다니까. 우리는 전선 뒤에 있다고. 걱정 말고 멀쩡한 길로 가도 돼. 만약 군대를 만난다면, 그건 우리 편 군대일 거야."

졸탄이 고집을 부리자 밀바가 고개를 저었다.

"너무 위험해요. 졸탄, 당신은 전쟁 경험이 많으니 닐프가드인들은 보통 멀리까지 정찰부대를 보낸다는 걸 알 거예요. 이곳에 테메리아 군대들이 왔다고 쳐요, 아마 그랬겠죠. 하지만 우리 앞에 누가 있을지는 알 수 없어요. 남쪽 하늘은 연기로 거의 검은빛이고, 아르메리아의 요새까지 상황은 더 나쁠 거예요. 거기에서 우리는 전선의 뒤에 있는 게 아니라, 전선 한가운데에 놓일 거라고요. 적군을 만날 수도 있고, 약탈자들을 만날 수도 있고, 각종 부랑배들이나 다람쥐들을 만날 수도 있어요. 호틀라로 가요, 하지만 숲길로 가야 해요."

"밀바 말이 맞아."

단델라이온도 밀바를 거들었다.

"나도 저 연기들이 마음에 들지 않아. 만약 테메리아가 방어에 나섰다고 해도 우리 앞에는 아직 닐프가드의 선발대들이 있을 수도 있다고. 닐프가드의 검은 군대는 정찰병을 멀리 보내지. 그러고는 뒤로 돌아와서 스코이아텔과 연합해 역습을 하는 거야. 지난번 전쟁 때 소든의 위쪽 지역에서 무슨 일이 있었는지 나는 기억하고 있네. 숲으로 가는 편이 낫겠어. 숲에서 우리를 위협하는 건 없으니까."

"난 그럴 거라 확신하지는 못하겠는걸."

게롤트가 매달린 시체 중 마지막 시체를 가리켰다. 높이 매달려 있었지만 다리 부분이 쇠스랑 같은 발톱에 뜯긴 것처럼 피 묻은 뼈가 드러나 있었다.

"저것 좀 보라고. 저건 구울의 소행이야."

"구울? 시체를 먹는 구울?"

졸탄이 한 걸음 물러나더니 침을 뱉었다.

"그렇소. 숲에서 밤을 보낼 때 조심해야겠어."

"씹-할!" 야전 사령관 두다가 외쳤다.

"그건 내가 할 말인데. 재수가 없군. 그럼 어떻게 하나? 구울이 도사리는 숲으로 가야 하나? 아니면 군대와 약탈자들이 있는 길로 가야 하나?"

졸탄이 눈썹을 찡그리며 물었다.

"숲으로, 깊은 숲으로 가요. 사람보다는 구울이 나아."

밀바가 확신을 가지고 말했다.

일행은 숲길로 방향을 잡았다. 처음에는 모두들 잔뜩 긴장한 나머지 바스락거리는 소리에도 화들짝 놀라기 일쑤였다. 일행은 한 걸음 한 걸음 조심스럽게 나아갔다. 그러나 곧 지금까지의 여유와 원기를 되찾고 전과 같은 속도로 나아가기 시작했다. 구울도, 구울이 있다는 흔적도 보이지 않았다.

졸탄은 구울과 다른 괴물들이 분명 군대가 전진 중인 걸 알고 있는 것 같다며 낄낄거렸다. 만약 괴물들이 약탈자들과 베르덴 군대들의 활동을 목격했다면 깜짝 놀라 가장 어두운 굴에 처박혀 이빨을 맞부딪치며 덜덜 떨고 있을 것이라는 농담도 덧붙였다.

"그리고 괴물의 아내와 딸들에게 조심하라고 주의를 주겠죠. 지나가는 군대는 양도 가만히 내버려 두지 않는다는 걸 괴물들이 이미 눈치챘을 걸요. 여자 속옷을 버드나무에 걸쳐놓기만 해도, 옹이구멍에 그 짓을 할 놈들이잖아요."

밀바가 빈정거리며 말했다.

상당히 오랫동안 좋은 기분을 유지하고 있던 단델라이온은 류트를 조율한 후 버드나무와 나무옹이, 그리고 음란한 병사들에 대한 노래를 만들기 시작했고 드워프들과 앵무새는 경쟁하듯 운을 맞춰 화답했다.

"오." 졸탄이 말했다.

"뭐? 어디?"

단델라이온이 안장의 등자를 딛고 일어서서 졸탄이 가리키는 방향의 협곡을 바라보았다.

"아무것도 안 보이는데!"

"오."

"앵무새처럼 같은 말만 되풀이하지 말고! 뭐가 '오'란 말이야?"

"작은 강이군. 호틀라의 지류지. 강 이름이 '오'야."

졸탄이 차분히 설명했다.

"아……."

"아니라니까! '아' 강은 호틀라 강 상류 지류고 여기서 한참 멀어. 저건 '오' 야, '아'가 아니라."

이름이 간단한 강이 흐르고 있는 협곡 바닥은 드워프들의 머리보다 높게 자란 쐐기풀로 덮여 있었다. 덕분에 민트향과 썩은 나무 냄새가 진동을 하고, 요란한 개구리들의 울음소리로 가득했다. 계곡의 둑은 경사가 심했는데, 그래서 더더욱 좋지 않았다. 새로운 길을 만날 때마다 어떠한 역경에도 꿋꿋이 버티고 온갖 어려움을 이겨냈던 '베라 뢰벤하웁트와 아들들'의 마차가 이 '오' 강과의 전면전에서 지고 만 것이었다. 마차는 아래쪽을 살펴보던 드워프들의 손에서 벗어나 강바닥까지 들썩거리며 굴러가더니 완전히 부서져버리고 말았다.

"씹-할!"

앵무새 두다가 졸탄과 일행이 함께 내지르는 비명에 장단을 맞춰 소리쳤다.

단델라이온이 부서진 마차 조각과 흩어진 짐들을 곁눈질하며 말했다.

"사실, 어쩌면 잘된 일인지도 모르겠군. 저 부서진 마차는 줄곧 이동속도를 늦추기만 했다고. 계속해서 문제가 생겼었잖아. 졸탄, 현실적으로 생각해보게. 지금 우리가 도망치고 있거나, 누가 우리를 쫓아오지 않는 것만으로도 천만다행이라고. 당장이라도 도망쳐야 한다면 지금까지 모은 것들을 죄다 마차에 둔 채 통째로 버릴 수밖에 없었겠지."

졸탄은 콧김을 내뿜으며 화가 난 듯 수염 속에서 무언가 중얼거렸지만, 예상치 못하게 퍼시벌이 단델라이온의 주장에 동조했다. 그러는 와중에 게롤트의 눈에 퍼시벌이 의미심장하게 눈을 끔뻑거리는 것이 보였다. 남이 알아보지 못하도록 할 요량이었겠지만, 노움의 작은 얼굴에 나타난 명확한 표정은 눈치챌 수밖에 없었다.

퍼시벌이 얼굴을 찡그리며 또다시 눈을 끔뻑거리고는 말했다.

"시인 말이 맞아. 호틀라와 이나 강은 이제 젖은 모자를 던져도 날아갈 거리라고. 우리 앞에는 펜 카른이 있는데 여긴 길이 없어. 그러니 마차로 가기는 힘들었을 거야. 만약 이나 강 상류에서 우리 짐을 다 가진 상태로 테메리아 군대를 만난다면…… 문제가 생길 수도 있지."

졸탄은 코를 훌쩍이며 잠시 고민하더니 오 강의 느린 물살에 씻겨나가는 마차의 잔해를 바라보며 말했다.

"알았어, 여기서 갈라지자. 먼로, 피기스, 야존, 캘럽은 남고, 나머지는 간다. 말들은 식량과 연장이 들어 있는 짐을 지고 가야 해. 먼로, 어떻게 해야 할지 알고 있겠지? 삽 있어?"

"있어."

"흔적이 남지 않도록 주의해! 하지만 표시는 제대로 해놓고 기억해놔야 한다고!"

"당연하지."

"우리를 쫓아오긴 쉬울 거야."

졸탄은 어깨에 자루와 시힐을 둘러메고 허리에 찬 도끼를 다시 고쳐 맸다.

"우리는 오 강의 흐름을 따라가다가 호틀라 강을 따라서 이나 강까지 간다, 그럼."

"흥미롭네요."

네 명의 드워프들을 뒤에 남겨놓고 손을 흔들어 인사한 후 무리가 다시 길을 나서자 밀바가 게롤트를 보며 낮게 중얼거렸다.

"도대체 짐 속에 뭐가 있길래 파묻어놓고 표시까지 해야 하는 걸까요? 우리들에겐 절대로 보여주지도 않고 말이죠."

"우리가 상관할 바 아니오."

단델라이온이 쓰러진 나무둥치 사이로 페가수스를 몰며 조그맣게 말했다.

"그 안에 갈아입을 팬티가 들어 있는 건 아니겠지. 드워프들은 저 짐에 큰 기대를 걸고 있더라고. 내가 저 안에 든 것이 무엇인지 알아내려고 꽤나 떠봤는데 말이야."

"그래서, 당신 생각엔 그 안에 뭐가 들어 있는 것 같아요?"

"그들의 미래지."

단델라이온은 누가 엿듣고 있지는 않나 주위를 살펴보며 말을 이었다.

"퍼시벌은 원래 석공 장인이고, 자신의 공방을 차리고 싶어 하지. 피기스와 야존은 대장장이라 대장간 얘기를 하더라고. 캘럽은 결혼을 하고 싶어 하는데, 약혼녀의 부모님이 캘럽을 무일푼이라며 내친 바 있소. 그리고 졸탄은……."

"그만해, 단델라이온. 아낙네들마냥 남의 이야기나 쑥덕거리지 말고. 밀바, 미안하오."

"미안할 것 없어요."

강 건너, 어둡고 축축한 오래된 숲은 나무가 듬성듬성했다. 일행은 초원을 지나, 낮은 자작나무 숲과 마른 들판을 지났다. 속도는 여전히 느렸다. 머리를 땋은 주근깨 여자아이를 안장에 앉힌 밀바를 보더니 단델라이온도 페가수스에 아이 한 명을 태웠고, 졸탄은 밤색 망아지에 아이 둘을 태우고 자신은 말에서 내려 고삐를 잡고 걸었다. 그러나 속도를 낼 수는 없었다. 속도를 내면 케르노프의 여자들이 따라올 수가 없었던 것이다.

산골짜기와 협곡을 굽이굽이 돌아 한 시간쯤 나아가니 어느덧 저녁이었다. 졸탄은 멈춰 서서 퍼시벌과 몇 마디 말을 나누더니 일행에게 돌아서서 말했다.

"나에게 소리 지르지 말고, 비웃지도 마. 길을 잃은 것 같아. 젠장, 도대체 여기가 어디인지, 어디로 가야 하는지 모르겠어."

"바보 같은 소리 하지 마. 모른다니, 그게 무슨 말이야? 우린 강의 흐름을 따라가고 있잖아. 그리고 저기 협곡에 흐르는 건, 오인지 뭔지 하는 강이고. 내 말이 틀리나?"

단델라이온이 신경질을 냈다.

"맞지, 맞아. 하지만 보라고, 어느 방향으로 흐르는지."

"젠장맞을! 저건 불가능해!"

"가능해요."

밀바가 안장 위에 앉힌 주근깨투성이 여자아이의 머리카락에서 마른 솔잎과 나뭇잎을 떼어내며 우울하게 대답했다.

"골짜기 사이에서 길을 잃은 거죠. 강은 구불구불하게 협곡을 휘감으며 흘러요. 우린 강의 둥그런 지류에 있는 거예요."

"하지만 저건 어쨌거나 오 강이잖아. 우리가 강만 잘 따라간다면 길을 잃을 수는 없는 거지. 강이 휘어져서 흐를 수도 있지만 결국에는 강 하구로 가는 거잖아. 세상 이치가 그런 거 아닌가?"

단델라이온이 고집을 피웠다.

"이봐, 시인. 잘난 척 그만해. 내가 지금 생각 중인 거 안 보이나? 조용히 좀 하라고."

졸탄이 코에 주름을 잔뜩 잡았다.

"그렇게 안 보이는데? 생각이라고는 조금도 하고 있지 않은 것 같은데. 내 말은, 우리가 강만 따라간다면……."

"그만!"

단델라이온의 말이 채 끝나기도 전에 밀바가 소리쳤다.

"당신은 도시 사람이에요. 당신의 세상 이치는 도시의 벽에 갇혀 있죠. 그곳에서는 당신의 지혜도 가치가 있을 거예요. 하지만 이 주위를 봐요! 계곡은 저렇게 가파르고, 강둑은 높고, 풀은 무성해요. 도대체 무슨 수로 강을 따라가겠다는 거예요? 협곡의 측면을 따라 아래로, 수풀과 늪을 뚫고 가다가 위로, 그리고 또 아래로, 다시 위로, 그렇게 말고삐를 끌고 가겠다는 거예요? 협곡 두 개 정도를 지날 때쯤이면 당신은 아마 길 중간에서 대자로 뻗어버릴 거라고요. 우린 여자와 아이들도 함께 데려가고 있어요, 단델라이온. 그리고 곧 해도 져요."

"그건 나도 알고 있다고. 좋아, 난 입 다물고 있을 테니. 그럼 숲에서도 지혜를 잃지 않는 당신들이 생각하시는 길은 뭐랍니까?"

졸탄은 머리 위에서 욕을 퍼붓고 있는 앵무새를 쫓아버리고는 신경질적으로 수염을 배배 꼬았다.

"퍼시벌?"

"우린 대략의 방향은 알고 있지."

퍼시벌은 나무 바로 위까지 내려온 해를 바라보았다.

"첫 번째 방법은, 강에다가 침이나 뱉고 방향을 돌려 이 협곡에서 나가 다시 들판으로 가는거야. 그다음엔 펜 카른과 두 강의 사이를 지나 호틀라까지 가는 거지."

"그럼 두 번째는?"

"오 강은 얕아. 최근 내린 비로 보통 때보다는 물이 불어났지만 그래도 건
널 만해. 구불구불 강줄기를 따라가는 대신, 앞에 나타나는 작은 강줄기는
가로질러 가는 거지. 방향은 해를 기준으로 삼고 호틀라와 이나 강이 세 방
향으로 합류하는 곳까지 곧장 가는 거야."

"그건 안 돼."

내내 아무 말 없던 게롤트가 입을 열었다.

"두 번째 방법은 포기하는 게 좋겠소. 생각도 하지 말고. 저쪽 강둑으로
가다가는 신묘한 숲 중 한 곳을 지나게 될 텐데, 아주 끔찍한 장소지. 그쪽
은 절대로 가면 안 돼."

"저쪽 지역을 알고 있소? 가봤었나? 그럼 여기서 어떻게 나가야 하는지
아는 건가?"

게롤트는 잠시 동안 아무 말도 하지 않다 이마를 닦았다.

"딱 한 번. 3년 전이었소. 하지만 그때는 반대쪽인 동쪽에서 왔지. 브뤼헤
로 가면서 지름길로 가려고 했소. 그리고 어떻게 빠져나왔는지는 기억도 나
지 않소. 반쯤 정신을 잃고 누군가에게 실려 나왔으니까."

졸탄이 게롤트를 잠시 바라봤지만 더 이상 질문은 하지 않았다.

일행은 아무 말 없이 길을 돌아 나왔다. 케르노프의 여인들은 자주 넘어
졌고 지팡이에 의지한 채 힘겹게 걷고 있었다. 하지만 누구도 길을 잘못 든
것에 대해 불평하는 사람은 없었다. 밀바는 잠이 든 주근깨투성이의 소녀를
안장에 앉힌 채 게롤트 바로 옆에서 말을 몰다가 갑자기 입을 열었다.

"그러니까…… 당신이 그 신묘한 숲에서 실려 나왔다는 거죠? 3년 전에
말이에요. 무슨 괴물 같은 거였겠죠. 당신은 정말 위험한 직업을 가지고 있

네요, 게롤트."

"부정하지는 않겠소."

"그때 무슨 일이 있었는지, 나는 알고 있지."

뒤에서 단델라이온이 아는 척을 하며 끼어들었다.

"그 숲에서 상처를 입었고, 어떤 상인이 자네를 끌고 나왔지. 그리고 리버델에서 시리를 다시 만났고. 예니퍼가 얘기해줬어."

그 이름을 듣고 밀바는 희미하게 웃었다. 게롤트는 그것을 놓치지 않았다. 그는 조만간 주체할 수 없는 단델라이온의 수다에 대해 단단히 경고하겠노라 결심했다. 하지만 단델라이온을 너무나 잘 알고 있는 게롤트는 그래 봤자 무슨 소용이 있을까 싶었다. 게다가 단델라이온은 이미, 자신이 알고 있는 이야기들을 거의 다 이야기하고 다닌 것 같았다.

잠시 후 밀바가 다시 말을 이었다.

"어쩌면 저기 신묘한 숲 쪽의 강둑으로 건너가지 않은 게 잘못인지도 몰라요. 예전에 저기서 그 여자애를 발견했다면…… 엘프들은, 무슨 일이 일어났던 장소를 재방문하면 그 일이 다시 일어난다고 믿죠. 그런 걸……. 젠장, 뭐라고 부르는지 모르겠네. 운명의 밧줄?"

"매듭. 운명의 매듭이오."

두 사람의 대화를 듣고 있던 단델라이온이 얼굴을 찡그렸다.

"후, 이제 밧줄이니 매듭이니 그런 얘기까지 하는군. 옛날에 어떤 여자 엘프가 나한테 그러더라고, 예언하건데 내가 교수대에 올라가서 사형집행인의 도움으로 이 풍진 세상을 하직할 거라고. 난 그런 종류의 싸구려 예언은 믿지 않아. 하지만 며칠 전 목이 매달리는 꿈을 꾸긴 했지. 그땐 완전히 땀에 젖은 채로 잠에서 깼지. 침도 삼키기 힘들고, 숨도 제대로 못 쉬었어.

그러니 교수대와 관련된 이야기는 별로 듣고 싶지 않은데."

"당신한테 말한 게 아니에요. 위쳐에게 말한 거지."

밀바가 단델라이온을 흘겨봤다.

"그리고 남의 얘기에 관심 좀 꺼줄래요? 그러면 듣기 싫은 얘기는 안 들릴 거 아녜요? 안 그런가요, 게롤트? 그래서 그 운명의 매듭에 대해서는 어떻게 생각하는 거죠? 만약 우리가 신묘한 숲으로 갔더라면, 그 모든 게 다시 되풀이되지 않았을까요?"

"그래서 안 간 게 다행이라는 거요. 악몽을 되풀이할 생각은 전혀 없으니까."

게롤트는 퉁명스럽게 대꾸했다.

"아무것도 없잖아. 매력적인 장소로 우릴 데려왔군, 퍼시벌."

졸탄이 주위를 살펴보며 고개를 절레절레 저었다.

"펜 카른. 무덤들의 들판……. 항상 왜 그런 이름이 붙었을까 궁금했지."

퍼시벌이 기다란 코끝을 긁으며 중얼거렸다.

"이제는 알겠구먼."

일행 앞에 펼쳐진 넓은 분지는 저녁 안개에 싸여 있었다. 안개 속, 눈이 닿는 곳 끝까지 수천 개의 무덤과 이끼 낀 돌기둥들이 서 있었다. 어떤 돌들은 아무 모양도 없는 큰 바위였다. 그러나 정연하게 잘린, 오벨리스크와 멘히르*들도 있었다. 돌로 된 숲의 한가운데에는 고인돌과 돌무덤, 환상열석*도 보였는

---

* 멘히르(menhir): 선사시대의 만들어진 기둥 모양의 거대한 바위 유적.
* 환상열석(kromlech, 環狀列石): 마치 스톤헨지처럼 바위를 둥글게 배치한 고대 유적.

데, 그 형태로 봐서는 도저히 자연적으로 생긴 것이라고 할 수 없었다.

"황당하군."

졸탄이 여전히 주위를 둘러보며 말을 이었다.

"밤을 보내기에 아주 매력적인 장소야. 엘프들의 공동묘지라니. 만약 내 기억이 정확하다면 위쳐, 당신이 얼마 전에 구울 얘기를 하지 않았나? 흠, 구울이 있다면 저 무덤들 사이에 있겠군. 여긴 뭐라도 있을 수 있겠어. 구울, 그라비어, 유령들, 망령, 엘프 유령, 환영, 환상 등 온갖 것들의 총집합이겠군. 지금 다들 어딘가 모여 앉아서 쑥덕거리고 있을지 알 게 뭐야? 저녁 식사를 찾으러 나갈 필요도 없겠어. 먹잇감들이 제 발로 걸어 들어왔으니."

"돌아갈까? 아직 밝을 때 여길 빠져나가는 게 어때?"

단델라이온이 작은 목소리로 제안했다.

"나도 찬성이야."

"여자들은 이제 한 발짝도 더 못 가요."

밀바가 화난 목소리로 말했다.

"너무 지쳐서 안고 있는 아이들도 떨어뜨릴 판이라고요. 말들도 멈춰 섰어요. 졸탄, 계속해서 우릴 재촉했잖아요. 조금만 더 가자고, 반 마일만 더 가자고, 내내 다그치더니 이제 와서 뭐라고요? 2스타이나 뒤로 물러나자고요? 말도 안 되는 소리. 공동묘지건 뭐건, 여기까지 왔으니까 여기서 자요."

게롤트도 말에서 내리며 밀바의 말을 거들었다.

"겁먹을 필요 없소. 무덤이라고 해서 언제나 괴물이나 유령이 있는 건 아니니까. 펜 카른에는 한 번도 와본 적이 없지만, 이곳이 정말 위험하다면 이야기 정도는 들었을 거요."

야전 사령관 두다를 포함해 누구도 이 말에 토를 달지 않았다. 케르노프의 여인들은 아이들과 함께 옹기종기 모여 앉아 있었다. 아무 말도 없었지만 잔뜩 겁을 먹은 게 확실했다. 퍼시벌과 단델라이온은 풀이 많이 자란 곳에 말을 묶어놓았다. 게롤트와 졸탄, 밀바는 들판 끝으로 가 안개와 황혼에 덮인 공동묘지를 살펴보았다.

"엎친 데 덮쳤다고 하필이면 꽉 찬 보름달이잖아. 오늘 같은 날은 유령들이 잔치하기에 딱 좋은 날이지. 악령들이 우리를 갖고 놀 텐데……. 저기 남쪽에 환한 건 뭐지? 불길인가?"

졸탄이 중얼거리자 게롤트가 고개를 끄덕였다.

"그럴 거요. 또 누군가가 남의 초가집이라도 불태웠겠지. 졸탄, 난 이상하게 이곳이 안전하게 느껴지고 있소."

"나도 그런 기분이 들긴 했지. 해가 떨어지기 전에는 말이야. 우리가 내일 해 뜨는 걸 보도록 구울들이 가만 놔둘까."

밀바가 주머니를 뒤지더니 무언가 번쩍이는 것을 꺼냈다.

"은으로 만든 화살촉이에요. 이런 날을 위해 가지고 있었죠. 시장에서 5크라운이나 줬다고요. 이게 있으면 구울을 물리칠 수 있겠죠, 위쳐 씨?"

"글쎄, 여기 구울이 있을 것 같진 않은데."

"아까, 목 매달린 시체를 구울이 뜯어먹었다고 그러지 않았나. 그리고 무덤이 있는 곳엔 구울이 있고."

졸탄이 언성을 높이며 화를 냈다.

"꼭 그런 건 아니오."

"자네 말을 믿겠네. 자네는 위쳐고, 이 분야의 전문가니까 무슨 일이 생기면 우릴 보호해주겠지. 약탈자들 해치우던 솜씨가 보통이 아니던데. 구울이 약탈자들보다 더 잘 싸우나?"

"비교가 안 되오. 하지만 겁먹지는 않았으면 좋겠군."

"그럼 이건 뱀파이어에게도 효과가 있는 건가요? 아니면 유령이라든 가?"

밀바는 은 화살촉을 활에 꽂고는 엄지손가락 끝으로 충분히 날카로운지 확인하고 있었다.

"효과가 있을 수도 있지."

"내 시힐에는 말이야, 고대 드워프들의 룬어로 드워프의 주문이 새겨져 있다고. 그 구울인지 뭔지 내 칼 근처에 오기만 해봐라. 자, 보라고!"

졸탄이 칼을 꺼내며 소리쳤다.

"하, 그러니까 이게 그 유명한 드워프들의 룬어라는 거요? 뭐라고 적혀 있는 건가?"

어느새 그들 곁으로 다가온 단델라이온이 물었다.

"개자식들은 각성하라! 이렇게 새겨져 있지."

그 순간 퍼시벌의 다급한 고함 소리가 들려왔다.

"바위 사이에서 뭐가 움직였어! 구울, 구울이야!"

"어디?"

"저기, 저기! 저기 돌 사이에 숨었어!"

"한 놈이야?"

"한 놈인 것 같은데!"

"엄청 배가 고픈 게 틀림없군, 아직 어두워지지도 않았는데 우리를 노리 는 걸 보면."

졸탄은 손에 침을 탁 뱉고는 시힐의 칼자루를 움켜쥐었다.

"하! 이제 식탐을 부리면 어떻게 되는지 보여주지! 밀바! 그놈의 엉덩이에 화살을 박아줘! 난 내장을 꺼낼 테니!"

밀바가 턱에 활시위를 괴고 속삭였다.

"아무것도 안 보이는데요. 돌 사이에 풀 한 포기 안 움직여요. 퍼시벌, 혹시 잘못 본 거 아니에요?"

"절대 그럴 리 없어. 저기 엎어진 식탁처럼 생긴 바위 보이지? 저기에 구울이 숨었다고, 바로 저 바위 뒤에."

퍼시벌이 화를 냈다.

"여기서 다들 기다리시오."

게롤트가 재빨리 등 뒤의 칼집에서 칼을 꺼냈다.

"여자들에게 경고하고 말들을 달래주시오. 만약에 구울들이 공격해온다면, 말들이 공포로 완전히 돌아버릴 테니. 내가 가서 확인하고 오겠소."

"혼자 가는 건 안 돼."

졸탄이 작정하고 반대했다.

"그때, 역병이 든 마을에서는 자네 혼자 가도록 내가 놔뒀었지, 그땐 전염병이 무서워서 그랬어. 그런 후에 이틀 동안 나 자신이 창피해서 잠을 못 잤다고. 이제 다시는 그렇게 못해! 퍼시벌, 아니 지금 뒤로 숨는 거야? 구울을 본 건 너잖아, 왜 뒤쪽을 맡는 거야? 걱정하지 말라고. 내가 뒤를 따를 테니."

게롤트와 졸탄은 조심스럽게 움직였다. 게롤트에게는 무릎까지밖에 안 되지만, 드워프와 노움에게는 허리까지 자란 풀잎들과 스치지 않으려고 노력하며 무덤들 사이로 들어섰다. 퍼시벌이 가리킨 돌무덤 쪽으로 가까이 다가가 양쪽으로 나뉘어 구울의 퇴로를 막았다. 하지만 그런 전술은 전혀 쓸모 없었다. 사실 게롤트는 알고 있었다. 위쳐의 메달이 아무런 신호도 주지 않았고 단 한 번도 떨리지 않았던 것이다.

"여긴 아무도 없군. 살아 있는 거라고는 아무것도 없어. 환영이었어, 환영. 괜히 놀랐네. 쓸데없이 다들 겁먹게 만들었잖아. 퍼시벌, 엉덩이를 걷어차여도 할 말이 없겠지."

졸탄이 주위를 살펴보더니 곧 결론을 내렸다.

"분명히 봤다고! 바위들 사이에서 뛰어가는 걸 봤어! 바싹 마른 데다가 세금 징수원처럼 시커먼……."

퍼시벌은 물러서지 않았다.

"바보 같은 노움 녀석아! 닥치라니까, 글쎄. 안 그랬다간……."

"이 이상한 냄새는 뭐지? 무슨 냄새 안 나시오?"

게롤트가 갑자기 물었다.

"정말 그렇군. 이상하리만치 지독한 냄새인데."

졸탄이 사냥개처럼 킁킁거리며 코로 냄새를 맡았다.

"약초야. 쑥, 바질, 깨꽃, 정향…… 계피인가? 무슨 괴물이……?"

퍼시벌이 자신의 예민한 콧구멍을 한껏 넓히며 말했다.

"구울은 무슨 냄새가 나나, 게롤트?"

"시체 냄새."

게롤트는 구울의 흔적을 찾기 위해 풀 사이를 날카롭게 응시하더니 빠른 걸음으로 무너진 돌무덤 쪽으로 다가가 칼날로 돌무더기를 가볍게 쳤다.

"나와. 거기 있는 거 다 안다. 순순히 나오지 않으면 칼로 배에 구멍을 내주지."

게롤트가 이를 악물고 말했다.

바위 아래로 완전히 위장된 굴 입구에서 조그맣게 긁는 소리가 들려왔다.

"나와라. 해치지 않을 테니."

게롤트가 다시 말했다.

"머리카락 하나 건드리지 않겠소. 그냥 나오라니까!"

졸탄이 구멍 위로 시힐을 치켜든 채 무섭게 눈알을 굴리면서도 애써 다정하게 말했다.

게롤트는 절레절레 고개를 젓더니 졸탄에게 물러서라고 손짓했다. 돌무덤 아래 구멍에서는 또다시 긁는 소리가 났고 약초와 뿌리를 달이는 냄새가 강하게 풍겨왔다. 잠시 후 반백의 머리가 모습을 드러내더니, 귀족적으로 휜 매부리코를 가진 얼굴이 모습을 드러냈다. 구울은 분명 아니었다. 인간이었고 중년의 마른 남자였다. 퍼시벌이 헛것을 본 게 아니었던 것이다. 실제로 남자는 어딘지 모르게 세금 징수원을 떠올리게 하는 뭔가가 있었다.

"그럼 정말 나가도 되겠소?"

남자는 잿빛의 눈썹 아래 검은 눈으로 게롤트를 바라보며 물었다.

"나오시오."

남자는 구멍에서 빠져나와 검은 망토를 털었다. 망토 위에는 허리께에 앞치마 같은 것이 둘러져 있었다. 남자가 천으로 만든 가방을 고쳐 메자 또다시 약초 냄새가 진하게 풍겨왔다.

"무기는 이제 좀 거두어주셨으면 좋겠습니다."

남자는 자신을 둘러싸고 있는 무리를 찬찬히 바라보며 침착한 목소리로 말했다.

"그럴 필요는 없으니까요. 여러분이 보시다시피 저는 무기가 없습니다. 무기를 가지고 있지 않지요. 저에게는 훔쳐 갈 만한 것도 없습니다. 제 이름은 에미엘 레지스입니다. 딜링겐 출신이지요. 이발사입니다."

"이발사라고? 이발사가 아니라 연금술사나 약초꾼인 것 같은데. 나쁜 뜻으로 하는 말은 아니지만, 약 냄새가 정말 지독하군."

졸탄이 얼굴을 찡그렸다.

에미엘 레지스라는 남자는 입술을 다문 채 어색하게 웃어 보이며 사과하듯 양팔을 내렸다.

"냄새 때문에 당신이 여기 있는 걸 알게 되었소, 이발사 양반. 우리에게서 몸을 피한 특별한 이유라도 있었던 거요?"

게롤트가 칼집에 칼을 집어넣으며 물었다.

"특별한 이유? 아니, 그런 건 없습니다. 그저 당신들이 두려웠지요. 시대가 이러니……."

남자는 검은 눈으로 게롤트를 바라보았다.

"사실 그렇긴 하지."

졸탄이 고개를 끄떡이고는 엄지손가락으로 화재로 밝아진 하늘을 가리켰다.

"이런 시대지. 당신도 우리처럼 피난민 아니오? 하지만 딜링겐은 여기서 꽤나 떨어져 있는데, 어쩌다 이 무덤들 사이에 혼자 숨어 있게 되었는지 궁금하군. 뭐, 이런 어려운 시대에는 사람마다 별별 일을 다 당하긴 하지. 우리는 당신을 두려워하고, 당신은 우리를 두려워하고. 공포는 어디에나 있군."

"당신들에게 위해가 될 만한 건 아무것도 가지고 있지 않습니다. 저 역시 같은 걸 여러분에게 기대해도 되겠지요?"

레지스는 일행으로부터 시선을 거두지 않고 말했다.

"지금 우리를 산적이라도 된다고 생각하는 거요?"

졸탄이 이를 드러내며 활짝 웃었다.

"이발사 양반. 우리도 피난민이요. 테메리아의 국경 쪽으로 가고 있지. 만약 당신이 원한다면 우리 무리로 합류해도 괜찮소. 혼자 다니는 것보다는 여러 명이 함께 다니는 편이 즐겁기도 하고, 더 안전하기도 하니까. 우린 여자와 아이들도 데려가고 있소. 혹시 그 냄새 나는 풀들 중 곯은 발에 좋은 약은 없소?"

"찾아낼 수 있을 겁니다. 도움이 된다니 기쁘군요. 일행에 합류하는 건…… 제안은 고맙지만, 저는 피난민이 아닙니다. 전쟁 때문에 딜링겐에서 도망친 게 아니에요. 전 이곳에서 살고 있습니다."

이발사가 작은 목소리로 말했다.

"뭐라고? 여기서 산다고? 여기, 이 공동묘지에서?"

졸탄이 한 발짝 물러나며 눈썹을 찡그렸다.

"공동묘지에서요? 아닙니다, 아니에요. 멀지 않은 곳에 오두막이 있어요. 딜링겐에 있는 집과 제 가게 말고도 말입니다. 하지만 저는 이곳에서 매년 여름을 보냅니다. 6월부터 9월까지, 하지부터 추분까지죠. 약이 될 만한 풀과 뿌리를 모으고 그중 일부는 바로 농축해서 진액과 약을……."

"하지만 전쟁이 났다는 건 알고 있군요."

게롤트는 묻지도 않고 단언했다.

"아무리 세상과 멀리 떨어져 은둔자처럼 산다고 해도 말이오. 누구에게 들은 겁니까?"

"여기까지 도망친 피난민들에게 들었지요. 이곳과 2마일도 채 떨어지지 않은, 호틀라 강 쪽에 피난민들이 살고 있는 커다란 대피소가 있습니다. 브뤼헤와 소든에서 피난 온 몇백 명의 난민들과 시골 사람들이 모여 있지요."

"그럼 테메리아 군대는? 움직이고 있소?"

졸탄이 궁금해하며 물었다.

"그건 저도 모릅니다."

졸탄은 욕을 하더니 이발사를 쏘아보았다.

"그러니까 이발사 양반, 이런 곳에서 혼자 살고 있다, 이거요? 밤중에는 무덤들 사이를 산책하고. 무섭지도 않소?"

"뭘 무서워해야 합니까?"

"여기 이 사람은 위쳐요. 얼마 전에 구울의 흔적을 발견했소. 시체를 먹는다는 구울 말이요, 알겠소? 구울이 이런 묘지 근처에 있다는 건 위쳐가 아니더라도 다 아는 얘기 아니오?"

졸탄이 게롤트를 가리켰다.

"위쳐라…… 괴물들을 죽이는 자. 오호라, 흥미롭군요."

레지스는 감정을 조금도 숨기지 않은 채 흥미롭다는 듯 게롤트를 바라보았다.

"위쳐 선생, 그러고 보니 이 공동묘지가 500년도 더 된 곳이라는 사실을 말씀드리지 않았군요. 구울의 입맛이 까다로운 건 아니지만, 500년 묵은 뼈를 씹고 다니지는 않아요. 이곳에 구울은 없습니다."

"그렇다면 정말 다행이군."

졸탄이 주위를 둘러보며 말했다.

"그럼, 우리가 있는 곳으로 초대해도 되겠소? 차가운 말고기가 있는데, 싫은 건 아니겠지?"

레지스는 아무 말 없이 졸탄을 한동안 바라더니 마침내 입을 열었다.

"감사합니다. 하지만 저에게 더 좋은 생각이 있어요. 제가 여러분을 초대하겠습니다. 저의 여름 별장은 오두막이라고 부르기도 민망한 협소한 움막이라 달빛 아래에서 주무셔야겠지만, 집 옆에 샘물이 있지요. 그리고 말고기를 데울 수 있는 불도 있고요."

"기꺼이 받아들이겠소."

졸탄이 몸을 굽혀 인사했다.

"이곳에 구울은 없을지 모르지만, 이런 공동묘지에서 밤을 보낸다는 건 생각만 해도 별로니까. 갑시다, 나머지 일행도 소개해드리겠소."

이들 일행이 천막을 친 곳에 다다르자 말들은 콧김을 내뿜으며 발굽으로 바닥을 찼다.

"바람 방향을 피해서 서주시오, 레지스."

졸탄이 레지스를 의미심장하게 바라보았다.

"샐비어 냄새가 우리 말들을 겁먹게 하는 것 같소. 솔직히 말하면 나도 이를 뽑는 게 자꾸 연상되기도 하고."

"게롤트."

레지스가 덮개를 걷고 움막 안으로 들어가자마자 졸탄이 낮게 속삭였다.

"눈을 똑바로 뜨고 있어야겠네. 저 냄새 나는 약초꾼, 그다지 마음에 들지 않아."

"무슨 이유라도?"

"여름을 공동묘지에서 보내는 사람은 싫다고. 그것도 사람들이 사는 곳에서 멀리 떨어진 묘지 말이지. 아니, 좀 더 나은 환경에서는 약초가 안 자라나? 저 레지스란 작자, 내 생각에는 도굴꾼인 것 같네. 이발사들, 연금술사들, 그런 놈들은 묘지에서 뼈를 파내 그걸 가지고 이상한 짓을……."

"실험이지. 하지만 그런 실험에는 죽은 지 얼마 안 된 시체를 쓸 텐데. 이 묘지는 굉장히 오래된 곳 아니오."

"그거야 그렇지."

졸탄은 이발사의 움막 근처 귀룽나무 그늘 아래 잘 곳을 마련하고 있는 케르노프의 여인들을 바라보며 수염을 꼬았다.

"그럼 혹시 무덤의 값나가는 부장품을 노리는 도둑 아닐까?"

"직접 물어보시오. 아까 초대한다고 할 땐 덥석 받아들이더니, 지금은 마치 칭찬을 들은 노처녀처럼 의심이 많아졌군."

"흠…… 그 말도 맞지. 하지만 저 움막에 뭐가 있는지 확인하는 게 좋겠어. 확인 겸……."

졸탄이 중얼거렸다.

"그럼 따라가서 포크를 빌려달라고 하시오."

"포크는 왜?"

"뭐, 안 될 것도 없잖소?"

졸탄이 한동안 게롤트를 빤히 보고 있더니, 마침내 결심을 한 듯 빠른 걸음으로 움막에 다가가 예의 바르게 문틀을 두드린 후 들어갔다. 그러더니 얼마 지나지 않아 문 사이로 고개를 내밀었다.

"게롤트, 퍼시벌, 단델라이온, 이리 들어와 봐. 여기 신기한 게 있어. 아니, 망설이지 말고. 이발사 양반이 들어오라는군."

움막 안은 어두웠고 온 벽에는 다발로 묶인 약초와 뿌리가 잔뜩 걸려 있었다. 거기서 나는 따뜻하면서도 압도적인, 코를 찌르는 듯한 냄새가 움막 안에 가득했다. 가구라고는 약초로 뒤덮여 있는 침상과 수없이 많은 유리와 토기, 도자기 병이 쌓여 있는 비뚤어진 책상밖에 없었다. 이 모든 것을 비추는 것은 묘하게 생긴 화로의 석탄에서 나오는 희미한 빛이 전부였다. 화로는 배가 나온 모래시계처럼 생겼고, 거미줄처럼 복잡하게 얽혀 있는 금속 파이프들이 나선형과 활모양으로 화로를 둘러싸고 있었다. 그런 파이프들 중 하나의 밑에 나무통이 놓여 있었는데, 정체 모를 액체가 똑똑 떨어지고 있었다.

화로를 보자 퍼시벌의 눈이 휘둥그레졌다. 퍼시벌은 숨을 몰아쉬더니 펄쩍펄쩍 뛰었다.

"오호, 오호, 이런! 이게 다 뭐요! 이건 용광로식 증류 장치잖소! 기둥에 정류 장치와 구리로 된 냉각기도 있어! 멋지군! 이발사 양반, 이걸 다 직접 만든 거요?"

퍼시벌은 놀라움과 흥분을 조금도 감추지 않았다.

"물론이죠. 저는 약을 만드는 게 직업이니까요, 그러니 증류도 해야 하고, 다섯 번째 정수도 뽑아내야 하고, 또……."

겸손하게 답하던 레지스가 파이프에서 떨어지는 액체를 만지고 손가락을 빼는 졸탄을 보더니 갑자기 말을 멈추었다. 졸탄은 긴 숨을 내쉬었는데, 홍조를 띤 얼굴에는 알 수 없는 행복감이 가득했다.

단델라이온 역시 참지 못하고 액체를 손가락으로 찍어 맛을 보더니 낮게 신음 소리를 냈다.

"다섯 번째 정수로군. 어쩌면 여섯 번째나 일곱 번째가 아닐지……."

단델라이온이 중얼거리며 입맛을 다시자 레지스는 미소를 지었다.

"뭐, 그렇죠. 제가 말씀드렸잖습니까. 증류가……."

"증류주. 그것도 최상급의 증류주라고. 퍼시벌, 맛 좀 봐."

졸탄이 끼어들며 말했다.

"하지만 난 먹는 쪽 화합물은 잘 몰라."

정신이 없는 듯한 말투로 퍼시벌이 대꾸했다. 퍼시벌은 무릎을 꿇고서 이 연금술사의 부뚜막이 어떻게 설치되었는지 살피고 있었다.

"맛을 봐도 뭐가 들어갔는지 나는 모를……."

"만드라고라 뿌리 증류죠. 벨라돈나로 맛을 더 증강시켰고 발효 전분을 넣었습니다."

레지스가 답을 주었다.

"누룩 같은 거요?"

"그렇게 부를 수도 있겠지요."

"여기 컵은 없소?"

"졸탄, 단델라이온!"

게롤트가 팔짱을 낀 채 인상을 찌푸렸다.

"귀라도 먹은 거요? 그건 만드라고라잖소. 만드라고라로 만든 술이라고. 그 단지 좀 내려놓으시오."

"하하, 게롤트 씨."

레지스는 먼지 쌓인 증류기와 병들 사이에서 작은 플라스크를 찾아내 천으로 닦으며 말했다.

"걱정하지 않아도 됩니다. 이 만드라고라는 제대로 처리했고, 비율을 잘 맞춰서 정확하게 증류한 것입니다. 전분 1파운드에 만드라고라는 5온스만 넣고, 벨라도나는 반 드램만……."

"그런 뜻으로 한 말이 아니오."

게롤트의 말을 들은 졸탄이 잠시 주저하더니 고개를 끄덕인 후 심각한 표정으로 화로에서 물러났다.

"내 말을 오해한 것 같군, 레지스 씨. 몇 온스를 넣었나 하는 게 문제가 아니라, 1온스의 만드라고라가 얼마나 비싼지 알기 때문에 한 말이오. 이건 우리가 마시기엔 너무 값비싼 술이라서."

"만드라고라라고? 저게 만드라고라요? 진짜 만드라고라?"

단델라이온이 경이롭다는 듯 중얼거리며 움막 한구석에 쌓여 있는, 작은 사탕무와 닮은 뿌리들을 가리켰다. 그러자 레지스가 고개를 끄덕였다.

"여성형이죠. 아까 저희가 만난 오래된 공동묘지에서 많이 자랍니다. 그래서 여름을 이런 곳에서 보내는 것이지요."

게롤트가 졸탄을 의미심장하게 바라보았다. 졸탄은 멋쩍은 듯 뭐라고 중얼거렸고, 레지스는 웃음을 간신히 참는 것 같았다.

"자자, 여러분, 입에 맞으시다면 맛을 보도록 하십시오. 여러분이 제 걱정을 해주신 건 고맙습니다만, 사실 전쟁에 휩싸인 딜링겐으로 이 만드라고라 술을 가져가는 건 불가능합니다. 그러니 아깝게도 쓸모가 없어질 뻔한 술이지요. 그러니 돈 얘기는 하지 맙시다. 미안하지만, 들고 마실 그릇은 이거 하나밖에 없군요."

"그거면 충분하오. 레지스, 당신의 건강을 위해, 어우……."

졸탄이 플라스크를 들고 나무통을 조심스럽게 기울였다. 레지스가 다시 웃음을 지었다.

"양해를 구합니다. 증류의 질이 그다지…… 사실 예전 같지 않고, 술을 끊은 지가…… 다른 것들도 함께 말이죠."

"이런, 그럼 한 입도 마시지 않았단 말이오? 완성이……."

"태어나서 마셔본 술 중 최고요. 시인, 어서 마셔봐."

졸탄이 간신히 숨을 내쉬며 술을 권했다.

"아아…… 맙소사! 엄청나군! 게롤트, 맛 좀 보라고."

"집주인에게 먼저 권해야지. 단델라이온, 예절은 어디다 두고 왔나."

게롤트가 레지스를 향해 살짝 고개를 숙였다.

"죄송합니다만, 전 술을 주조만 할 뿐 입에 대지 않습니다. 이제 건강도 좋지 않고요."

레지스가 답례로 살짝 고개를 숙이고는 편하게 말을 이었다.

"원칙의 문제입니다. 전 제가 정한 원칙을 절대로 어기지 않지요."

"원칙을 지키는 당신이 존경스럽고 부럽군."

게롤트는 플라스크에 담긴 만드라고라 술을 조금 맛보더니 잠시 망설이다가 결국 깨끗이 비우고 말았다. 맛을 온전히 즐기고 싶었지만 눈에서 흐른 눈물이 미각을 방해했다. 그러나 배 속은 기분 좋게 따뜻해졌다.

"밀바를 데리고 와야겠군. 우리가 올 때까지 다 마시지 말고 기다려주시오."

게롤트가 플라스크를 졸탄에게 내밀며 말했다.

밀바는 하루 종일 안장에 앉혔던 주근깨 여자아이 옆에서 모기를 쫓아주며 말 옆에 있었다. 레지스의 환대에 대해 얘기를 듣자 어깨를 으쓱했지만, 오래 설득할 필요는 없었다.

밀바와 게롤트가 다시 움막으로 들어갔을 때, 일행은 쌓여 있는 만드라고라 뿌리 옆에 둘러앉아 있었다.

"이렇게 직접 보는 건 처음이야. 정말 사람처럼 생겼군."

단델라이온이 울퉁불퉁한 뿌리를 손가락 사이로 굴리며 말했다.

"요통을 앓아 구부러진 사람 같군. 그리고 이건, 임신한 여자 모양이네.

그리고 이건, 말하긴 민망하지만 한참 즐기고 있는 두 사람을 붙여놓은 것 같아."

졸탄이 키득거리며 말했다.

"생각하는 게 죄다 그런 것밖에 없군요."

밀바가 면박을 주고는 가득 찬 플라스크를 대담하게 들이켰다가 발작처럼 기침을 했다.

"이런 젠장…… 이거 엄청 세군요! 진짜 만드라고라로 만든 건가요? 하, 우리가 마법사들의 음료를 마시고 있다니! 살다 보니 별일이 다 있네요. 여러모로 감사해요."

"제가 영광이지요."

만드라고라 술이 채워진 플라스크는 일행들 사이를 오고갔다. 기분은 고조되고 활기가 돌자 모두들 말이 많아졌다.

"저 만드라고라라는 건, 내가 듣기로는 마법의 힘이 있다고 하던데."

퍼시벌이 눈을 반짝이며 말했다.

"그렇고말고."

단델라이온이 또 한 잔 들이켜고는 몸을 부르르 떨더니 이야기를 시작했다.

"만드라고라에 대한 발라드가 얼마나 많은지! 마법사들은 만드라고라로 영약을 만드는데, 그 덕분에 영원한 젊음을 유지하고 있소. 여자 마법사들은 또한 만드라고라로 크림을 만드는데, 글래머리라고 부르지. 이 크림을 바른 여자 마법사는 보는 사람의 눈이 튀어나올 만큼 아름답고 매혹적으로 변한다고 해. 명심해야 할 것은 만드라고라는 손꼽히는 미약이고, 사랑의 마법, 특히 처녀들의 저항을 꺾는 데 쓰인다, 이거야. 그래서 시골 사람들은 만드라고라를 기둥서방 풀이라고 부르지. 처녀들을 꾀어내는 풀이라는 뜻에서."

"멍청한 소리 그만해요." 밀바가 말했다.

이번엔 퍼시벌이 술로 가득 찬 플라스크를 기울이며 말했다.

"내가 듣기로는 만드라고라 뿌리를 땅에서 뽑아내려고 하면, 만드라고라가 울면서 살아 있는 것처럼 앵앵거린다던데."

"말도 안 되는 소리. 앵앵거린다고? 만드라고라의 비명 소리는 너무 끔찍해서 듣는 사람은 정신이 돌아버린다고 하던데? 그뿐만이 아니라 자기를 땅에서 뽑는 자에게 주문을 걸고 저주를 퍼붓는다는 이야기도 있어. 죽을 수도 있다는 거지."

졸탄이 통에서 술을 따르며 말했다.

"내 생각에 그건 시골 사람들의 미신이에요. 식물이 그런 힘을 가질 리가 없잖아요."

밀바가 졸탄으로부터 플라스크를 넘겨받아 한입에 털어 넣고는 몸을 떨었다.

"사실이라니까!"

졸탄이 화를 내며 외쳤다.

"하지만 똑똑한 약초꾼들은 자신을 보호할 방법을 찾았지. 만드라고라를 발견하면, 일단 뿌리의 한쪽 끝을 줄에 매달고, 다른 한쪽은 개랑 묶어서⋯⋯."

"돼지로 해도 돼." 퍼시벌이 끼어들었다.

"멧돼지도." 단델라이온도 진지하게 거들었다.

"바보 같은 소리 말라고, 시인. 멍멍이나 돼지를 이용해 만드라고라를 땅에서 뽑게 하는 데는 이유가 있어. 만드라고라의 저주나 마법이 그 동물에게 떨어지도록 수를 쓰는 거지. 약초꾼은 덤불에 숨어 저주를 피하고. 안 그렇소, 레지스? 내 말이 맞지?"

"흥미로운 방법이군요. 아이디어는 좋습니다. 하지만 실행이 꽤나 복잡한 게 단점이군요. 이론적으로는 동물 없이 줄만 매달아도 될 텐데요. 제 생각에 만드라고라는 누가 자신을 뽑았는지 인지하지 못할 것 같은데 말입니다. 그러니 마법이나 저주도 그 줄에 떨어지고, 그럼 개를 이용하는 것보다는 훨씬 수월하겠지요. 돼지는 말할 것도 없고."

레지스가 알 수 없는 미소를 지으며 대답했다.

"지금 비꼬는 거요?"

"제가 감히 그럴 리가요. 말씀드린 바와 같이 아이디어는 좋습니다. 왜냐하면 만드라고라는 알려진 것과 달리 마법을 부리거나 저주를 내리는 능력은 없지만, 독성이 굉장히 강해 뿌리 주변의 흙 역시 그 독성을 품고 있을 정도니까요. 만드라고라의 생즙을 얼굴에 뿌리거나 생채기가 난 손에 닿거나, 아니면 그저 만드라고라를 찐 연기를 들이마시기만 해도 치명적일 수 있지요. 저도 마스크와 장갑을 사용하는 터라 줄을 이용한 그 방법론에 대해 동의합니다."

"흠…… 그럼 만드라고라가 뽑힐 때 지른다는 무시무시한 비명 이야기는 사실이요?"

잠시 생각에 잠겨 있던 졸탄이 물었다.

"만드라고라는 성대가 없습니다. 식물이니까요. 그러나 만드라고라의 뿌리에 있는 독성은 강력한 환각을 만들어내지요. 목소리, 비명, 속삭임, 이런 것들은 환각의 영향 때문에 들리는 것입니다. 중앙의 신경 체계가 만들어내는 것이죠."

레지스가 차분히 설명했다.

"하, 완전히 잊고 있었네."

플라스크를 기울이던 단델라이온이 참고 있던 트림을 늘어지게 했다.

"만드라고라는 독이 있는데! 그런데 내가 손으로 만졌어! 게다가 지금은 만드라고라 술을 이렇게 마셔대고……."

"만드라고라의 신선한 뿌리에만 독이 있습니다. 제 만드라고라는 몇 년간 묵힌 후 처리되었고 이 증류주는 필터로 거른 것입니다. 그러니 안심하세요."

레지스가 단델라이온을 진정시켰다.

"물론 독은 없겠지. 술은 술일 뿐이니까. 독당근, 쐐기풀, 생선 비늘, 낡은 신발 끈으로도 술을 담글 수 있지. 단델라이온, 이제 잔을 넘겨, 다들 기다리고 있다고."

졸탄이 맞장구를 치며 단델라이온을 재촉했다.

계속해서 채워지는 잔이 일행 사이를 오고갔다. 모두들 바닥에 편히 앉았다. 게롤트는 낮게 욕을 하며 앉은 자세를 바꿨는데, 바닥에 앉을 때 무릎에서 찌르는 듯한 통증이 느껴졌기 때문이었다. 게롤트는 레지스가 자신을 주의 깊게 보고 있다는 것을 알아챘다.

"얼마 안 된 상처인가 보군요?"

"그렇진 않소. 하지만 성가시군. 통증을 줄여줄 만한 약초도 가지고 있소?"

"통증의 종류에 따라 다르지요. 그리고 통증의 원인에 따라서도 달라집니다. 위쳐 선생, 당신의 땀에서는 이상한 냄새가 나는군요. 마법으로 치료를 받았습니까? 마법의 효소와 호르몬을 투여받은 건가요?"

레지스가 옅은 미소를 띤 채 물었다.

"약은 여러 종류를 썼소. 그 냄새가 아직도 내 땀에 배어 있을 거라곤 상상도 못했군. 뛰어난 후각이오, 레지스."

"누구나 뭐든 재주가 있기 마련이지요. 그 덕분에 단점이 가려지기도 하고. 마법으로 어떤 증상을 치료했습니까?"

"팔이 부러지고 고관절이 나갔소."

"언제 있었던 일인가요?"

"대략 한 달 전이군."

"그런데 벌써 걸을 수 있다는 건가요? 대단하군요. 브로킬론의 드라이어드들이 치료한 것이로군요, 맞지요?"

"어떻게 알았소?"

"뼈의 세포를 그렇게 빨리 재생시킬 수 있는 약들을 알고 있는 건 드라이어드들밖에 없지요. 당신의 손바닥 표면엔 검은 점들이 남아 있는데, 코닌하엘 뿌리와 보랏빛 나래지치 줄기가 뚫고 들어간 자리입니다. 코닌하엘을 쓸 줄 아는 건 드라이어드뿐이고 보랏빛 나래지치는 브로킬론 밖에서는 자라지 않지요."

"훌륭하군. 정확한 추론이오. 하지만 내가 궁금한 건 사실 따로 있소. 고관절과 어깨뼈가 부러졌는데 통증이 심하게 느껴지는 부위는 어째서 무릎과 팔꿈치인 거요?"

"전형적인 증상이죠."

레지스가 고개를 끄덕였다.

"드라이어드의 마법이 상한 뼈를 회복시켰지만 동시에 신경의 중심에 혼란을 일으킨 겁니다. 일종의 부작용이라고 할 수 있는데, 관절 부분에서 통증이 가장 심하게 느껴질 겁니다."

"이것도 고칠 수 있소?"

"아니, 고칠 수 없어요. 당신은 앞으로도 오랫동안 비가 오는 날을 정확하게 예상할 수 있을 겁니다. 겨울엔 통증이 더 심해지죠. 하지만 강력한 진통제는 당신 같은 경우 복용하지 않는 게 더 좋습니다. 특히 마약 성분이 포함된 건 더더욱. 당신은 위처이고, 당신의 경우 그런 진통제는 절대로 복용해선 안 됩니다."

"그럼 할 수 없이 당신의 만드라고라로 치료해야겠군."

게롤트는 밀바가 건네준 플라스크를 받아들고 단숨에 들이켰다. 바닥까지 비우고는 눈물이 날 정도로 기침을 했다.

"젠장, 벌써 다 나은 것 같군."

"글쎄요, 그 병이 나은 건지는 모르겠군요. 제가 말씀드린 바와 같이, 증상보다는 원인을 치료해야 하는 것이니까요."

레지스가 입을 다물고 웃었다.

"이 위처의 경우에는 아니오."

얼굴이 조금 빨개진 단델라이온이 이야기를 듣다 콧방귀를 뀌었다.

"지금 이 위처의 걱정거리에는, 그야말로 술이 제격이거든."

"자네한테도 술이 제격이지. 술 때문에 혀라도 마비되면 딱 좋겠군."

게롤트가 잔뜩 인상을 쓴 채 단델라이온을 쏘아보았다.

"그런 효과는 기대하기 힘들 겁니다."

레지스는 또 한 번 조용히 웃었다.

"만드라고라 술에는 벨라돈나가 들어가지요. 벨라돈나에는 염기성과 스코폴라민*이 다량 함유되어 있고요. 만드라고라에 완전히 취하기 전, 누구나 일장 연설을 하게 됩니다."

"일장…… 뭐라고?" 퍼시벌이 물었다.

"말이 많아지는 것 말입니다. 어려운 말을 써서 미안하군요."

게롤트의 입술이 비딱해지면서 쓴웃음을 지었다.

"조심해야지. 잘난 척하며 어려운 말을 자꾸 쓰면 사람들이 거만한 광대로 볼 테니까."

"아니면 연금술사로 보든지."

졸탄이 통에서 술을 옮겨 담으며 끼어들었다.

"아니면 위쳐라고 생각할지도 모르지."

단델라이온이 중얼거렸다.

"어떤 위쳐는 여자 마법사에게 잘 보이려고 책을 엄청 읽기도 했으니까. 여자 마법사들은 복잡하고 우아한 얘기에 홀딱 넘어가거든. 그렇지 않나, 게롤트? 아니, 내가 얘기 하나……."

"자넨 이번 판은 쉬어. 자네에겐 이 술 속에 든 염기가 너무 빨리 작용하는 것 같아서. 말이 너무 많잖아."

게롤트가 차갑게 말했다. 그러자 졸탄이 얼굴을 찡그리며 투덜거렸다.

"게롤트, 제발 좀 비밀스럽게 굴지 말라고. 단델라이온이 말한 게 뭐 그렇게까지 새로운 사실도 아니고. 자네는 살아 있는 전설이지. 그 사실을 어찌하겠나? 자네의 모험담은 인형극으로도 공연된다고. 그중에는 귀네비어라는 이름의 여자 마법사와의 이야기도 있어."

---

* 스코폴라민(skopolamin): 진통제, 수면제로 쓰이는 약의 한 종류.

"예니퍼겠죠."

레지스가 작은 소리로 정정하고는 덧붙였다.

"지니를 추적하는 연극이라면 저도 봤습니다. 제 기억이 정확하다면."

"내가 바로 그 추격을 함께했지. 얼마나 웃겼는지 알아? 내 이야기를 좀⋯⋯."

단델라이온이 자랑을 시작하려는 찰나 게롤트가 자리에서 일어났다.

"모두에게 떠들어대라고. 술에 취해서 이야기도 마음대로 부풀리고. 난 한 바퀴 돌아봐야겠어."

"쳇, 아니 뭐 고작 저런 걸 가지고 화를⋯⋯."

졸탄이 콧방귀를 뀌며 핀잔을 주자 게롤트가 한숨을 쉬며 말했다.

"오해요, 졸탄. 소변 때문이오. 살아 있는 전설도 생리현상은 어쩔 수 없거든."

밤은 끔찍하게 추웠다. 말들은 발굽을 구르고 허연 콧김을 세차게 내뿜었다. 달빛을 흠뻑 받은 이발사의 움막은 마치 동화 속에 나오는 장소 같았다. 이렇게 그리면 딱 여름 마녀의 별장이지. 게롤트는 바지를 추슬렀다.

그때 게롤트를 뒤따라 나온 밀바가 뒤에서 조심스럽게 헛기침을 했다. 밀바의 긴 그림자가 게롤트의 그림자 옆에 서 있었다.

"왜 안 들어가고 꾸물거려요? 정말로 화가 난 건가요?"

"아니오."

밀바의 물음에 게롤트는 고개를 저었다.

"그럼 뭐하느라 혼자 달빛 아래 서 있어요?"

"헤아려보고 있소."

"헤아리다니 뭘 헤아린다는 거죠?"

"브로킬론에서 떠나온 지 열흘하고도 이틀째요. 그동안 60마일 정도 왔지. 소문에 따르면 시리는 현재 닐프가드의 수도에 있다는데, 계산해보면 그곳은 2500마일 정도 떨어져 있소. 간단한 계산으로도 알 수 있지. 이런 속도로는 1년 하고도 넉 달 후에나 닿을 수 있소. 어떻게 생각하오?"

"아무 생각 없어요."

밀바는 어깨를 으쓱하더니 다시 헛기침을 했다.

"난 당신처럼 계산을 잘하지 못해요. 글을 쓸 줄도 모르고 읽을 줄도 몰라요. 난 바보예요. 시골에서 자란 단순하고 무지한 여자죠. 당신의 친구는 될 수 없어요. 길동무도 말동무도."

"그렇게 말하지 않았으면 좋겠는데."

"하지만 그게 사실인걸요."

밀바는 홱 돌아서더니 언성을 높였다.

"그럼 왜 내 앞에서 날짜와 거리를 계산한 거죠? 내가 무슨 충고를 해줘야 하나요? 당신을 위로하라고? 당신의 두려움을 쫓고, 부러진 다리보다 더 아픈 마음의 고통을 가라앉히라는 건가요? 난 그런 건 몰라요! 당신에게 필요한 건 다른 사람이에요. 단델라이온이 말하는 그런 여자. 똑똑하고, 교육받은, 당신이 사랑하는 여자."

"단델라이온은 말이 너무 많소."

"그렇죠. 하지만 가끔은 현명한 말을 해요. 들어가죠. 술을 더 마셔야겠어요."

"밀바?"

"왜요?"

"무슨 이유로 나와 함께 갈 결심을 했는지, 아직 나에게 말해주지 않았소."

"당신이 묻지 않았으니까요."

"지금 묻겠소."

"지금은 너무 늦었어요. 이젠 저도 그 이유를 모르겠거든요."

"드디어 돌아왔군."

게롤트와 밀바를 보고 졸탄이 갑자기 밝아진 목소리로 즐거워했다.

"그동안 우리가 여기서 이야기를 좀 나눠봤는데 말이지, 이발사 양반이 우리와 같이 가기로 했네."

"정말이오? 왜 그런 결정을 했소?"

게롤트가 레지스를 찬찬히 바라보았다. 레지스는 눈길을 피하지 않았다.

"졸탄 씨가 제 고향에서 벌어지고 있는 전쟁은 피난민들의 얘기보다 훨씬 더 심각한 상황이라고 얘기해줬어요. 딜링겐으로 돌아가는 건 말도 안 되는 짓이고, 이 허허벌판에서 계속 사는 것도 현명하지 못한 것 같고, 그렇다고 혼자 길을 떠날 수도 없고."

"하지만 우리에 대해 전혀 모르지 않소. 그런데도 함께 다니면 안전할 것 같다는 건가? 그냥 한 번 보면 아는 거요?"

"한 번은 아니고 두 번이지요. 처음엔 당신들이 돌보고 있는 여자들을 봤죠. 그리고 두 번째는 그녀들의 아이들을 봤지요."

레지스가 가벼운 웃음을 띠고 말했다.

졸탄이 천둥 같은 소리로 트림을 하고는 플라스크로 술통 바닥을 긁었다.

"보이는 게 다가 아니오. 우리가 저 여자들을 노예로 팔려고 데려가는지 어떻게 알겠소? 퍼시벌, 이 기계 좀 어떻게 해봐. 마개를 더 풀어보든지, 마서야 하는데, 코피처럼 쫄쫄 나오니 원!"

졸탄이 빈정거리며 퍼시벌을 채근했다.

"냉각이 안 될 거예요. 액체가 뜨거울 텐데."

"괜찮소. 밤이 차니."

뜨뜻한 술이 대화를 더욱더 열띠게 했다. 단델라이온과 졸탄, 퍼시벌은 모두 얼굴이 붉어졌고 목소리도 말투도 변했다. 시인과 노움은 이미 조금씩 헛소리를 하고 있었다. 배가 고팠던 터라 일행은 차가운 말고기를 씹고 움막에서 발견한 고추냉이 뿌리를 씹으며 눈물을 찔끔 흘렸다. 고추냉이 뿌리가 술 못지않게 독했기 때문이었다. 그러나 대화는 점점 더 열이 올랐다.

레지스는 일행의 목적지가 영원히 안전할 것 같은 드워프들의 집단 거주지인 마하캄 산이 아니라는 것에 놀라움을 드러냈다. 단델라이온보다 더 수다스러워진 졸탄은 마하캄으로는 절대로 가지 않겠다며 마하캄의 전제주의 통치와 정치, 브라우버 후그와 드워프 문중에 대한 반감을 드러냈다.

"케케묵은 버섯 같으니!"

졸탄이 화를 내며 화로의 불에 침을 뱉었다.

"직접 봐도 믿을 수가 없을 거야. 살아 있는지, 박제가 된 건지. 거의 움직이지도 않는다고. 사실 다행이지, 움직일 때마다 방귀가 새어나오니까. 도대체 무슨 말을 하는지 알아들을 수도 없다고, 왜냐하면 수염에 바르슈추* 가 잔뜩 말라붙어 있거든. 그러면서 모든 일을 좌지우지하고 모두를 지배한단 말이지. 뭐라고 한마디만 하면 다들 복종해야⋯⋯."

"하지만 후그가 정치를 잘못했다고 할 수는 없지요."

---

* 바르슈추(barszcz): 동유럽 지역에서 즐겨 먹는 비트로 만든 수프.

레지스가 끼어들었다.

"후그가 확고하게 결정을 내린 덕분에 드워프는 엘프들과 확실히 선을 그었고 스코이아텔과 함께할 이유도 없어졌지요. 그리고 그 덕분에 학살도 멈췄고, 마하캄에 대한 침벌 계획도 취소되었습니다. 인간들과의 협력 관계가 결실을 맺은 것이지요."

"말도 안 되는 소리. 다람쥐들 때문에 그 곰팡내 나는 노인이 인간과 협력 관계를 도모한 게 아니라고. 너무 많은 젊은 놈들이 광산과 대장간에서의 일들을 그만두고 청춘의 모험을 도모하겠다며 엘프 군대에 가담한 게 문제였던 거요. 그 문제가 점점 심각해지자 브라우버 후그가 그 똥강아지들을 엄하게 다스린 것이지. 다람쥐들이 인간들을 죽이거나 말거나, 그 덕분에 인간들이 드워프들을 박해하거나 말거나 조금도 신경 쓰지 않았어. 그러던 중에 악명 높은 학살도 자행되었지. 왜냐하면 도시에 사는 드워프들을 체제의 반대자라고 생각했으니까. 마하캄에 대한 침벌 계획이라니, 날 웃기자는 건가. 어떤 위험도 없었고 지금도 마찬가지요. 왕들 중에서는 감히 마하캄 쪽으로 손 하나 까딱할 사람이 없으니까. 덧붙여 말하면, 닐프가드가 마하캄 산 밑의 계곡을 모조리 차지한다 해도 마하캄으로는 절대 못 들어온다고. 왜 그런지 알아? 내가 말해주지. 마하캄은 강철이야. 그것도 특별한 강철이지. 마하캄에는 석탄도 있고, 자성을 띤 광석도 있어. 파헤치지 않은 무궁무진한 광산이란 말이지. 마하캄 외에는 그냥 풀밭일 뿐이요."

졸탄이 플라스크를 기울이자 퍼시벌이 기다렸다는 듯 덧붙였다.

"그리고 마하캄에는 기술이 있어. 제련기술과 금속가공 기술이지! 연기나 뿜어대는 멍청한 굴뚝이 아닌 진짜 용광로! 수력과 증기로 움직이는 망치!"

"자, 퍼시벌, 이거나 쭉 들이키게."

졸탄이 다시 채운 잔을 퍼시벌에게 내밀었다.

"기술 얘기로 다들 지루하게 만들지 말고. 마하캄의 기술력은 누구나 알고 있어. 하지만 마하캄이 강철을 수출한다는 건 잘 모르지. 여러 왕국에 수출하지만, 닐프가드에도 수출해. 만약 누군가가 우리를 털끝 하나 건드린다면, 우린 공방을 파괴해버리고 광산에 홍수를 일으켜버릴 거야. 그러면 인간들은 자기들끼리 나무 곤봉이나 부싯돌, 노새 머리뼈를 들고 싸우게 되겠지."

"아까는 브라우버 후그와 마하캄의 전제 권력에 극렬히 반대하는 것 같더니, 지금은 갑자기 우리라고 하는군."

게롤트가 비딱한 어조로 주의를 환기시키자 졸탄이 화를 내며 말했다.

"아니, 연대라는 것도 몰라? 그리고 사실, 우리가 시끄러운 엘프들보다 똑똑하다는 자부심도 있어. 아마 그건 당신들도 부정하기 힘들걸? 엘프들은 몇백 년 동안 당신들, 그러니까 인간들이 마치 없다는 듯 행동해왔어. 하늘을 바라보고, 꽃 냄새를 맡으며 인간을 보면 그저 화장을 진하게 한 눈을 휙 돌려버리곤 했지. 그러다 갑자기, 이게 다 소용없다는 생각이 들자 별안간 들고 일어나 무기를 잡은 거야. 인간들을 죽이고, 자기들도 죽으려고 환장한 거지. 하지만 우리 드워프들은? 우린 적응했어. 아니, 우리는 인간들이 우리를 지배하도록 놔두진 않았어, 그건 꿈도 꾸지 마. 우리가 인간들을 지배하게 된 거지. 경제적으로 말이야."

졸탄의 말을 잠자코 듣고 있던 레지스가 입을 열었다.

"사실을 말하자면, 드워프들은 엘프보다 적응하기가 쉬웠죠. 엘프들은 자신들의 땅, 영토와 한몸이 되어 있어요. 당신들은 가문이 더 중요하죠. 가문이 있는 곳이 바로 조국인 셈이지요. 만약 어떤 어리석은 왕이 마하캄을 공격해온다 하더라도, 당신들은 광산에 물을 부어버리고 아쉬움 없이 다른 곳으로 떠나버릴 겁니다. 더 먼 곳에 있는 산으로. 아니면 인간들의 도시라 해도 상관없지요."

"당연하지! 인간의 도시에서도 잘 살 수 있다고!"

"드워프들만 모여 사는 특별구에서?"

단델라이온이 만드라고라 술을 벌컥 들이켜고는 거친 숨을 내쉬었다.

"아니, 특별구가 뭐가 나빠? 우리 종족끼리 모여 살면 좋지. 단합도 몰라?"

"우리도 길드에 끼워주면 좋을 텐데."

노움 퍼시벌이 소매로 코를 닦았다.

"언젠간 끼워주게 될 거야. 만약 안 된다면, 우리끼리 어떻게 해보면 되지. 우리끼리 길드라도 만들면 돼. 그런 후에 경쟁 체제로 가는 거지."

졸탄이 단호한 어조로 확신했다.

"하지만 마하캄은 도시보다 안전하잖아요. 도시는 언제라도 불탈 수 있지요. 전쟁이 지나갈 때까지 산에서 기다리는 게 더 현명하지 않습니까?"

레지스의 말에 졸탄은 아무 말 없이 통에서 술을 따르고는 입을 열었다.

"원하는 사람은 그리로 가면 되겠지. 난 자유가 더 좋아. 하지만 마하캄에선 그런 자유가 없지. 당신들은 우리 늙은이의 권력이 어떤지 상상도 못할 거요. 최근에는 뭐라나, 사회규범에 대한 법칙을 세웠다고. 예를 들어 허리 장식 띠를 하느냐 마느냐, 잉어 요리를 바로 먹어야 하는지 아니면 젤라틴이 굳을 때까지 기다려야 하는지, 오카리나 연주를 하는 것이 수 세기에 걸친 우리 드워프 전통에 맞는지, 아니면 인간들의 퇴폐 문화에서 해로운 영향을 받은 것인지, 부인을 얻는 서류는 일을 시작하고 몇 년 후에 신청

해야 하는지, 어느 쪽 손으로 똥을 닦는지, 광산과는 얼마나 떨어진 거리에서 휘파람을 불어도 되는지. 그런 무시무시하게 중요한 문제들에 대해서 말이지. 난 카본 산으로 돌아가지 않을 거요. 남은 생을 막장에서 보낼 생각은 없어. 지하에서만 40년을, 그나마도 메탄가스에 날아가지 않는다면 말이지. 우린 다른 계획이 있어. 그렇지, 퍼시벌? 우린 미래를 이미 보장해놓았다고."

"미래, 미래라……."

퍼시벌은 플라스크에 든 술을 들이켜고는 입맛을 다신 후 이미 흐릿해진 눈으로 졸탄을 바라보았다.

"하지만 벌써부터 장담할 수는 없어, 졸탄. 우린 붙잡힐 수도 있고, 그랬다간 우리 미래는 교수대라고…… 아니면 드라켄보그거나."

"입 닥쳐. 헛소리가 너무 많군!"

졸탄이 퍼시벌을 위협적으로 바라보며 소리쳤다.

"스코폴라민의 작용이죠."

레지스가 작게 중얼거렸다.

퍼시벌은 장황하게 이야기를 하고 있었다. 밀바는 기분이 좋지 않았다. 졸탄은 자기가 이미 얘기한 것을 잊어버리고 모두에게 마하캄을 다스리는 늙은이 후그에 대해 되풀이해서 얘기하고 있었다. 게롤트는 이미 이 얘기를 들었다는 것을 잊어버리고 또 듣고 있었다. 레지스 역시 완전히 술에 취한 무리 중 혼자만 멀쩡하다는 것을 상관하지 않은 채 같은 이야기를 들으며 자신의 견해를 중간중간 반복해서 밝히기까지 했다. 단델라이온은 류트를 뜯으며 노래를 불렀다.

아름다운 아가씨들은 콧대가 높지
나무들이 높을수록
그 위에 오르기는 더 힘드니

"멍청이."
밀바가 의견을 피력했지만, 단델라이온은 괘념치 않았다.

그러나 나무들도 아가씨도, 바보가 아니면 다스릴 수 있지
무기를 꺼내 박아, 그럼 이미 끝이지

"술잔…… 내 말은 그릇…… 우윳빛 오팔 한 덩어리로 조각된…… 이렇게 크다고. 내가 몬트살밧 산꼭대기에서 그걸 발견했어. 끝부분은 옥이 박혀 있고, 손잡이는 금으로 되어 있지. 진짜……."

퍼시벌이 술주정과 함께 트림을 했다.

"저 녀석은 술 좀 그만 줘." 졸탄이 말했다.

"잠깐, 잠깐, 그래서 그 술잔이 어떻게 되었다는 거야?"

딸꾹질을 하던 단델라이온이 흥미를 보였다.

"그걸 노새와 바꿨지. 노새가 필요했어. 짐을 실으려면…… 강옥*과 수정 같은 석탄, 나한테 잔뜩 있었다고…… 굉장히 많이…… 그래서 자루를 실으려면 무거워서 노새가 필요한데…… 그러니 술잔이 무슨 필요가 있었겠어?"

---

* 강옥(korund): 연마제로 쓰이는 매우 단단한 산화 광물.

"강옥? 수정 같은 석탄?"

"인간들의 단어로는 루비와 다이아몬드지. 아주, 아주…… 유용한."

"그렇겠지."

"드릴과 톱을 만드는 데 필요하지. 베어링도. 나한테 그게 정말 많이……."

"게롤트, 들었지?"

졸탄이 손을 휘저었다. 앉아 있었는데도 너무 세차게 손을 저어서 뒤로 넘어질 뻔했다.

"퍼시벌은 작잖아, 그래서 빨리 취한 거야. 다이아몬드 덩어리 꿈을 꾸는 거지. 조심해, 퍼시벌! 꿈이 사실이 되지 않게. 반만 이루어지면 어쩌려고? 다이아몬드가 안 나오는 부분 말이야!"

"꿈, 꿈이라고? 그럼 게롤트 자네는? 또 시리 꿈을 꾸지 않았나? 왜냐하면, 레지스 내가 이 말을 해야겠는데, 게롤트가 예언자의 눈을 가지고 있거든. 시리는 바로 운명이 아이이며, 게롤트와 운명적인 끈으로 이어져 있어. 그래서 꿈에서 시리를 보는 거야. 우리는 지금 닐프가드로 가는 거라고. 에미르 황제에게서 우리 시리를 구하려는 거지, 그 나쁜 자식이 우리 시리를 납치해갔다고. 하지만 각오하라지! 정신을 차리기도 전에 우리가 데려올 테니까! 더 말을 하고 싶지만 이건 비밀이라고. 무섭고도 음울한, 깊은 비밀…… 이건 아무도 알아선 안 돼, 알았냐고? 아무도!"

단델라이온이 다시 딸꾹질을 했다.

"난 아무것도 못 들었어. 귓구멍에 뭐가 막혔나 봐."

졸탄이 뻔뻔스러운 얼굴로 게롤트를 바라보며 말했다.

"귓구멍 막히는 게 전염성이 있나 보군요."

레지스도 귀를 파는 척하며 말했다.

"우린 닐프가드까지 가는 거야……."

단델라이온은 중심을 잡으려고 졸탄을 붙잡았는데, 그건 실수였다.

"그건, 내가 말했지만 비밀이라고! 닐프가드로 가는 목적은 절대 말할 수 없어!"

"비밀이 아주 잘 지켜지고 있군요."

레지스가 분노로 얼굴이 하얗게 질린 게롤트를 흘끗 바라보며 고개를 끄덕였다.

"당신들이 가는 방향을 분석해보면, 세상에서 가장 의심이 많은 자라도 목적지가 닐프가드라는 건 상상도 못할 겁니다."

"밀바, 왜 그래?"

"나한테 말 걸지 말아요, 이 주정뱅이 바보."

"하! 울고 있네! 여기 좀 봐."

"지옥에나 떨어지라고! 안 그러면 눈 사이를 찔러버릴 테니, 시인 나부랭이 같으니…… 졸탄, 잔 좀 줘요……."

밀바는 눈물을 닦으며 중얼거렸다.

"도대체 어디로 간거야…… 아, 여기 있군. 고맙군, 이발사 양반……. 그런데 퍼시벌은 어디 갔지?"

졸탄이 트림을 하며 물었다.

"나간 지 좀 됐어요. 저기, 단델라이온. 운명의 아이에 대해 얘기해주겠다고 약속했잖아요."

"잠깐, 잠깐만, 레지스. 한 입만 마시고……. 그럼 다 얘기해줄 테니. 시리와 게롤트…… 그리고 세세한 부분까지…….”

“망할 개자식들!”

“조용히 해요, 졸탄! 움막 앞에서 자는 애들 다 깨우겠어.”

“화내지 말고, 명사수 아가씨. 자, 여기, 한잔하라고.”

단델라이온은 흐릿한 눈으로 움막 안을 살폈다.

“레텐호베 백작부인이 지금 나를 봐야 하는데…….”

“누구요?”

“아무것도 아니오. 젠장, 이 술이 정말 혀를 움직이게 하네…… 게롤트! 더 따라줄까? 게롤트!”

“가만히 두세요. 잠 좀 자게 놔둬요.”

밀바가 단델라이온을 쏘아보며 말했다.

마을 끝에 있는 헛간은 음악 소리로 쿵쿵거리고 있었다. 마을에 도착하기도 전부터 음악 소리가 먼저 들렸고, 흥분이 고조되었다. 어느새 몸은 천천히 달리는 말의 안장 위에서 흔들리고 있었다. 처음에는 먹먹한 북소리와 낮은 베이스 소리에 몸이 반응했고, 거리가 좀 더 가까워지자 겡실레*와 나팔 소리에 몸이 들썩였다. 밤은 차가웠고, 보름달은 빛나고 있었다. 달빛 아래 자리한 헛간은 나무판자 사이로 불빛이 새어 나왔고, 환하게 밝혀진 헛간의 모습은 마치 동화에 나오는 마법의 성처럼 보였다.

헛간의 입구에서는 신이 나서 뛰어다니는 커플들 사이로 빛이 일렁일렁 움직이고 있었다.

---

* 겡실레(gesle): 바이올린을 본떠 만든 폴란드의 옛 민속 현악기.

그들이 들어서자마자 음악 소리는 바로 조용해지더니 길게 끄는 듯한, 불협화음과 함께 끝나고 말았다. 지금까지 춤을 추느라 땀에 젖은 시골 사람들은 마루에서 내려와 벽과 기둥에 바짝 붙어 섰다. 미슬 옆에서 걷던 시리는 처녀들의 눈이 공포로 커지는 것과 화가 나서 어떤 일이라도 저지를 각오가 되어 있는 남자들의 눈빛을 보았다. 잦아든 북소리나 모기처럼 앵앵거리는 현악기, 피리 소리보다도 사람들이 속삭이고 웅성거리는 소리가 더 컸다. 시궁쥐들…… 시궁쥐들이야…… 산적들…….

"겁낼 건 없어. 우리도 놀아보려고 온 거니까. 파티는 누구에게나 열려 있는 거지?"

기젤러가 뻣뻣하게 굳은 악사들에게 쩔렁거리는 두툼한 돈주머니를 던지며 말했다.

"맥주는 어딨어? 손님 대접이 이래도 되는 건가?"

카일레이가 물통을 흔들며 투덜거렸다.

"왜 이렇게들 조용한거야? 산에서부터 여기까지 놀자고 왔는데, 장례식에 온 게 아니라고!"

이스크라는 주위를 둘러보며 목소리를 높였다.

시골 사람들 중 한 명이 망설이다가 마침내 기젤러에게 거품이 가득 일어넘치는 잔을 건넸다. 기젤러는 과장되게 인사를 하며 잔을 받아 깨끗이 비우고는 예절 바르게, 보통 사람처럼 감사를 표했다. 몇 명의 젊은이들이 환호성을 질렀다. 하지만 대부분은 여전히 어두운 낯빛으로 여전히 침묵하고 있었다.

"이봐, 춤을 추려면 활기가 있어야지! 당신들은 좀 움직여야 할 것 같은데!"

이스크라가 다시 소리쳤다.

헛간 벽에는 토기들이 가득 놓여 있는 무거운 식탁이 붙어 있었다. 이스크라는 손뼉을 치더니 참나무로 만든 식탁 위로 날렵하게 뛰어올랐다. 농부들이 재빨리 토기들을 치웠고, 미처 치우지 못한 것들은 이스크라가 힘차게 걷어찼다.

"악사 양반들! 실력 발휘 좀 해보세요! 자, 음악!"

이스크라는 손을 허벅지에 올리고 머리를 흔들었다. 그리고 신발 굽으로 박자를 타기 시작했다. 북이 박자를 따라가고, 베이스와 샤와마야*가 그 뒤를 이었다. 곧이어 피리와 겡실레가 멜로디를 따라잡으면서 화려한 곡조가 연주되기 시작하자 그녀는 리듬에 맞춰 스텝을 바꿨다. 이스크라는 현란하고 나비처럼 가벼운 엘프였다. 쉽게 리듬을 바꾸며 온몸을 움직였다. 말없이 지켜보고 있던 시골 사람들이 박수를 치기 시작했다.

"팔카! 칼을 들면 무척 빠르던데! 춤은 어때? 내 스텝 따라올 수 있겠어?"

이스크라가 진한 화장으로 길게 그린 눈을 찡긋하며 외쳤다.

시리는 미슬의 어깨에서 빠져나와 목에 묶었던 스카프를 풀고, 베레모와 짧은 겉옷을 벗었다. 그러고는 단숨에 식탁 위, 이스크라 옆으로 뛰어올랐다. 젊은 남자들은 환호성을 지르고 북과 베이스가 쿵쿵거리자 민속 악기들이 찢어질 듯 높은음을 내기 시작했다.

"음악을 연주해! 더 크게! 더 빨리!" 이스크라가 외쳤다.

허리에 손을 올리고 머리를 세차게 흔들던 이스크라가 발로 장단을 맞추더니, 몸을 흔들며 신발 굽으로 빠르고 박자감 넘치는 스타카토를 두들겼

---

* 샤와마야(szalamaja): 나무로 만든 민속 관악기.

다. 리듬이 마음에 들었던 시리는 스텝을 따라했다. 이스크라는 웃어 보이더니 펄쩍 뛰고는 또다시 리듬을 바꾸었다. 시리는 고개를 휙 돌려 이마에 붙은 머리카락을 날려버리더니 그걸 정확하게 따라했다. 둘의 몸은 동시에, 마치 거울을 마주보고 있는 것처럼 똑같이 움직였다. 젊은 남자들은 함성을 지르며 브라보를 외쳤다. 갱실레와 바이올린은 날카로울 만큼 높은음으로 화답했고, 부드러우면서도 묵직한 베이스 소리와 북소리가 이어졌다.

둘은 마치 기다란 갈대처럼 꼿꼿이 서서, 허리에 올린 팔꿈치를 맞닿아가며 춤을 췄다. 신발 굽에 달린 금속이 박자를 맞추고, 식탁은 흔들흔들 움직이고, 횃불의 불빛 사이로 먼지가 회오리바람처럼 일고 있었다.

"더 빨리! 더 활기차게!"

이스크라가 악사들을 재촉했다. 이미 이것은 음악이 아니라 광기였다.

"춤을 춰, 팔카! 온 몸을 맡겨!"

신발의 뒷굽, 앞코, 뒷굽, 앞코, 뒷굽, 위로 뛰었다가 뒤로 뛰고 또다시 위로 뛰었다가 뒤로 뛰었다. 어깨를 움직이고, 손은 허리에 올리고, 뒷굽, 뒷굽. 탁자가 흔들리고, 불빛이 일렁이고, 사람들도 빙글빙글 돌았다. 모든 것이 흔들리고, 헛간 전체가 춤을 추고, 춤을 추고, 또 춤을 추고……. 사람들이 소리를 지르고, 기젤러와 아세도 소리를 질렀으며, 미슬은 박수를 치며 웃고 있었다. 모두들 박수를 치며 발을 구르고, 헛간이 흔들리고, 땅이 떨리고, 이 세상이 바닥부터 흔들리고 있었다. 세상? 어떤 세상? 이제 세상 따윈 없어, 이제 아무것도 없어, 춤만 있을 뿐이지. 춤, 춤…… 뒷굽, 앞코, 신발 끝…… 이스크라의 팔꿈치…… 열기, 열기…… 바이올린과 피리, 베이스와 다른 민속 악기만 소리를 내고 있었다. 북을 치던 사람은 이미 북채를 던져버렸다. 더는 필요치 않았으니까. 박자를 주도하고 있는 것은 이스크라와 시리였다. 이스크라와 시리의 신발 굽은 탁자를 울려댔고, 헛간 전체가 쿵쿵 울리며 흔들렸다. 이들에게는 리듬이 있고, 음악이 있었다. 이들 자체가 음악이었다. 이스크라의 검은 머리가 이마 위에서, 어깨 위에서 춤을 췄다. 겡실레의 현들이 열기를 띤 불꽃처럼 가장 높은 소리를 내며 올라갔다. 관자놀이에 피가 몰리는 기분이었다.

단념하자. 잊자.

나는 팔카다. 나는 언제나 팔카였다! 춤을 춰, 이스크라! 박수를 쳐, 미슬! 현악기들과 관악기들이 날카롭고 높은 화음으로 멜로디를 끝내고, 이스크라와 시리는 힘차게 신발 굽을 구르는 것으로 춤을 끝냈다. 격렬한 마무리였지만 둘은 팔꿈치조차 부딪치지 않았다. 두 사람은 머리가 엉망이 되고 땀에 흠뻑 젖은 채로 숨을 몰아쉬다 갑자기 서로를 끌어안으며 열기와 땀, 행복한 기분을 나누었다. 헛간은 수십 명이 내지르는 함성과 박수 소리로 터질 것 같았다.

"팔카, 이 요물. 산적놀이가 싫증나면, 나와 세상에 나가서 춤으로 돈을 벌자……."

이스크라가 숨을 몰아쉬었다.

시리도 숨을 몰아쉬고 있었다. 입을 열 수가 없었다. 경련하듯 미소를 지었을 뿐이다. 뺨을 타고 눈물이 흘러내리고 있었다.

갑자기 사람들 사이에 비명 소리가 나더니 소동이 일었다. 카일레이가 덩치 큰 농부를 서로를 붙잡고 밀어붙이고 있었다. 두 사람이 엉킨 채로 주먹질을 하자 리프가 달려들었다. 횃불 사이에서 그가 쥔 단검이 번쩍였다.

"더 이상은 안 돼! 그만! 소동 피우지 마!"

찢어질 듯한 목소리로 이스크라가 외쳤다.

"오늘은 춤추는 밤이야!"

이스크라는 시리의 손을 잡았다. 둘은 식탁 위에서 바닥으로 가볍게 뛰어 내려왔다.

"악사들, 연주해! 자, 춤을 출 줄 아는 사람이 있다면 우리와 함께 하자고! 누구 용기 있는 사람이 있나?"

베이스가 단조로운 소리로 연주를 시작하고, 뒤이어 북소리가 더해지고, 그 후에는 겡실레의 높고 강렬한 소리가 뒤따랐다. 시골 사람들은 웃음을 띤 채 서로를 찌르면서 망설이고 있었다. 어깨가 넓고 금발인 한 남자가 이스크라를 채어갔다. 좀 더 젊고 마른 남자가 시리 앞에서 우물쭈물하며 허리를 숙였다. 시리는 고개를 가로저었다가 갑자기 허락하는 듯한 미소를 지었다. 남자는 시리의 허리에 팔을 두르고, 시리는 자신의 손을 남자의 어깨에 올렸다. 이 손길은 시리의 몸속을 불화살처럼 뚫고 들어와 두근거리는 욕망으로 가득 채웠다.

"더 활기차게, 악사들!"

헛간은 온갖 환호성으로 가득했고, 박자와 멜로디가 소용돌이쳤다.

시리는 춤을 추었다.

달빛이 밝게 빛나고,
뱀파이어가 내려앉네
치맛자락은 사그락사그락
아가씨, 무섭지도 않나요?

민요 중

뱀파이어는 이미 죽었지만 카오스의 힘으로 소생한 존재들이다. 첫 번째 삶을 잃어버리고 얻은 두 번째 삶은 오직 어두울 때만 즐길 수 있다. 그들은 달빛 아래에서만 무덤에서 나와 활동을 시작하며 자고 있는 처녀나 젊은 청년을 공격하는데, 보통 그들의 피를 산 채로 빨아 먹는걸 즐긴다.

피지올로구스

시골 사람들은 마늘을 굉장히 많이 먹는데, 좀 더 확실히 하기 위해서 마늘을 둥글게 엮어 목에 걸고 있기도 한다. 어떤 여자들은 마늘로 신체의 모든 구멍을 막기도 한다. 덕분에 가옥 전체가 마늘 냄새로 진동할 때가 많으며, 그래야만 뱀파이어로부터 안전하고 어떤 위해도 끼치지 못할 거라고 생각한다. 하지만 이런 착각은 자정에 날아 들어온 뱀파이어가 조금의 두려움도 없이 이를 드러내며 그들을 비웃을 때야 비로소 깨지고 만다. "스스로 마늘 양념을 하다니, 오히려 더 좋구나. 양념된 고기가 더 맛있는 법이지. 이제 소금과 후추도 좀 치고, 겨자도 잊지 말거라."

실베스터 부지아르도, 리베르 테네브라룸, 〈학문으로 설명되지 않은 무서운 진짜 이야기〉

제 4 장

언제나 그렇듯 해가 뜨는 걸 알리는 건 새들이었다. 새벽의 잿빛 안개에 휩싸인 정적을 요란한 노랫소리로 깨웠다. 항상 그랬지만, 길에 나설 채비를 가장 먼저 끝낸 것은 케르노프의 여인들과 아이들이었다. 부지런하고 활기가 넘치는 것은 이발사 레지스도 못지않았는데, 여행용 지팡이를 짚고 어깨에는 가죽 가방을 메고 합류했다.

증류기와 전투를 벌였던 나머지 일행은, 그다지 활기차지 못했다. 아침의 싸늘한 공기가 주정뱅이들을 깨우며 정신이 들게 했지만, 만드라고라 증류주의 위력을 완전히 없애지는 못했다. 게롤트는 움막의 흙바닥에서 밀바의 치맛자락을 벤 채 잠에서 깨어났다. 졸탄과 단델라이온은 서로를 끌어안은 채 만드라고라 뿌리 더미 위에서 자고 있었는데, 코를 어찌나 심하게 고는지 벽에 매달아 놓은 약초 다발이 떨어질 지경이었다. 퍼시벌은 집 밖으로 나가 귀룽나무 덤불 밑에서 몸을 동그랗게 만 채로 레지스가 신발의 흙을 털 때 사용하는 발판을 덮고 자고 있었다. 다섯 명 모두, 각자 증상은 달랐지만 피곤해 보였고, 샘에서 엄청난 양의 물을 마셔댔다.

그러나 안개가 바람에 흩어지고 펜 카른의 소나무와 잎갈나무 숲 위로 붉은 태양이 떠올랐을 때, 일행은 이미 무덤들 사이를 활기차게 걸어가고 있었다. 레지스가 앞장을 서고 그 뒤로 퍼시벌과 단델라이온이 성큼성큼 따라가고 있었는데, 서로의 활력을 더하고자 '세 자매와 강철 늑대'에 대한 발라드를 이중창으로 부르고 있었다. 그 뒤로는 졸탄이 밤색 망아지를 끌고 쿵쿵거리며 따라가고 있었다. 졸탄은 이발사의 움막 근처에서 옹이가 가득 박힌 물푸레나무 가지를 발견하고는, 지나면서 마주치는 모든 돌무덤을 두드리며 오래전에 죽은 엘프들의 영원한 안식을 빌었다. 졸탄의 어깨에 앉은 앵무새, 야전 사령관 두다는 깃털을 곤추세우며 마지못해 알아들을 수 없는 소리를 냈다.

만드라고라 증류주에 가장 취약한 모습을 보인 건 밀바였다. 길을 나설 때부터 확실히 힘들어 보였고, 창백한 얼굴에서는 식은땀이 흘렀다. 거기다 신경이 잔뜩 날카로워져 안장 앞에 앉힌 소녀의 재잘거림에도 대꾸하지 않을 지경이었다. 게롤트는 아예 밀바에게 말 거는 걸 포기했는데 사실 그도 상태가 좋지 않았다.

주변이 쩌렁쩌렁 울리도록 '강철 늑대의 모험담'을 부르는 목소리들과 짙은 안개 덕분에, 일행은 어떠한 예고도 없이 갑작스럽게 한 무리의 농부들과 맞닥뜨렸다. 농부들은 멀리서부터 일행의 목소리를 듣고는, 땅 위에 불쑥불쑥 솟아나온 돌들 사이에 숨어서 기다리고 있었던 것이다. 그들이 입은 거친 천으로 만든 잿빛 옷들 역시 위장에 안성맞춤이었다. 심지어 졸탄은 그들 중 하나를 비석인 줄 알고 물푸레나무 가지로 때릴 뻔했다.

"어이쿠! 미안하오, 사람이었구려! 발견 못했지 뭐요. 안녕들 하시오!"

졸탄이 큰 소리로 외쳤다.

열 명쯤 되는 농부들은 되는대로 웅얼거리며 인사에 답하고는 우울한 얼굴로 일행을 바라봤다. 농부들은 손에 삽과 곡괭이, 그리고 한 치나 되는 뾰족한 나무창을 들고 있었다.

"안녕들 하신가! 내 예상이 맞다면, 당신들은 호틀라의 난민촌에서 온 게 아니오? 맞소?"

졸탄이 다시 외치자 대답 대신 농부 중 한 명이 밀바의 말을 가리켰다.

"검은 말. 보여?" 농부가 말했다.

"검은 말. 새카만 색이군." 또 다른 농부가 입술을 핥았다.

졸탄은 농부들의 손짓과 눈길을 알아챘다.

"그렇소, 검정색이지. 뭐 문제라도 있소? 이게 무슨 기린도 아니고, 그냥 말일 뿐인데 뭐가 그리 신기하신가? 그건 그렇고 여기 공동묘지에서 뭘 하고 있는 거요?"

"그럼 당신들은? 여기서 뭘 하고 있는 거요?"

농부는 마뜩찮은 눈길로 일행을 바라보았다.

"우린 이곳에 땅을 샀소. 그래서 직접 하나하나 측량 중이지. 혹시라도 우릴 속인 게 아닌지 확인할 겸."

졸탄은 농부를 똑바로 바라보며 물푸레나무 가지로 돌무덤을 두들겼다.

"우린 이곳에 뱀파이어를 잡으러 왔소!"

"뭘 잡으러 왔다고?"

"뱀파이어."

농부들 중 가장 나이가 많은 이가 때가 타 뻣뻣해진 양모 모자 아래로 이마를 긁으며 다시 한 번 말했다.

"그놈이 여기 어딘가에 소굴을 만든 게 분명하오. 우린 사시나무 창을 잔뜩 깎아놨지. 뱀파이어를 찾기만 하면 가슴 뚫어 다시는 못 일어나게 할 거요!"

"그리고 사제님께서 우리에게 준 성수도 가져왔소! 흡혈귀 놈에게 뿌리면 영원히 죽어버릴 거요!"

다른 농부가 물병을 보여주며 열성적으로 외쳤다.

"하하! 사냥 준비를 아주 제대로 하셨구먼. 뱀파이어라고 했소? 당신들은 운이 좋군. 우리 가운데 괴물 전문가가 있는데, 위⋯⋯."

졸탄이 웃으며 말을 하다 말고 낮게 욕을 했는데, 게롤트가 복숭아뼈를 세게 걷어찼기 때문이었다.

"뱀파이어를 본 사람이 누구요? 이곳에서 뱀파이어가 나타난다는 걸 어떻게 알았지?"

게롤트는 의미심장한 눈길로 일행들에게 더 이상 떠들어대지 말라고 주의를 주고는 물었다.

농부들은 자기들끼리 한참을 속닥거렸다.

"아무도 보지는 못했소."

양모로 된 모자를 쓴 이가 마침내 입을 열었다.

"사실 소리를 들은 것도 아니고. 하지만 깜깜한 밤에 박쥐 날개로 소리 없이 날아다닌다는데, 어떻게 보고 들을 수 있겠소?"

"뱀파이어를 본 건 아니오. 하지만 뱀파이어의 끔찍한 흔적은 봤지. 보름달이 뜬 날부터 매일 밤 우리 중 하나를 그 괴물이 살해했소. 둘 다 몸이 갈가리 찢어졌지. 한 명은 여자고 한 명은 젊은 남자였소. 그날 이후로 공포와 근심이 끊이지 않고 있소! 그 불쌍한 사람들의 옷을 찢어버리고 온몸의 피를 다 마셔버렸단 말이오! 가만히 앉아서 세 번째 희생자가 나오는 걸 기다릴 수는 없소!"

또 다른 농부가 목소리를 높였다.

"하지만 그런 짓을 한 게 다른 괴물이 아닌 뱀파이어라고 어떻게 확신하는 거지? 어쩌다 이 공동묘지에서 뱀파이어를 찾아낼 생각을 한 거요?"

"우리의 존경하는 사제님께서 그렇게 말씀하셨소. 우리 난민촌에 와주신 것만으로도 신에게 감사드릴 만한, 똑똑하고 성스러운 분이시지. 그분이 보자마자 이건 뱀파이어의 짓이라고 하셨소. 우리가 기도를 게을리 하고 신전에 제물을 바치는 것을 소홀히 한 벌이라고도 하셨지. 사제님께서 우리 난민촌에 기도회를 열고 악령 퇴치를 하는 동안, 뱀파이어가 대낮에 잠을 잘 만한 무덤 주위를 살펴보라고 하셨소."

"그게 여기요?"

"아니 그럼 공동묘지가 아니면 뱀파이어의 무덤을 어디서 찾으란 말이오? 게다가 여긴 엘프들이 만든 무덤이오. 엘프라는 건 아이들도 다 알지만 악하고 신을 모르는 종족이오. 죽은 엘프 중 절반은 뱀파이어가 된다고! 세상이 악해진 건 죄다 엘프들 때문이오!"

"엘프와 이발사, 의사들 때문이지. 그건 사실이야. 애들도 다 알고 있지. 그런데 그 난민촌은 여기서 많이 먼 거요?"

졸탄이 짐짓 심각하게 고개를 끄덕이며 물었다.

"아니, 그리 멀지 않소……."

"옵시부이 아저씨, 저들에게 너무 많이 말하지 마세요. 수상한 무리에요. 뭐하는 놈들인지는 악마만이 알 걸요. 이제 갑시다. 말은 우리에게 넘기고, 갈 길이나 가라고 해요."

아까부터 대화 자체를 못마땅하게 여기던, 머리카락이 덥수룩한 젊은 농부가 말했다.

"아, 그렇지. 우린 할 일이 있소, 시간이 급하니 말을 주시오. 저 검은 말로. 뱀파이어를 속이려면 저 말이 필요하오. 처자, 거기 아이랑 같이 말에서 내려줘야겠어."

늙은 농부가 말했다.

지금까지 상관하지 않고 하늘만 멀거니 바라보던 밀바가 농부를 노려보았다. 밀바의 얼굴이 험상궂어졌다.

"지금, 나한테 말한 건가?"

"그래, 너. 검은 말을 달라고, 우린 그 말이 필요해."

밀바는 땀이 흐른 목을 닦고 이를 악물었다. 밀바의 지친 눈은 늑대의 눈빛과 흡사했다.

"도대체 말이 왜 필요하단 거요? 그것도 이렇게 예의를 갖춰 부탁까지 하면서."

게롤트가 긴장된 상황을 풀어보려는 듯 애써 웃음을 띠고 말했다.

"말이 없으면 뱀파이어의 무덤을 찾아낼 수 없소! 다들 알고 있겠지만 검은 말을 타고 무덤 주변을 돌면, 말이 멈춰서 꼼짝하지 않는 곳에 뱀파이어가 있다고. 그런 다음 뱀파이어를 파내 사시나무 창으로 찌르는 거요. 우리와 싸울 생각은 하지 말라고, 우린 정말 급하니까. 검은 말이 있어야만 하오!"

"다른 말은 안 되는 거요?"

단델라이온이 농부에게 페가수스의 고삐를 건네주며 달래듯 물었다.

"안 돼."

"그럼 안타깝게 됐네요. 왜냐하면 난 말을 안 줄 거니까."

밀바가 이빨 사이로 말했다.

"안 주다니, 그게 무슨 소리야? 지금 우리가 한 말 못 들었어? 이년이! 우린 검은 말이 필요하다니까!"

"그건 당신들 문제죠. 내 문제는 아니거든."

"양쪽 다 만족할 만한 해결방법이 있어요."

레지스가 부드럽게 끼어들었다.

"지금 듣기로 밀바 씨는 낯선 이에게 말을 넘기지 않으려는 건데……."

"당연하죠. 생각만 해도 치가 떨리는군."

밀바가 거칠게 침을 뱉었다.

"그럼 늑대도 배부르고 양도 무사하려면, 밀바 씨가 말에서 내릴 필요 없이 검은 말을 타고 무덤들 주위를 한 바퀴 돌면 되지 않을까요?"

레지스가 여유롭게 말을 이었다.

"내가 바보같이 공동묘지나 왔다갔다할 것 같아요?"

"너한테 부탁하지 않았어! 이건 진짜 남자의 일이야! 금발머리 여자는 부엌에서 잡일이나 해야지! 아, 물론 여자도 나중엔 필요하겠군. 처녀의 눈물을 뱀파이어에게 뿌리면 뱀파이어는 장작처럼 타버리니까. 하지만 그건 깨끗하고 순결한 여자만 가능하지. 네가 그럴 것 같지는 않은데, 금발머리. 그러니 넌 아무짝에도 쓸모가 없어."

머리가 덥수룩한 농부가 고래고래 소리를 질렀다.

밀바는 재빨리 앞으로 튀어 나가더니 번개 같은 움직임으로 오른쪽 주먹을 날렸다. 퍽 하는 소리와 함께 농부의 머리가 옆으로 홱 돌아갔다. 덕분에 덥수룩한 수염에 가려졌던 목과 턱이 때리기 좋게 훤히 드러났다. 밀바는 한 걸음 더 내디디며 허벅지와 골반에 힘을 실어 몸을 틀더니 손바닥으로 따귀를 후려갈겼다. 젊은 농부는 뒷걸음질을 치다가 자기 걸음에 발이 꼬여 뒤쪽의 돌무덤에 머리를 쿵 부딪치며 쓰러지고 말았다.

"내가 뭐에 쓸모가 있는지 이젠 알겠지. 우리 중 누가 칼을 잡아야 하고, 누가 부엌에서 잡일을 해야 하는지 말이야. 주먹과 주먹으로 싸우는 것처럼 정직한 건 없지. 마지막에 서 있는 사람이 승자고, 땅에 엎어진 놈이 약골 머저리니까. 안 그런가요, 농부님들?"

밀바는 분노로 떨리는 목소리를 간신히 억누르고는 주먹을 닦으며 말했다.

농부들은 입을 벌린 채 밀바를 바라보며 아무 말도 하지 못했다. 양모 모자를 쓴 늙은 농부는 쓰러진 농부 옆에 무릎을 꿇고 뺨을 부드럽게 만져보았다. 남자는 미동도 하지 않았다.

"죽었어, 죽었다고. 어떻게 이럴 수가 있나? 사람을 어찌 이렇게 죽일 수 있냐고!"

늙은 농부가 머리를 들고 신음 소리를 냈다.

"그러려던 건 아니었어."

얼굴이 새하얗게 질린 밀바가 팔을 떨구며 작은 목소리로 말했다. 그러고는 아무도 예상치 못한 행동을 했다. 돌아서서 비틀거리더니 무덤에 이마를 대고 마구 토하기 시작한 것이다.

"어떻게 된 거요?"

"가벼운 뇌진탕입니다. 머리는 문제없어요. 이미 정신도 돌아왔고. 무슨 일이 있었는지 기억하고, 자기 이름도 기억해요. 좋은 증상이죠. 밀바 씨가 그렇게까지 놀랄 필요는 없었는데."

레지스가 서서 가방을 조이며 말했다.

게롤트는 조금 떨어진 곳, 바위 밑에 앉아 먼 곳을 응시하고 있는 밀바를 바라보았다.

"저런 걸로 그렇게 놀랄 만큼 예민한 아가씨는 아닌데. 어젯밤에 마신 벨라돈나가 들어간 술 때문에 그런 것 같군."

게롤트가 중얼거렸다.

"밀바는 어제도 토했어. 새벽에 말이야. 다들 자고 있을 때. 난 처음엔 털로우에서 먹은 그 버섯 때문인 줄 알았지. 나도 이틀 동안 배가 아팠거든."

졸탄이 작게 말하며 끼어들었다.

레지스는 잿빛 눈썹 아래로 게롤트를 이상한 눈길로 바라보더니 알 수 없는 웃음을 짓고는 검은 울로 된 망토를 둘렀다. 게롤트는 밀바에게 다가가 헛기침을 했다.

"괜찮소?"

"최악이에요. 농부는요?"

"괜찮을 거요. 정신이 돌아왔소. 레지스가 일어나지는 말라고 하더군. 농부들이 들것을 만들고 있는데, 말 두 마리에 실어 난민촌으로 보낼 거요."

"내 검은 말을 가져가라고 하세요."

"페가수스와 밤색 말로 할 거요. 그 녀석들이 말을 더 잘 들으니까. 일어나시오, 떠날 시간이요."

인원이 늘어난 무리의 모습은 장례 행렬을 연상케 했고, 이동하는 속도도 비슷했다.

"그 뱀파이어 얘기에 대해 어떻게 생각합니까? 그 얘길 믿어요?"

게롤트가 졸탄에게 물었다.

"죽은 사람을 못 봤잖아. 뭐라고 단언하기가 어려워."

"말도 안 되는 거짓말이야."

단델라이온이 확신에 차서 말했다.

"저 촌놈들 주장으로는 죽은 사람들이 갈가리 헤쳐져 있었다는데, 뱀파이어는 사람을 너덜너덜하게 만들지 않는다고. 정확히 동맥을 물어 피를 빨고, 두 개의 이빨 자국을 확실하게 남기지. 그리고 희생자들이 제법 살아남기도 해. 전문 서적에서 읽은 바로는 그래. 그 책에는 뱀파이어가 백조의 목처럼 하얀 처녀의 목을 물어서 생긴 상처를 그린 삽화도 있었어. 내 말이 맞지, 게롤트?"

"내가 무슨 말을 할 수 있겠나? 난 그 그림을 못 봤는데. 처녀에 대해서도 잘 모르고."

"비꼬지 말고. 뱀파이어에게 물린 자국이라면 자넨 분명 몇 번은 봤을 거야. 뱀파이어가 사람을 찢어놓는 걸 본 적이 있나?"

"아니, 그런 일은 없지."

"고위 뱀파이어들은 절대로 하지 않는 짓이죠."

레지스가 부드러운 목소리로 말을 이었다.

"고위 뱀파이어 중 가장 대표적인 알프, 지위는 높지만 조금 어린 카타칸, 인간과 가장 유사하고 지성까지 갖춘 물라, 검은 머리의 젊은 여성으로 위장하지만 실제 모습은 박쥐와 흡사하고 날카로운 이빨과 발톱을 가진 브룩사, 박쥐와 닮았고 네커라트라고 부르기도 하는 노스페랏 등도 제가 알기로는 희생자를 그렇게까지 훼손시키진 않아요. 그러나 플레더*나 에킴마* 에 당한 시체들은 꽤 끔찍하죠."

"대단하군! 뱀파이어 종류를 모두 알고 있다니. 게다가 전설과 민담에만 등장하는 뱀파이어는 단 하나도 포함시키지 않았군. 정말 인상적인 지식이오. 그렇다면 에킴마나 플레더가 이런 기후대에선 절대 나타나지 않는다는 것도 알고 있겠군."

게롤트는 가식 없이 감탄한 눈빛으로 레지스를 바라보았다.

"그게 무슨 소리인가? 그럼 이 기후대에서 여자와 젊은 남자를 헤집어놓은 건 누구 짓인데? 희생자들이 스스로 그렇게 했다는 건가?"

졸탄이 물푸레나무 가지를 마구 휘두르며 화를 냈다.

"그런 짓을 저지를 만한 놈들은 상당히 많소. 일단 들개 무리가 그렇지. 들개 무리는 이렇게 전쟁이 있는 시기엔 큰 골칫거리요. 들개들이 어떤 짓까지 하는지는 차마 다 말할 수도 없지. 카오스가 만들어낸 괴물들에 의해 생긴 피해 중 절반 정도는 사실 농장의 들개 떼들이 한 짓일 수도 있소."

"그럼 괴물은 배제하는 건가?"

"그렇진 않소. 스트리가*나 하피*, 그라비어, 구울일 수도 있고."

"뱀파이어는 아니고?"

"아마 아닐 거요."

"농부들이 무슨 사제가 어쩌고 했다던데. 사제들이 뱀파이어에 대해서 잘 아나?"

퍼시벌이 고개를 갸우뚱거리며 물었다.

"어떤 사제들은 잡다한 여러 정보들을 잘 알고 있기도 하지. 때로는 그들

---

* 플레더(fleder): 하위 뱀파이어의 일종으로 사람보다는 동물과 닮았다.
* 에킴마(ekimma): 플레더와 비슷한 하위 뱀파이어로 극악하고 동물과 비슷하다.
* 스트리가(strzyga): 저주를 받아 괴물로 변한 여자로 보름달에만 출몰하여 인간을 집어삼킨다.
* 하피(harpy): 날개 달린 괴물로 인간의 꿈을 훔치기도 한다.

의 의견도 들어볼 만하오. 하지만 모든 사제가 다 그런 건 아니지."

"숲에서 피난민들과 헤매고 다니는 그런 사제라면 분명 어디 오지에 사는 무식쟁이 은둔자일 가능성이 높지. 농부들을 조직해서 공동묘지까지 왔군, 레지스. 보름달 밤에 만드라고라를 캐면서 혹시 뱀파이어 못 봤나? 아주 쪼끄마한 놈이라도?"

졸탄이 콧방귀를 뀌며 물었다.

"못 봤습니다, 한 번도. 하지만 이상한 일은 아니죠. 뱀파이어는 아까 들은 바와 같이 어두운 밤에 박쥐 날개를 퍼덕이며 소리 없이 날아다닌다고 하니 못 봤을 수도 있겠지요."

레지스가 조용히 웃음을 지었다.

"오히려 뱀파이어가 절대로 없을 곳에서 뱀파이어 목격담이 횡행하는 경우가 종종 있지."

게롤트가 목덜미를 몇 번 긁적이더니 말을 이었다.

"내가 좀 더 젊었을 때, 마을 대표를 포함해 시골 마을 전체가 생생하게 묘사하는 말도 안 되는 괴담과 괴물에 대한 이야기로 시간과 노력을 허비한 적이 정말 많았거든. 한 번은 뱀파이어가 자주 방문한다는 오래된 성에서 두 달이나 지냈소. 뱀파이어를 처리하기는커녕 만나보지도 못했지만. 그래도 마을에서 식사는 잘 챙겨줬으니."

"하지만 뱀파이어에 대한 소문이 사실인 경우도 있었겠죠? 그런 경우엔 시간도 노력도 허사가 아니었을 테고요. 당신의 칼에 뱀파이어가 목숨을 잃었겠군요?"

레지스는 먼 곳을 바라보며 물었다.

"물론 그런 경우도 있었지."

"이러나저러나 저 농부들은 재수가 좋은 거야. 내 생각엔 저 농부들의 난민촌에서 멀로와 다른 애들을 기다리는 게 좋을 것 같아. 좀 쉬는 것도 나쁘지 않겠지. 어떤 놈이 젊은 처녀와 청년을 참혹하게 죽였는지는 몰라도 이젠 끝장이야. 이곳에는 위쳐가 있으니까."

졸탄의 의기양양한 목소리에 게롤트가 입술을 악물고 말했다.

"얘기가 나온 김에 말인데, 제발 부탁하지. 내가 누구인지, 내 이름이 뭔지 떠벌리지 좀 마시오. 일단 단델라이온, 자네부터 말이야."

"그렇게 원한다면야, 뭐 이유가 있겠지. 알겠네. 마침 잘 말했어, 저기 난민촌이 보이는군."

졸탄이 고개를 끄떡였다.

"소리도 들리네요. 엄청나게 소란스럽군요."

한동안 말이 없던 밀바가 침묵을 깨고 말했다.

"우리에게 들리는 저 소리는, 난민촌의 교향악이라고 할 수 있지. 수백 명의 인간과 소떼, 양과 거위들의 소리이기도 해. 독창 부분은 싸우는 여자들의 목소리와 괴성을 지르는 아이들, 꼬끼오 울어대는 수탉, 내가 잘못 들은 게 아니라면 엉덩이에 엉겅퀴가 박힌 노새의 소리도 포함되어 있군. 이 교향악의 제목은, '생존을 위해 싸우는 인간 밀집 군락'이라 해야겠군."

단델라이온이 잘난 척하는 표정을 한껏 지으며 말했다.

"교향악이라…… 소리로도, 냄새로도 느낄 수 있군요. '생존을 위해 싸우는 인간 밀집 군락'에서 끓인 양배추 스튜 냄새가 나고 있어요. 그런 것 없이는 생존이 불가능할 테니까요. 또 다른 냄새도 있군요. 생리 현상을 아무 데서나, 그것도 난민촌과 아주 가까운 곳에서 해결한 결과 발생한 냄새지요. 생존을 위해 먹는 것과 간이 화장실을 만들지 않는 것, 이 두 가지 행동이 왜 동시에 나타나는지 모르겠군요."

레지스가 멋진 매부리코의 콧방울을 찡그리며 말했다.

"똑똑한 척하는 당신들을 지옥에나 떨어졌으면 딱 좋겠네요. 몇 마디면 충분한 걸 왜 그렇게 장황하게 떠드는 거예요? 똥 냄새에다가 양배추 냄새까지 아주 지독하네!"

밀바가 신경질을 냈다.

"똥과 양배추는 좋은 한 쌍이지. 하나가 다른 하나를 밀어내니까. 선순환이라고."

퍼시벌이 명쾌하게 결론을 내렸다.

소란스럽고 지독한 냄새가 나는 난민촌에 들어서자 모닥불과 마차, 움막 등이 눈에 들어왔다. 그리고 일행은 어림잡아 이백 명, 아니 그보다 더 될 것 같은 난민들의 시선을 받아야 했다. 관심은 곧 믿을 수 없는 반응으로 이어졌는데 누군가는 갑자기 환호성을 지르고, 누군가는 비명을 지르고, 누군가는 다른 이의 목을 끌어안고, 누군가는 깔깔거리며 웃고, 누군가는 마구 울기 시작한 것이었다. 난민촌은 순식간에 난리법석이 벌어졌다. 사람들의 격한 반응들이 모두 뒤섞인 가운데 처음엔 도대체 무슨 일인지 알 수 없었지만 곧 깨닫게 되었다. 일행과 함께 동행한 두 명의 케르노프 여인들이 이 난민촌에서 전쟁통에 죽은 줄로만 알았던 남편과 남동생을 만난 것이었다. 그들 모두 기쁨의 눈물을 하염없이 흘렸다.

"이렇게 평범한 멜로드라마 같은 일은 실제 삶에서만 일어나지. 만약에 내 발라드의 결말을 이런 식으로 지어놓으면, 아마 무자비하게 날 비웃을 거요."

단델라이온이 서로 부둥켜안은 사람들을 손가락으로 가리키며 말했다.

"당연히 그렇겠지. 하지만 이런 평범한 결말이야말로 정말 기쁜 결말 아니겠어? 가혹한 운명보다는 평범한 결말이 나아. 저 여자들은 이제 됐군. 우리가 이끌고 여기까지 와서 드디어 만난 거야. 자, 가자고. 여기 멀뚱히 서 있을 필요 없잖아."

졸탄이 기쁨을 나누는 사람들을 바라보며 말했다.

게롤트는 잠시 이곳에서 기다리자고 제안하고 싶었다. 여자들 중 한 명이라도 드워프들에게 고맙다는 인사를 하지 않을까 싶어서였다. 그러나 그럴 기미가 전혀 보이지 않았기 때문에 관두고 말았다. 기쁨에 찬 여인들은 지금까지 함께했던 일행이 보이지 않는 듯했다.

"뭘 기다리고 있나? 여자들이 고맙다고 꽃이라도 던져주길 기다리는 거야? 꿀을 발라주고? 이제 가자고, 이곳에 우리 건 아무것도 없어."

졸탄이 게롤트를 흘겨보며 말했다.

"정말 그렇군."

일행이 걸음을 옮기다 멈춰 선 것은 그들을 부르는 목소리 때문이었다. 주근깨가 난 양 갈래머리의 소녀가 쫓아왔다. 숨을 몰아쉬는 소녀의 손에는 커다란 들꽃다발이 들려 있었다.

"저와 제 동생, 그리고 엄마를 돌봐주셔서 감사해요. 우리에게 잘해주셔서 정말 고마웠어요. 꼭 드리고 싶어서 이 꽃들을 꺾었어요."

소녀는 가쁜 숨을 진정시키며 또박또박 말했다.

"고맙구나." 졸탄이 고개를 끄덕였다.

"당신들은 착한 분이세요. 우리 고모가 한 말을 난 믿지 않아요. 아저씨들은 땅속에 사는 욕쟁이 곱사등이가 아니에요. 그리고 아저씨는 지옥에서 온 백발 변종이 아니고, 단델라이온 삼촌은 말 많은 칠면조가 아니고요. 그리고 이모, 이모도 활을 든 창녀가 아니라 우리 이모, 마리아 이모예요. 이모, 난 이모가 좋아요. 이모 주려고 제일 예쁜 꽃만 꺾었어요."

소녀는 부끄러운 듯 땋은 머리끝을 입속에 넣으며 말했다.

"고마워." 밀바가 평상시와는 다른 목소리로 대답했다.

"우리 모두 고맙구나. 이봐, 퍼시벌, 땅속에 사는 욕쟁이 곱사등이야, 이 아이에게 작별 선물로 뭐라도 줘보게. 기념품 같은 것 말이야. 주머니에 필요 없는 돌 같은 거라도 없나?"

졸탄이 외쳤다.

"있어. 자, 가지게, 아가씨. 이건 베릴리움 알루미늄 시클로실리케이트라고 하는 건데, 보통은……."

"에메랄드라고 부르지. 아이를 혼란스럽게 만들지 마, 어차피 기억 못한다고."

졸탄이 끼어들며 핀잔을 주었다.

"우와, 예쁘다! 초록색이네! 감사합니다, 감사합니다!"

"건강하게 자라거라."

"돌 잃어버리지 말고. 그 돌 하나가 작은 농장 하나 값이란다."

단델라이온이 중얼거렸다.

"에이, 무슨 소리! 돌은 그냥 돌이지. 건강하게 자라거라, 아이야. 우린 그만 가자고. 강가에서 야존이랑 다른 이들을 기다려야지. 이제 곧 올 때가 됐어. 이렇게 오랫동안 안 보이다니 이상하군. 젠장, 카드를 뺏어놔야 했는데. 어디 앉아서 궨트 게임을 하고 있는 게 분명해!"

졸탄이 소녀에게 받은 수레국화를 모자에 꽂으며 말했다.

"말을 먹여야 해요. 물도 줘야 하고. 강가로 가요."

밀바가 말했다.

"따뜻한 요리 좀 얻을 수 없을까. 퍼시벌, 난민촌을 둘러보면서 어느 집이 제일 요리를 잘하는지 그 코 좀 활용해봐."

단델라이온이 말했다.

놀랍게도 강으로 통하는 길은 울타리가 쳐져 있었고 지키는 사람이 있었다. 강을 지키는 농부들은 말 한 마리당 돈을 요구했다. 밀바와 졸탄은 잔뜩 흥분해서 화를 냈지만, 소동을 일으켜 시끄럽게 하고 싶지 않았던 게롤트가 둘을 진정시키는 사이 단델라이온이 주머니에서 동전을 찾아냈다.

난민촌을 둘러보고 온 퍼시벌은 기분이 나빠 보였고 화가 나 있었다.

"먹을 건 좀 찾았어?"

퍼시벌은 코를 풀더니 옆으로 지나가던 양의 털에 손가락을 닦았다.

"찾긴 했는데 문제가 있어. 여기는 뭐든지 돈을 받는데, 가격이 엄청나. 밀가루와 보리는 1파운드당 1크라운이라고. 연한 수프 한 접시는 2노블레고. 호틀라 강에서 잡았다는 미꾸라지 한 냄비는 딜링겐의 훈제연어 1파운드 가격이야."

"말 먹이는?"

"귀리 한 통이 1탈러야."

"얼마? 얼마라고?"

졸탄이 버럭 소리를 질렀다.

"얼마, 얼마냐고요? 얼마인지는 말한테나 물어보세요. 지금 풀을 뜯어먹으라고 했다간 말들이 쓰러져요! 게다가 여긴 뜯어 먹을 풀도 없고!"

밀바도 고래고래 소리를 질렀다.

이야기해봤자 소용이 없었다. 귀리를 가진 농부와 치열한 흥정을 벌였지만 아무 소용이 없었다. 단델라이온은 마지막 동전까지 다 털리고, 졸탄에게서 좋지 않은 소리를 들었지만, 전혀 괘념치 않는 것 같았다. 어쨌거나 말들은 먹이가 든 자루에 열정적으로 머리를 들이밀었다.

"백주 대낮에 날강도들 같으니!"

지나가는 마차 바퀴를 물푸레나무 가지로 후려치는 걸로 화풀이하던 졸탄이 외쳤다.

"숨 쉬는 건 왜 돈을 안 받는지 모르겠네! 한 번 쉴 때마다 반 그로쉬씩 받을 것이지! 아니면 똥 한 번 쌀 때마다 5그로쉬를 받든지!"

"다른 생리적 욕구 해소에는 가격을 매겼군요. 저기 막대기에 매달린 깃발 보이나요? 그 옆에 서 있는 농부도? 자기 딸의 매력을 팔고 있어요. 가격도 흥정 가능한 거 같더군요. 좀 전에 암탉 한 마리를 받는 걸 봤거든요."

레지스가 진지하게 말했다.

"인간들, 당신 종족의 미래는 암울해. 이 세상에서 지성을 가진 모든 생물들은 어려움이나 고난, 불행을 만나면 자기들끼리 뭉친단 말이지. 왜냐하면 서로서로 도우면서 함께 어려운 시절을 견디는 게 더 나은 방법이니까. 그런데 당신네 인간들은 남의 불행으로 돈 벌 생각에만 혈안이 되어 있군. 기근이 닥쳤을 때 음식을 나누지 않고, 가장 힘없는 자를 잡아먹지. 그런 집단이 또 있긴 하지. 늑대들이 그래. 그렇게 가장 건강하고 가장 힘센 늑대만 살아남게 되는 거지. 하지만 이성을 가진 종족들 사이에서 그렇게 했다간 최고의 개자식들만 살아남게 되는 거야. 앞으로 어떻게 될지는 당신들 스스로 생각 좀 해보라고."

졸탄이 진지하면서도 우울하게 말했다.

단델라이온은 자기가 아는 드워프 날강도들과 이익만 따지는 드워프들을 예로 들며 격렬하게 반박했지만, 졸탄과 퍼시벌은 입술로 방귀 뀌는 소리를 내며 단델라이온의 입을 막았다. 인간도 드워프도 이런 행위는 논쟁 시 상대의 논박을 무시하는 행위로 간주된다. 그러나 이들의 말다툼은 갑자기 나타난 양모 모자를 쓴 늙은 농부와 그가 데려온 농부들의 등장으로 중단되었다.

"우린 '나막신' 때문에 왔소."

농부 중 한 명이 말했다.

"안 사!" 졸탄과 퍼시벌이 한목소리로 외쳤다.

"당신들이 머리를 깨버린 사람 별명이 나막신이요. 그자를 결혼시킬 생각이었소."

다른 농부가 서둘러 설명했다.

"우리와는 아무 상관없소. 새 삶에 행운이 가득하기를, 건강과 행복과 부를 비오."

졸탄이 화난 목소리로 말했다.

"그리고 새끼 나막신들도 가득하기를."

단델라이온이 덧붙였다.

"아니, 여러분, 지금 당신들은 웃고 있지만 나막신을 무슨 수로 결혼시키겠소? 당신들에게 당한 이후로 정신이 이상해져서 낮밤도 구별을 못하는데?"

농부 하나가 말했다.

"아니, 그 정도는 아니에요. 이제 좀 나아진 것 같던데. 아침보다는 상태가 훨씬 나아 보였다고요."

밀바가 땅바닥을 바라보며 중얼거리자 농부가 응수했다.

"아침보다 어떻게 상태가 나아졌는지는 모르겠소. 하지만 아까 내가 본 바로는 마차의 끌개더러 정말 예쁜 아가씨라며 말을 걸고 있던데. 아니, 뭐 길게 얘기할 건 없고 짧게 말하자면, 머리 값을 내시오."

"뭘 내라고?"

"기사가 농부를 죽이면, 머리 값을 내지 않소. 그렇게 법에 정해져 있소."

"난 기사가 아니에요!" 밀바가 화를 냈다.

"그것도 그렇고 그건 사고였소. 게다가 나막신은 살아 있으니 머리 값 얘기는 말도 안 되고, 만약 이름을 꼭 붙여야겠다면 피해 보상 정도가 되겠지. 그리고 마지막으로 덧붙이자면, 우린 돈이 없소."

"그럼 말들을 내놓으시오."

"뭐라고요? 머리가 돌아버렸나 보네, 농부 아저씨. 정도껏 하는 게 좋을 거예요."

밀바의 눈이 사납게 가늘어졌다.

"씹-할!" 앵무새 두다가 부르짖었다.

"오, 이 녀석이 맞는 말을 다 하는군."

졸탄이 허리띠에 매단 손도끼를 두드리며 길게 말을 끌었다.

"농부 양반들, 난 돈 벌 궁리만 하는 종자들에 대해서는 딱히 좋게 생각하지 않는 편이요. 게다가 자기 쪽 사람의 머리가 깨진 걸 빌미로 돈 벌 생각을 하다니. 저리 가시게, 인간들. 지금이라도 당장 내 눈앞에서 꺼진다면, 당신들을 쫓아가지는 않을 테니."

"만약 돈을 지불하지 않으면, 더 높은 분들이 이 사건을 따지도록 하겠소."

졸탄은 이미 이를 갈며 무기를 들었지만, 게롤트가 재빨리 그의 팔을 붙잡았다.

"진정하시오. 문제를 더 크게 만들고 싶소? 저들을 죽이기라도 할 셈이오?"

"뭐 하러 죽여? 죄다 병신을 만들어버리면 되지."

"그만하시오, 젠장."

게롤트가 씩씩거리며 농부들을 향해 돌아섰다.

"좀 전에 말한 그 높은 분이 누구요?"

"우리 난민촌의 우두머리인, 헥토르 랍스요. 불타버린 브레자의 촌장이었지."

"그럼 그 사람에게 안내해주시오. 얘기를 해봅시다."

"지금은 바쁘시오. 마녀재판을 하고 있거든. 저기 단풍나무 밑에 사람들 모인 거 보이시오? 뱀파이어와 내통한 마녀를 잡았다고."

농부가 말했다.

"또 뱀파이어 타령이네. 들었지? 또 시작이라고. 공동묘지를 파헤치지 않으면, 마녀인지 뱀파이어와 내통한 자인지를 잡아오고 말이지. 이 양반들아, 아니 그럴 시간에 밭을 갈고 씨를 뿌리고 수확이나 할 것이지. 위쳐라도 될 생각이오?"

단델라이온이 양팔을 떨군 채 고개를 절레절레 저었다.

"농담하는 거나 비웃는 건 당신 자유지만 우리에겐 사제님이 있고, 사제님은 위쳐 따위보다 낫소. 사제님께서 말씀하시길, 뱀파이어가 마녀와 연합해서 나쁜 짓을 했다고 했소. 마녀가 뱀파이어를 불러 희생자가 될 자들을 가리키고, 사람들의 눈을 흐리게 해서 아무도 보지 못하게 한 거라고."

농부의 대답에 다른 농부가 거들었다.

"그리고 사실로 밝혀졌소. 우리 사이에 마녀가 살고 있었다니. 하지만 사제님께서 그 마법을 간파해냈고, 이제 우리가 마녀를 불태울 거요."

"당연히 그러시겠지. 그럼 재판소라는 곳에 가봅시다. 그리고 이곳의 우두머리를 만나 그 '나막신' 군에게 일어난 불행한 사건에 대해서도 얘기를 나누고. 우리도 적당한 수준의 피해 보상이라면 생각해볼 테니. 그렇지, 퍼시벌? 분명 주머니 어디에 돌멩이 하나는 있을 것 아니요? 안내하시오."

게롤트가 농부들을 바라보며 말했다.

일행은 단풍나무 군락지 쪽으로 움직였는데, 그 아래에는 흥분한 사람들이 새까맣게 모여 있었다. 게롤트는 조금 뒤쪽에 떨어져 나름 정상적으로 보이는 농부와 대화를 시도했다.

"잡혔다는 저 마녀는 누구요? 정말로 마법을 행했던 거요?"

"음, 전 잘 몰라요. 떠돌이 여자인데, 낯선 사람이에요. 제가 보기엔 정신이 멀쩡한 것 같지는 않아요. 다 큰 여자인데 아이들하고만 놀고, 저 여자도 좀 어린애 같거든요. 하지만 뭘 물어보면 말을 잘 못해요. 난 잘 모르지만, 모두들 저 여자가 뱀파이어와 내통하고 마법을 부렸다고 하더군요."

농부가 작게 대꾸했다.

"잡힌 여자만 빼고 모두들 그렇게 말하겠지. 왜냐하면 질문을 해도 저 여자는 말을 못하니까요. 분명 그럴 겁니다."

게롤트 옆에서 나란히 걷고 있던 레지스가 낮은 목소리로 말했다.

찬찬히 더 사정을 물어보기에는 시간이 부족했다. 어느새 단풍나무 군락지 아래에 다다랐기 때문이었다. 모여 있던 사람들이 길을 틔워줬는데, 졸탄과 물푸레나무 가지의 도움이 컸다.

자루가 잔뜩 쌓인 마차 사다리에 대략 열여섯 살쯤 되어 보이는 아가씨가 양팔을 벌린 채 묶여 있었다. 여자의 발끝은 땅에 닿을 듯 말 듯했다. 일행이 다가갔을 때, 누군가 여자의 속옷을 찢어 마른 어깨가 드러났다. 여자는 눈을 돌리며 이상한 낄낄거리는 웃음과 함께 침 삼키는 소리를 내고 있었다.

묶여 있는 여자 옆에는 이미 불이 피워져 있었다. 누군가는 벌건 석탄에 열심히 풀무질을 하고 있었고, 또 누군가는 말편자를 가져와 정성스럽게 달구고 있었다. 모여든 사람들 위로 흥분한 사제의 외침이 울려 퍼졌다.

"사악한 마녀여! 신을 공경하지 않은 처녀여! 이제 사실을 말해라! 여러분, 저 여자를 보십시오, 분명 마법의 약을 마셨을 겁니다! 저 여자를 보십시오, 얼굴에 마녀라고 새겨져 있습니다!"

사제는 비쩍 마른 데다가 얼굴은 마치 훈제한 물고기처럼 건조하고 까맸다. 검은 외투를 허수아비처럼 걸쳐 입었는데, 목에는 성스러운 문양이 새겨진 펜던트가 번쩍였으나 게롤트가 보기에는 어떤 신의 사제인지 알 수가 없었다. 사실 그 분야에 별 지식이 없기도 했다. 요즘 들어 신들도 급격히 늘어난 탓에 더욱더 관심을 꺼버렸던 것이다. 그럼에도 사제는 분명, 최근에 생긴 종교 집단에 소속된 자라는 걸 추측할 수 있었다. 기존의 종교 집단들은 처녀들을 붙잡아 마차에 묶어 미신에 사로잡힌 군중을 끌어모으고 악다구니하는 것 말고 좀 더 유용한 것들을 행했기 때문이었다.

"역사의 시작부터 여자는 모든 악의 근원이었습니다! 카오스의 도구이자 세상에 대한, 인류에 대한 음모의 가담자입니다! 여자를 지배하는 것은 육욕뿐입니다. 그렇기 때문에 악마에게 기꺼이 봉사하는 것입니다! 그래야 자연의 이치에 거스르는 자신의 욕망을 충족할 수 있으니까요!"

"여기서 우리도 여자에 대해 더 많은 지식을 배우게 되겠군요. 저건 확실히 정신병적인 혐오증이에요. 남자 성직자들은 바기나 덴타타*에 대한 꿈을 곧 잘 꾸지요."

레지스가 나직이 중얼거렸다.

"내기를 해도 좋은데, 분명 더 심할 거요. 저놈은 대낮에도, 이빨이 없는 그걸 끊임없이 꿈꾸고 있겠지. 그러다 머리가 이상해진 거요."

단델라이온도 중얼거렸다.

"그 대가를 저 가여운 처자가 치르는군요. 검은 옷을 입은 사제인지 뭔지 하는 저 작자를 누군가 막지 않는다면 말이죠."

밀바가 언성을 높였다.

단델라이온은 의미심장하게, 희망을 담아 게롤트를 바라보았지만 게롤트는 눈길을 피했다.

"여자들의 마법이 아니었다면, 우리가 현재 겪고 있는 불행과 패배가 도대체 어디서 기인한 것이겠습니까? 타네드 섬에서 왕들을 배신한 것은 여자 마법사들이었습니다. 르다니아의 왕에 대해 쿠데타를 일으켰어요! 돌 블라타나의 엘프 마녀가 아니면, 누가 우리에게 다람쥐 군대를 보냈겠습니까! 이제 아시겠습니까, 마녀들과 내통하는 것이 어떤 결과를 가져오는지! 그들의 몸서리쳐지는 행위를 참은 결과가 어떤 것인지! 그들의 자유를 눈감아주고, 그 잘난 척하는 자존심과 부를 용납한 결과가 무엇인지! 그 잘못은 누구에게 있습니까? 왕들인가요? 자만한 왕들은 신을 멀리하고, 사제들을 배제하고, 국가의 위원회와 공직에서 사제들을 내몰았습니다. 그리고 그 끔찍한 여자 마법사들에게 영예와 부를 쏟아부었죠. 그리고 그 결과가 바로

---

* 바기나 덴타타(vagina dentata): 이빨을 가진 질(膣), 거세 공포와 여성에 대한 적대적이고 가학적인 환상.

이겁니다!"

사제는 목소리를 더욱더 높였다.

"아하, 뱀파이어 문제가 아니구면. 레지스, 잘못 생각했소. 바기나의 문제가 아니라 정치가 문제라는데."

단델라이온이 말했다.

"그리고 돈 문제겠지." 졸탄이 덧붙였다.

"우리가 닐프가드와의 전쟁에 나서기 전에, 우선 우리의 내부부터 깨끗이 청소해야 합니다! 새하얀 철로 고름을 지져냅시다! 불의 세례로 거듭납시다! 마법과 관계된 자들을 살려둬서는 안 됩니다!"

사제가 외쳤다.

"살려둬서는 안 된다! 화형시키자!"

마차 사다리에 묶인 처녀는 히스테릭하게 웃으며 눈을 희번덕거렸다.

"자자, 진정하라고."

그때 지금까지 입을 다물고 있던 우울한 표정의 덩치 큰 남자가 말했다. 사내의 주위에는 어두운 표정으로 지금껏 말이 없던 남녀가 모여 있었다.

"꽥꽥거리는 소리는 지금까지 실컷 들어왔소. 누구나 소리는 지를 수 있다고, 까마귀도 말이지. 하지만 성직자라면 까마귀보다는 나아야 할 거요!"

"랍스 님, 지금 제 말을 부정하시는 겁니까? 사제의 말을?"

"난 아무것도 부정하지 않았소."

덩치 큰 남자가 땅바닥에 침을 뱉고는 거친 마로 만든 반바지를 추켜올렸다.

"저 처녀는 고아고 떠돌이라 나와는 아무 상관도 없소. 만약 저 여자가 뱀파이어와 내통한 것이 드러난다면, 데려가 마음대로 하시오. 하지만 내가 이 촌락의 우두머리로 있는 한, 죄 있는 자만 벌을 받아야 할 것이오. 저 여자에게 벌을 내리려면, 우선 죄의 증거를 보이시오."

"보여드리겠습니다!"

사제는 소리를 지르더니 말의 편자를 불에 달구고 있던 조수들에게 신호를 보냈다.

"눈앞에 증거를 가져오겠습니다, 랍스 님! 모든 사람들이 다 볼 수 있도록!"

조수들은 마차 뒤에서 손잡이가 달리고 검게 그을린 들통을 가져왔다.

"이게 증거입니다!"

사제는 큰 소리로 외치고는 발로 들통을 차서 엎었다. 그러자 연한 액체와 함께 당근 조각과 알 수 없는 야채들, 그리고 작은 뼈 몇 개가 쏟아졌다.

"마녀가 마법의 약을 달인 것입니다! 그 약을 마시면 하늘을 날 수 있습니다! 자신의 연인인 뱀파이어에게 날아가 음탕한 짓을 하면서 앞으로의 범죄를 구상하는 것이지요! 저는 마법사들과 마녀들이 어떤 방법들을 사용하는지 알고 있습니다! 그리고 이 약이 무엇으로 만들어졌는지도 말입니다! 이 약은 마녀가 산 채로 고양이를 끓인 것입니다!"

모여든 사람들은 공포에 질린 채 숨을 몰아쉬었다.

"끔찍하군. 산 채로 끓였다고? 조금 전까진 저 처녀가 불쌍했는데, 그런 짓은 너무하잖아."

단델라이온이 몸을 떨었다.

"입 좀 닥쳐요." 밀바가 씩씩거렸다.

"이게 증거입니다! 부정할 수 없는 증거 말입니다! 고양이의 뼈!"

사제는 들통에서 쏟아져 나온 내용물 중에서 뼈 하나를 집어 들고 외쳤다.

"저건 새 뼈야. 어치 같은데. 아니면 비둘기거나. 날짐승으로 수프 좀 끓여 먹은 게 다잖아!"

졸탄이 눈을 끔뻑거리며 냉정하게 말했다.

"이교도여, 입을 다물라! 신성모독을 그만두어라! 신을 공경하는 사람들의 손으로 신의 분노를 증명하기 전에! 이건 고양이로 만든 약이 틀림없습니다!"

사제는 고래고래 소리를 지르며 화를 냈다.

"고양이야! 분명히 고양이라고! 저 처녀에게 고양이가 있었어! 검은 고양이! 다들 보았다고! 그 고양이랑 저 처녀는 언제나 함께 다녔어! 지금은 어디 있냐고, 그 고양이가! 없어졌잖아! 분명 산 채로 끓여진 거야!"

사제를 둘러싼 농부들이 외쳤다.

"끓여졌다고! 마법의 약으로!"

"사실이야! 마녀가 고양이를 끓여서 약을 만들었어!"

"더 이상의 증거는 필요 없어! 마녀를 화형에 처해! 그 전에 고문부터 해서 모든 것을 자백하게 만들어!"

"씹―할!" 야전 사령관 두다가 빽 소리를 질렀다.

"고양이가 불쌍하네!"

뒤이어 퍼시벌이 큰 소리로 외치고는 말을 이었다.

"예쁜 고양이었는데 토실토실하고. 무연탄처럼 빛나는 털가죽과, 금록석 색 두 눈에 긴 코털, 꼬리는 산적 지팡이처럼 통통했지! 그림처럼 예쁜 고양이였는데! 쥐도 분명 많이 잡았을 거야!"

일순 농부들이 조용해졌다. 잠시 뒤 농부들 중 한 명이 소리쳤다.

"아니, 당신이 그 고양이를 어떻게 알아, 노움? 그 고양이의 생김새를 어떻게 아냐고?"

퍼시벌이 팽 하고 코를 풀더니 손가락을 바지에 문질렀다.

"저기 마차 위에 앉아 있잖아. 당신들 등 뒤에."

농부들은 명령이라도 받은 듯 일제히 고개를 돌렸고, 짐 더미 위에 앉아 있는 고양이를 보더니 당황스러운 듯 웅성거렸다. 고양이는 자신에게 쏠린 시선에는 무심한 듯 뒷다리를 들고서 자기 엉덩이를 핥는 데 열중하고 있었다.

"당신들의 부정할 수 없는 증거가 엉터리라는 게 드러났구먼. 그럼, 신성한 사제 양반, 두 번째 증거는 뭐요? 암컷 고양이라도 있소? 그러면 좋겠군, 둘이 번식을 하면 활이 닿는 곳까지 곡식 창고는 안전할 테니."

졸탄이 무겁게 가라앉은 침묵을 깨고 말했다.

농부 몇이 콧방귀를 뀌고, 다른 몇 명은 드러내놓고 낄낄거렸다. 그중에는 우두머리인 헥토르 랍스도 있었다. 사제의 얼굴이 붉으락푸르락해졌다.

"신성모독자여! 내가 너를 기억하겠다! 신을 공경하지 않는 땅 도깨비야! 어둠의 자식아! 이곳에는 어떻게 오게 된 것이냐? 너 또한 뱀파이어의 협조자가 아닌가! 기다려라! 마녀를 벌주고 나면 너를 심문하겠다! 하지만 먼저 마녀부터 심문해야지. 석탄에 달구어진 편자로 마녀의 살갗을 지지면 자백하고 말 것이다! 스스로가 직접 자백하면 어떤 증거도 필요 없겠지?"

사제는 졸탄을 손가락으로 가리키며 외쳤다.

"아니, 필요하오. 신성한 사제님도 달구어진 편자를 발에 가져다 되면, 말과 붙어먹었다 해도 사실이라고 자백하지 않겠소? 맙소사, 신의 사제라는 사람이 말하는 건 부랑배와 다를 바 없군!"

헥토르 랍스가 강하게 반박했다.

"그렇소, 나는 신의 사제요!"

농부들 사이에서 점점 더 회의적인 생각이 퍼져 나가는 것을 눌러버리려는 듯 사제는 고함을 질렀다.

"믿음 속에 정의가 있고, 벌과 복수가 있으리라! 신의 심판 아래! 마녀는 신의 심판대로 나서라! 신의 심판대……."

"아주 좋은 생각이군."

게롤트가 군중 사이에서 나서며 큰 소리로 끼어들었다.

사제는 화가 난 눈빛으로 게롤트를 주시했고, 농부들은 속닥거리는 것을 멈추고 입을 벌린 채 바라봤다.

"신의 심판은 분명 확실하고도 정의로운 것이오. 고문을 통해 자백을 받아내는 것은 민간 법정에서도 통용되는 방식이고, 나름의 규정이 있소. 그 규정에 따르면, 여자나 아이, 노인, 장애인 등은 법정에서 대리인을 내세울 수 있소. 그렇지 않소, 랍스 촌장? 내가 대리인을 자청하지. 누구든 큰 원을 그려주시오. 저 아가씨에게 죄가 있다고 확신하고 신의 심판을 두려워하지 않는 사람이라면 나와의 대결에 나서시오."

게롤트는 침착하지만 단호한 목소리로 말했다.

"하! 이방인, 그건 너무 교활한 행동 아니오? 지금 결투를 하자고? 한눈에 봐도 당신은 칼잡이인 게 분명한데! 당신 같은 도적의 칼에 신의 심판을 시험하다니!"

사제는 매서운 눈빛으로 게롤트를 노려봤다.

"만약 칼이 마음에 안 들거나 저 사내가 적당치 않다면, 나는 어떻소? 자, 저 처자를 마녀라고 고발한 자는 나와 도끼로 붙어봅시다."

졸탄이 게롤트 옆에 서서 끼어들었다.

"아니면 나와 활로 겨루든지. 백 보 떨어져서 단 한 발씩 쏘는 거야."

잠자코 지켜보고 있던 밀바 역시 나섰다.

"여러분, 보시오! 마녀의 대리자들이 얼마나 빠른 속도로 늘어나는지!"

사제는 이렇게 외치고는 돌아서서 얼굴을 일그러뜨리더니 교활한 웃음을 지었다.

"알았다, 이 부랑자들. 당신들 셋을 모두 받아들이지. 그러나 신의 심판은 계속될 것이고, 우리는 마녀의 죄를 증명하는 김에 너희들의 도덕도 시험하겠다! 그러나 칼도, 손도끼도, 활도 사용할 수 없다! 당신들은 신의 심판에 대해 아는가? 내가 그 누구보다 잘 알고 있다! 석탄에 편자를 허옇게 달구는 것이지! 불의 세례! 마녀를 편드는 놈들은 오너라! 불 속에서 편자를 꺼내 상처 입지 않고 나에게 가져오는 자가 있다면 그것이 곧 마녀의 무죄를 증명하는 것이다! 만약 신의 뜻으로 그렇게 되지 않는다면, 이미 말했듯이 너희들과 저 마녀는 모두 죽을 것이다!"

난민촌의 우두머리인 랍스와 그 무리들의 마뜩잖은 웅성거림은 최고의 볼거리와 오락을 찾는 피난민들의 열광적인 함성에 가려졌다. 밀바는 졸탄을 바라보고, 졸탄은 게롤트를 바라보고 게롤트는 하늘을 바라보더니, 다시 밀바를 바라보았다.

"신을 믿소?"

게롤트가 작은 소리로 물었다.

"믿어요. 하지만 신들이 달궈진 편자 따위를 신경 쓸 것 같지는 않군요."

밀바는 벌건 석탄을 보더니 작게 대답했다.

"불에서 저 개자식까지 딱 세 걸음이야. 나라면 참을 수 있어, 난 용광로에서 일했으니까. 하지만 당신들의 신에게 나를 위해 기도는 해줬으면 좋겠어."

졸탄이 악문 이 사이로 중얼거리는데 레지스가 졸탄의 어깨에 손을 얹었다.

"잠시만요, 기도는 아직 자제해주십시오."

레지스는 불 앞으로 다가가 사제와 군중들에게 절을 하고는, 몸을 굽히더니 벌겋게 타는 석탄 속에 손을 집어넣었다. 군중들은 모두 비명을 지르고, 졸탄은 욕을 내뱉고, 밀바는 게롤트의 어깨를 꽉 움켜잡았다. 레지스는 몸을 똑바로 펴더니, 손에 쥔 말편자를 차분하게 바라보았다. 그는 조금도 서두르지 않은 채 허옇게 달궈진 편자를 들고서 사제에게 다가갔다. 사제는 뒤로 물러나다가 등 뒤에 서 있던 사람들과 부딪혔다.

"존경하는 사제님, 이렇게 말씀이십니까? 불의 세례? 글쎄요, 그렇다면 신의 심판은 명확하군요. 저 처자는 죄가 없습니다. 또한 대리인으로 나선 자들도 모두 무죄입니다. 저 역시, 여러분 모두 아시겠지만 죄가 없군요."

레지스가 편자를 들어 올리며 차분히 말했다.

"손…… 손을…… 보이시오……. 화상이……."

사제가 말을 더듬었다.

레지스는 언제나 그렇듯 입을 다문 채 소리 없이 웃어 보이더니 말편자를 왼손으로 옮겨 잡았다. 그는 상처 하나 없는 오른손을 사제에게 보인 후, 높이 쳐들어 모든 사람들에게 자신의 손을 보였다. 군중은 함성을 질렀다.

"이것은 누구의 편자입니까? 주인이 가져가시지요."

레지스의 말에 누구도 대답하지 못했다. 그때 사제가 소리쳤다.

"저건 악마의 마술이야! 넌 마법사이거나 악마가 사람 행세를 하는 것이 분명하다!"

레지스는 주인 없는 편자를 흙으로 덮고는 차갑게 대꾸했다.

"그럼 퇴마의식을 하는 건 어떨까요? 원하는 대로 하시지요. 하지만 신의 심판은 이미 끝났습니다. 제가 알기로는 이런 판결을 의심하는 것은 이단이라고 하던데."

"썩 꺼져! 당장 사라져라!"

사제는 부적을 꺼내 레지스의 코앞에서 흔들더니 다른 손으로는 이상한 성호를 반복적으로 그어댔다.

"지옥으로 당장 떨어져라, 이 악마! 네 밑의 땅이 너를 삼켜……."

"그만 좀 해!"

졸탄이 버럭 화를 내며 소리쳤다.

"이봐요, 사람들! 랍스! 저 광대가 계속 지껄이도록 그냥 놔둘 거요? 당신들은……."

졸탄의 목소리가 묻힌 것은 느닷없이 들려온 비명 소리 때문이었다.

"닐프가드야! 닐프가드!"

"서쪽에서 기마부대가 오고 있다! 기마부대야! 닐프가드가 왔다! 도망쳐라!"

난민촌은 삽시간에 대혼란 속으로 빠졌다. 농민들은 자신의 마차와 움막으로 정신없이 도망치다가 엎어지거나 서로 엉켜버렸다. 외마디 비명 소리가 하늘을 찌르고 있었다.

"우리 말들! 우리 말들요, 위쳐! 날 따라와요, 빨리!"

밀바가 주먹질과 발차기로 주변을 방어하며 외쳤다.

"게롤트! 살려줘!"

단델라이온이 비명을 질렀다.

군중이 게롤트 일행을 갈라놓고 마치 거대한 파도처럼 눈 깜짝할 사이에 밀바를 어디론가 떠밀어냈다. 게롤트는 단델라이온의 옷깃을 잡고 휩쓸리지 않으려 버티고 있었는데, 때맞춰 마녀라 고발된 처녀가 묶여 있던 마차를 붙잡을 수 있었다. 그러나 그 마차도 갑자기 덜컹거리며 움직이기 시작해 게롤트와 단델라이온은 바닥에 넘어지고 말았다. 처녀는 머리카락을 엉망으로 흩으며 신경질적으로 웃기 시작했다. 마차가 멀리 사라지자 여자의 웃음소리도 사람들의 비명에 묻혀 더는 들리지 않았다.

"밟혀 죽겠어! 깔려 죽겠다고! 살려줘!"

단델라이온이 땅에 드러누운 채 외쳤다.

"씹-할!" 어디 있는지 보이지도 않는 야전 사령관 두다가 외쳤다.

게롤트는 머리를 들고 모래를 뱉어내다가 황당한 장면을 목격했다.

이 난리통에 가담하지 않은 사람이 딱 네 명 있었는데, 그중 한 명은 본인이 원한 게 아닌 듯했다. 바로 사제였다. 사제는 랍스의 강철 같은 손아귀에 모가지가 잡혀 있어 꼼짝도 못하고 있었다. 나머지 둘은 졸탄과 퍼시벌이었다. 퍼시벌은 재빨리 사제의 망토 뒷자락을 들어 올렸고, 집게를 든 졸탄이 시뻘겋게 달아오른 편자를 꺼내 신성한 사제의 바지 속에 집어넣었다. 랍스의 손길에서 벗어난 사제는 마치 불길을 내뿜는 별똥별처럼 정신없이 발광하더니 순식간에 사라지고, 그 비명 소리는 군중들의 아우성에 가려져 잘 들리지 않았다. 게롤트는 난민촌의 우두머리인 랍스와 졸탄, 퍼시벌이 자신들의 재판이 성공리에 끝난 것을 축하하려다가 공포로 정신을 잃은 사람들 사이에 파묻혀 휩쓸려가는 것을 보았다. 뭉게뭉게 일어난 먼지 속으로 사라지는 바람에 더 이상 아무것도 보이지 않았다. 사실 뭔가를 볼 여유도 없었다. 뒤뚱거리는 돼지를 밟고 또 넘어진 단델라이온을 구해야 했기 때문이었다. 그뿐만이 아니었다. 게롤트가 단델라이온을 일으켜 세우려고 몸을 굽혔을 때, 옆에서 굴러가고 있던 마차에서 사다리가 떨어졌고, 그 사다리는 정확히 게롤트의 등 위로 떨어졌다. 사다리의 무게로 땅에 뻗어 있던 게롤트가 사다리를 걷어내기도 전에 열다섯 명 정도의 사람들이 달라붙어 사다리를 들어냈다. 가까스로 사다리에서 벗어났지만 곧바로 엄청난 소리와 함께 마차가 전복되었는데, 이번에는 밀가루 세 포대(가격이 1파운드당 1크라운이나 되는 밀가루였다)가 게롤트 위로 쏟아졌다. 포대들은 모두 터져버렸고 주위는 온통 흰색의 밀가루로 범벅이 되었다.

"일어나, 게롤트! 젠장, 일어나라고!"

단델라이온이 꽥 소리를 질렀다.

"못 일어나겠군. 도와주게, 단델라이온……."

값비싼 밀가루 때문에 앞이 보이지 않는 게롤트가 신음 소리를 냈다. 게롤트는 갑자기 밀려온 참을 수 없는 통증 때문에 양손으로 무릎을 부여잡고 있었다.

"난 자네를 버리지 않을 거야!"

난민촌의 동쪽 끝에서 어마어마한 함성과 함께 말발굽 소리와 말들의 울음소리가 들려왔다. 함성 소리와 말발굽 소리는 점점 더 거세어졌고 종소리와 더불어 철과 철이 부딪치는 소리가 더해졌다.

"전투다! 싸우고 있어!"

단델라이온이 외쳤다.

"누가? 누가 누구와 싸우고 있는데?"

게롤트는 필사적으로 밀가루와 왕겨를 눈에서 털어내려고 했다. 멀지 않은 곳에서 무언가 불타고 있었고 열기와 연기 때문에 숨이 막혀왔다. 점점 더 커지는 말발굽 소리가 귓속을 울렸고, 땅이 흔들렸다. 게롤트가 먼지구름 속에서 처음 본 것은 열댓 마리의 말 다리가 질주하는 것이었다. 사방 어디에나 있었다. 게롤트는 가까스로 고통을 이겨냈다.

"마차 아래로! 마차 밑으로 들어가 숨어, 단델라이온! 이러다 깔려 죽어!"

"움직이지 말자…… 그냥 누워 있자고…… 가만히 누워 있는 사람은 말이 절대 밟지 않는다는 말을 들었는데……."

땅바닥에 납작 누워 있는 단델라이온이 신음을 흘리며 간신히 말을 이었다.

"확실치 않아. 모든 말들이 그렇게 생각하는지는 모르겠는데. 마차 밑으로 들어가! 빨리!"

게롤트가 헐떡거리며 소리를 질렀다.

바로 그때 조금 다른 생각을 가진 말 한 마리가 질주해오더니 게롤트의 옆머리를 걷어찼다. 게롤트의 눈앞이 붉은빛과 황금빛으로 물들고 별들이 번쩍이더니, 잠시 후 하늘과 땅에 칠흑 같은 어둠이 내렸다.

시궁쥐들이 벌떡 일어났다. 동굴 벽을 따라 울려 퍼지는 긴 비명 소리 때문이었다. 아세와 리프는 칼을 움켜잡았고, 일어나다가 툭 튀어나온 바위에 머리를 부딪힌 이스크라는 큰 소리로 욕을 내뱉었다.

"뭐야? 무슨 일이야?" 카일레이가 외쳤다.

밖은 태양이 빛나고 있었지만, 동굴 안은 캄캄했다. 시궁쥐들은 추격을 피해 밤에는 말을 달리고, 낮에는 못 잔 잠을 보충하곤 했다. 기젤러는 그을린 장작을 불 속에 집어넣어 불을 더 지피더니 횃불처럼 들고서 언제나처럼 일행과 조금 떨어져 함께 자고 있는 시리와 미슬에게로 다가갔다. 시리는 고개를 떨군 채 앉아 있었고 미슬은 시리를 안고 있었다.

기젤러가 횃불을 높이 들자 다른 시궁쥐들도 모여들었다. 미슬은 시리의 헐벗은 어깨를 털가죽으로 덮어주었다.

"미슬, 내 말 잘 들어."

시궁쥐들의 두목 기젤러가 심각한 어조로 말했다.

"지금까지는 너희 둘이 한 침대에서 뭘 하든 상관하지 않았어. 비꼬는 말도, 안 좋은 말도 입에 올리지 않았지, 단 한 번도. 항상 시선을 돌렸고 상관하지 않으려고 애썼어. 그건 너희들 문제고 너희들의 취향이니까, 뭘 하든 피해만 주지 않는다면 난 상관 안 해. 하지만 이번엔 너무 심했어."

"바보 같은 소리하지 마. 지금 무슨 소리를 하는 거야? 그게…… 얘가 잠을 자다 소리를 지른 거라고! 악몽 때문에!"

미슬이 화를 냈다.

"소리 지르지 말고. 팔카, 그런 거야?"

시리는 고개를 끄덕였다.

"꿈이 그렇게 끔찍한 거였어? 무슨 꿈이었는데?"

"얘를 가만 놔둬!"

"닥쳐, 미슬. 팔카, 말해봐."

"내가, 내가 알던 어떤 사람을…… 말들이 그를 짓밟았어. 말발굽이…… 내가 밟히는 것처럼 생생했어. 그 고통이…… 머리랑 무릎이 아직도 아파…… 미안해. 나 때문에 다들 깨버렸네."

시리가 힘들게 입을 열었다.

"사과할 것 없어. 내가 사과해야겠군. 누구나 그런 악몽은 꿀 수 있어, 누구나."

기젤러가 미슬의 앙다문 입술을 바라보며 말했다.

시리는 아무 말 없이 눈을 감았다. 기젤러의 말이 옳다고 생각하지는 않았지만.

누군가가 걷어차는 바람에 정신이 들었다.

게롤트는 뒤집어진 마차의 바퀴에 머리를 기대고 누워 있었는데, 바로 옆에서 단델라이온이 꿈틀거리고 있었다. 걷어찬 것은 동그란 투구를 쓴 보병이었다. 그 옆에는 다른 군인이 있었다. 둘 다 말고삐를 쥐고 있었는데, 안장에는 석궁의 화살과 방패가 매달려 있었다.

"너희 둘은 방앗간에서 온 거야, 뭐야?"

두 번째 군인이 어깨를 으쓱하면 빈정거렸다. 게롤트는 단델라이온이 방패에서 눈을 떼지 못하는 것을 보았다. 게롤트 역시 백합이 그려진 방패에서 눈을 떼지 못했다. 테메리아 왕국의 문장이었다. 근처로 몰려들고 있는 말을 탄 다른 궁수들도 같은 문장이 그려진 무기를 들고 있었다. 대부분은 죽은 사람들의 소지품을 뒤지느라 바빴다. 시체들 대부분이 닐프가드의 검은 망토를 입고 있었다.

난민촌은 격렬한 전투의 여파로 여전히 연기 자욱한 폐허 같았지만, 살아남은 농부들과 너무 멀리 도망가지 않은 농부들이 모여들기 시작했다. 테메리아의 백합 문장을 단 궁수들이 말에 탄 채로 소리를 지르며 농부들을 한데 모으고 있었다.

밀바, 졸탄, 퍼시벌, 레지스의 모습은 보이지 않았다.

바로 옆에는 마녀재판의 주인공이었던 검은 고양이가 초록색 눈으로 게롤트를 무심하게 바라보고 있었다. 게롤트는 조금 의아했다. 고양이들은 보통 위처를 몹시 싫어했기 때문이었다. 이 이상한 현상을 탐구할 시간은 없었는데, 군인들 중 하나가 게롤트를 창대로 찔렀기 때문이었다.

"일어나, 둘 다! 허, 백발에게 칼이 있네!"

"무기를 버려라! 칼을 땅에 던져, 빨리! 안 그러면 베어버리겠다!"

두 번째 군인이 다른 군인들을 불러오며 위협했다.

게롤트는 시키는 대로 했다. 두통과 함께 머릿속이 울리는 것 같았다.

"너흰 뭐냐?"

"여행객이오." 단델라이온이 말했다.

"그렇겠지. 집으로 가는 길이신가? 깃발 아래서 도망치고 군복도 버리고 말이지? 이 난민촌에 그런 탈영병들이 많아. 닐프가드가 무서워서, 군대 밥이 맛이 없어서 말이야! 어떤 늙은이들은 우리가 아는 얼굴들이더라고. 우리 부대 놈들이었거든!"

병사는 게롤트와 단델라이온을 바라보며 빈정거렸다.

"이제 다른 여행을 하게 되겠군! 더 짧은 여행이지. 목에 밧줄을 걸고 하늘로 떠나는 여행 말이야!"

두 번째 군인이 말했다.

"우린 탈영병이 아니오!"

단델라이온이 소리를 질렀다.

"너희가 누군지는 곧 밝혀지겠지. 장교들이 알아낼 거야."

둥그렇게 모인 기마 궁수들 뒤로 경기병 부대가 나타났다. 부대를 이끌고 있는 것은 투구에 깃털을 장식하고 제대로 무장을 갖춘 기사들이었다.

단델라이온은 기사들을 살펴보더니 밀가루를 털어내고 옷매무새를 정돈하고는 손바닥에 침을 뱉어 흐트러진 머리를 정리했다.

"게롤트, 자넨 가만히 있어. 내가 어떻게 해볼 테니. 저건 테메리아의 기사들이야. 닐프가드 군대를 물리친 거지. 그러니 우리에겐 아무 짓도 하지 않을 거야. 기사들과 얘기하는 법을 내가 좀 알지. 지금 상대하는 자가 평민이 아니라 자기들과 동등한 신분이라는 걸 보여줘야 해."

단델라이온이 단호하게 말했다.

"단델라이온, 제발……."

"걱정 붙들어 매라고. 다 잘될 거야. 난 기사나 귀족들과 많은 얘기를 나눠봤지. 테메리아 인구의 반이 날 안다고! 어이! 시종! 좀 비키라고! 너희 주인에게 할 말이 있다!"

병사들은 망설이긴 했지만 창을 내리고 자리를 비켜주었다. 단델라이온과 게롤트는 기사들 쪽으로 다가갔다. 단델라이온은 대단한 사람인 듯한 표정을 짓고서 거만하게 걸음을 옮기고 있었는데, 너덜너덜해지고 밀가루투성이인 차림새와는 별로 어울리지 않았다.

"멈춰! 한 발짝도 더 내딛지 마라! 너흰 누구냐?"

무장한 기사 중 하나가 단델라이온에게 소리쳤다.

"내가 누구에게 대답을 해줘야 하지? 그리고 당신네들이 누구길래 아무 죄도 없는 여행자들을 잡아놓는 거요?"

단델라이온은 과장된 몸짓으로 허리에 손을 짚었다.

"이봐, 거지! 넌 질문이 아니라 대답을 해라!"

기사가 버럭 소리를 지르자 단델라이온은 머리를 갸우뚱하더니 방패와 튜닉에 그려진 기사의 문장을 바라보았다.

"황금색 바탕에 하트 세 개라…… 그렇다면 당신들은 오브리에서 왔군. 방패 머리에 세 개로 갈라진 표시가 있으니, 당신은 안젤름 오브리의 장자겠군. 당신의 아버님은 내가 잘 알지, 기사 양반. 그리고 아까 소리 지른 분,

은색 방패에 뭐가 그려져 있나? 그리핀 머리 사이에 검은 선? 파페브록 가문의 문장이군, 내가 착각하지 않았다면 말이오. 난 이쪽 분야에선 좀처럼 실수하지 않지만. 검은 선은 파페브록 가문 사람들의 명민함을 상징하지."

단델라이온이 말했다.

"그만 좀 해, 쓸데없이." 게롤트가 신음 소리를 냈다.

"나는 유명한 시인인 단델라이온이오!"

게롤트가 뭐라고 하거나 말거나 전혀 신경 쓰지 않은 채 시인은 가슴을 내밀고 소리쳤다.

"내 이름을 들어본 적은 있겠지? 당신네 대장님께 데려가주시오, 제일 높은 분께. 난 동등한 입장에서 얘기를 나누는 데 익숙해서."

무장한 기사들은 당장에 반응하진 않았지만, 얼굴 표정이 점점 더 험상궂어졌고 쇠로 된 장갑은 장식이 되어 있는 말고삐를 점점 더 꽉 그러쥐고 있었다. 그러나 단델라이온은 이런 상황을 조금도 눈치채지 못한 것 같았다.

"왜 그러는 거요? 무슨 일이라도 있나? 도대체 뭘 그렇게 쳐다보는 거지, 기사 양반? 그래, 당신한테 말한 거요, 검은 선 문장! 표정이 왜 그 모양일까? 눈을 부라리고 아래턱을 내밀면 남자다워 보일 거라고, 위엄 있고 무서워 보일 거라고 말해준 자가 대체 누구요? 그자에게 속은 거요. 지금 표정은 일주일 동안 변비로 고생한 것처럼 보일 뿐이라고!"

단델라이온이 오만한 얼굴로 빈정거렸다.

"데려가!"

안젤름 오브리의 장자이자 세 개의 하트가 그려진 방패를 든 기사가 부하들에게 소리를 질렀다. 파페브록 가문의 검은 선이 그려진 방패를 든 기사는 말을 걸어차며 소리쳤다.

"이 부랑배 놈들을 데려가! 당장!"

둘은 손목을 겹쳐 묶인 채 안장에 연결된 밧줄에 끌려 말 뒤에서 걸어가고 있었다. 가끔은 뛰어야 할 때도 있었는데 기사들은 말에게도, 포로들에게도 동정심이 없었기 때문이었다. 단델라이온은 두 번이나 넘어졌고, 몇 번은 살려달라고 비명을 지르며 바닥에 질질 끌려갔다. 다시 일으켜 세워주긴 했지만 창대로 쿡쿡 찔러대는 통에 간신히 일어설 수 있었다. 그렇게 계속해서 걸어야만 했다. 먼지 때문에 눈물이 흐르고 시야가 흐릿해졌다. 숨이 차고 콧속이 바싹 말라 따가웠고 갈증으로 목이 타들어갔다.

이런 와중에 한 가지 다행스러운 점이 있었다. 끌려가는 방향이 남쪽으로 향하고 있다는 점이었다. 게롤트는 이제야 제대로 된 방향으로 가고 있었고, 심지어 속도도 상당히 빨랐다. 그러나 기뻐할 수는 없었다. 자신이 생각한 것과는 전혀 다른 방식으로 가고 있었기 때문이었다.

목적지에 도착한 것은 단델라이온이 쉰 목소리로 자비를 베풀어달라는 부탁과 욕설을 섞어 내뱉은 직후였다. 사실 게롤트는 팔꿈치와 무릎 통증이 고문처럼 고통스러웠던 터라, 차라리 극단적이고 절망적인 행동을 취해볼까 고민하던 순간이었다.

도착한 곳은 군대의 막사로, 반쯤 타서 폐허가 된 방어 요새 주위에 세워져 있었다. 경비병들과 말을 묶어놓은 기둥들, 저녁을 준비하는 연기 사이로 기사들의 막사가 보였다. 깃발로 장신된 막사들은 사람들이 오가는 넓고 큰 광장을 둘러싸고 있었다. 광장은 끝을 태운 뾰족한 장대들이 아무렇게나 흩어져있었다. 이 광장이 이번 여행의 종착지인 듯했다.

말들이 물을 마시는 것을 보고, 게롤트와 단델라이온은 묶은 끈을 잡아

당겼다. 기사들은 처음엔 이들에게 물을 줄 생각이 없었지만, 안젤름 오브리의 아들이 자기 아버지와 단델라이온이 아는 사이라는 것을 기억해낸 것인지 자비를 베풀었다. 둘은 말들 사이로 비집고 들어가 물을 마시고, 묶인 손으로 얼굴을 씻었다. 그러나 병사 중 누군가가 밧줄을 홱 잡아당기는 바람에 다시 제자리로 돌아오고 말았다.

"이번엔 또 누굴 데려온 거지?"

검게 그을린 군장에 화려하게 도금이 된 무기를 갖춘, 큰 키에 호리호리한 기사가 박자에 맞춰 갑옷 허리부터 넓적다리까지 늘어진 방호구를 철퇴로 두드리며 물었다.

"또 첩자를 잡아온 건 아니겠지."

"첩자거나 탈영병일겁니다. 호틀라 강 앞의 난민촌에서 닐프가드 군대를 쳐부수고 난 후 붙잡았습니다. 아주 수상한 놈들입니다!"

안젤름 오브리가 확신에 찬 목소리로 말했다.

도금된 무기의 기사는 코웃음을 치더니 단델라이온을 찬찬히 바라보았다. 젊지만 준엄한 얼굴의 기사가 갑자기 밝아진 표정으로 말했다.

"헛소리. 풀어줘라."

"닐프가드의 첩자들입니다! 특히, 이놈이 시골 똥개처럼 왈왈 짖어댔습니다. 자기가 무슨 시인이라고 하던데요!"

파페브록 가문의 검은 선 기사가 반대했다.

"그건 거짓말이 아니다. 이분은 시인 단델라이온이다. 내가 아는 분이지. 풀어드려라. 저 옆에 있는 사람도."

기사가 웃어 보였다.

"확실하십니까, 백작님?"

"명령이다, 파페브록."

"내가 이렇게 쓸모가 있을지는 몰랐지?"

단델라이온이 게롤트에게 속삭이며 묶인 끈 때문에 얼얼한 손목을 문질렀다.

"이제야 인정하겠지. 내 명성이 나를 앞서간다고. 어딜 가도 날 모르는 사람이 없고, 다들 날 존경한다, 이 말씀이야."

게롤트는 욱신거리는 손목과 까진 팔꿈치, 벗겨진 무릎을 문지르느라 정신이 없어 아무 말도 하지 않았다.

"젊은이들이 너무 열성적이었던 것을 용서해주십시오. 어디서나 닐프가드의 첩자들을 발견한답니다. 정찰을 보내기만 하면 수상하다고 몇 놈씩 잡아오는 판국이죠. 주변 사람들과 조금이라도 다른 점이 보이면 무조건 수상하다고 여깁니다. 게다가 단델라이온 씨는 어디서나 돋보이시니. 그런데 어쩌다 호틀라의 난민촌까지 가셨습니까?"

백작이라고 불린 기사가 물었다.

"딜링겐에서 마리보로 가는 길이었소. 그러다 그 난리 속에서 나와 내…… 작가 친구가 휩쓸리게 된 것이오. 이름은 들어본 적이 있을 거요. 이름은…… 기랄두스요."

단델라이온이 매끄럽게 거짓말을 했다.

"당연히 알죠, 알다마다요. 저도 작품을 읽었답니다."

기사가 허풍을 떨며 말을 이었다.

"이렇게 뵙게 되다니 영광입니다, 기랄두스 씨. 저는 다니엘 에쳐베리, 가라몬의 백작이죠. 단델라이온 선생님, 정말 영광입니다. 폴테스트 왕의 궁전에서 노래를 부르시던 때와는 시대가 많이 변했습니다."

"정말이지 너무 많이 변했소."

"누가 생각이나 했겠습니까, 이렇게까지 되리라고는. 베르덴은 에미르에게 복속되고, 브뤼헤는 거의 다 넘어갔습니다. 소든은 불타고 있고…… 그리고 우린 후퇴하고 있어요, 계속해서…… 아, 전술적 후퇴라고 정정하겠습니다. 닐프가드는 주위의 모든 것을 태우고 약탈하면서 이나 강까지 진출했어요. 마에나와 라즈반의 성채가 포위되는 것도 이제 얼마 남지 않은 것 같습니다. 그런데 테메리아 군대는 계속해서 전술적 후퇴만 하는 상황이고……."

에쳐베리 백작의 표정이 어두워졌다.

"호틀라 강에서 당신들의 백합 문양을 봤을 때, 당신들이 공격을 하고 있는 줄 알았소."

단델라이온이 말했다.

"역습이죠."

에쳐베리 백작이 표현을 고친 후에 말을 이었다.

"그리고 전투를 파악하는 것이 목적이었습니다. 우리는 이나 강을 건너 닐프가드의 선발대와 방화를 저지르는 스코이아텔 부대들과 맞붙었어요. 우리가 방어한 아르메리아의 진지가 얼마나 남았는지 보실 수 있을 겁니다. 하지만 카르카노와 비도르트의 성채는 바닥까지 타 버리고 말았습니다. 남쪽 전체가 피와 불과 연기 속에…… 아, 제가 선생님들을 지루하게 했군요. 브뤼헤와 소든에서 무슨 일이 일어났는지는, 그쪽에서 온 난민들을 보셔서 이미 잘 아실 텐데. 아니, 그런데 저희 병사들이 선생님들을 첩자라고 잡아오다니! 다시 한 번 사과의 말씀을 드립니다. 두 분을 식사에 초대하고 싶습니다. 귀족들과 장교들 중 몇 명은 두 분을 무척이나 반길 겁니다, 시인 선생님들."

"정말 영광입니다. 백작님. 하지만 시간이 없습니다. 우리는 서둘러 길을 떠나야만 해서."

게롤트가 뻣뻣하게 몸을 굽혀 인사했다.

"부담 느끼실 건 없습니다. 아주 일상적인, 소박한 군인의 식사죠. 사슴 고기, 뇌조, 철갑상어, 송로버섯……."

에처베리 백작이 웃어 보였다.

"거절은 큰 실례가 되겠군요. 지체 없이 가도록 합시다, 백작님. 저쪽 푸른색과 금색의 화려한 막사가 백작님의 막사인가요?"

단델라이온이 꿀꺽 침을 삼키고는 할 말이 많은 눈초리로 게롤트를 바라보았다.

"아닙니다. 저건 대장님의 막사죠. 푸른색과 금색은 대장의 조국을 상징하는 색입니다."

"어떻게 그럴 수가? 테메리아 군대라고 확신하고 있었는데. 백작님이 이끄는……."

단델라이온이 의아해했다.

"여긴 테메리아 군대에서 떨어져 나온 독립적인 부대입니다. 저는 폴테스트 왕의 연락 장교입니다. 여기서 복무하고 있는 테메리아 귀족들이 꽤 됩니다. 식별을 위해 방패에 백합 문양을 넣었지요. 하지만 이 부대의 중심은 다른 나라 군대입니다. 저기 저 막사 아래 깃발이 보이십니까?"

"사자군요. 푸른 바탕에 금색 사자들. 저건…… 저건 설마……?"

게롤트는 놀란 나머지 말을 제대로 잇지 못했다.

"신트라입니다. 지금은 닐프가드에 의해 점령된 땅에 살고 있는 신트라의 이주민들입니다. 저들을 이끄는 건 비세게르드 총사령관이지요."

에쳐베리 백작이 말했다.

게롤트는 고개를 돌렸다. 백작에게 사슴고기, 뇌조, 철갑상어 및 송로버섯을 포기하고 일이 급해 서둘러 떠나야겠다고 말할 참이었다. 그러나 말을 꺼내려는 찰나, 한 무리가 그들에게 다가왔다. 무리를 이끄는 사람은 푸른 망토를 걸쳤고 황금으로 된 벨트에 무기를 찬, 덩치가 좋고 배가 나온 백발의 기사였다.

"자, 시인 선생님들, 바로 이분이 비세게르드 총사령관님이십니다. 사령관님, 제가 이분들을 소개……."

"그럴 필요 없네."

비세게르드 총사령관은 게롤트를 뚫어지게 바라보며 쉰 목소리로 말했다.

"우린 이미 아는 사이야. 신트라, 칼란테 여왕의 궁정에서 만났지. 파베타 공주의 약혼식 날. 15년 전 일이지만 난 기억력이 좋아. 위쳐 부랑배, 날 기억하나?"

"기억하오."

게롤트가 고개를 끄덕이고는 병사들을 향해 결박할 수 있도록 순순히 손을 내밀었다.

에쳐베리 백작은 게롤트와 단델라이온이 막사의 의자 위에 결박되어 있을 때도 어떻게든 해보려고 애를 썼다. 비세게르드 총사령관의 명령으로 병사들이 막사를 나가자, 백작은 다시 한 번 간청했다.

"사령관님, 이분은 음유시인 단델라이온입니다. 제가 이분을 압니다. 세계적으로 유명하신 분이지요. 이렇게 대접하는 것은 옳지 못합니다. 이분이 닐프가드의 첩자가 아니라는 걸 제가 기사의 명예를 걸고 보증합니다.”

“성급하게 보증 따위 하지 말게!”

비세게르드 총사령관은 포로들로부터 눈을 떼지 않은 채 언성을 높였다.

“이자가 시인일 수는 있겠지. 하지만 저 악당 위쳐와 함께 다닌다면, 난 이자를 위한 보증 따위는 안 하겠네. 지금 우리가 잡은 놈이 어떤 놈인지 자네가 아직 몰라서 그래.”

“위쳐요?”

“그것도 그냥 위쳐가 아닐세. 하얀 늑대라고 불리는 게롤트지. 저 악당이 파베타의 딸, 칼란테의 손녀인 시릴라, 사람들이 그렇게들 떠드는 신트라의 공주 시리에 대한 권리를 주장했네. 백작, 그 스캔들이 여러 왕국에 걸쳐 무척이나 시끄러웠던 때를 기억하기엔 자네는 너무 젊어. 하지만 난, 바로 그 사건의 증인이었지.”

“저자와 시릴라 공주가 어떻게 연관이 된 것이죠?”

“저 개자식이 칼란테 여왕의 딸 파베타를 남쪽에서 온, 정체 모를 듀니라는 떠돌이에게 시집을 보내게 했지. 그 말도 안 되는 관계에서 훗날 시릴라가 태어났어. 비도덕적인 음모의 서막이지. 그 후레자식 듀니가 결혼을 성사시킨 대가로 자기 딸을 위쳐에게 약속한 거야. 알 수 없는 것에 대한 권리, 이해했나?”

비세게르드가 게롤트를 손가락으로 가리켰다.

“잘은 모르겠습니다. 하지만 계속 이야기해주십시오, 총사령관님.”

“위쳐는 파베타 공주가 죽자 아이를 데려가려고 했지. 하지만 칼란테는 허락하지 않고 궁정에서 내쫓아버리고 말았어. 하지만 위쳐는 기회가 올 때까지 기다렸지. 닐프가드와의 전쟁이 일어나고 신트라가 점령되자, 전쟁의 혼란을 틈타 시리를 납치한 것이야. 우리 신트라 사람들이 얼마나 애타게 시리를 찾고 있는지 알면서도, 은신처에 꼭꼭 숨겨두었지. 그런 후에는 싫증이 나서 에미르에게 팔아넘긴 거야!"

베세게르드는 또다시 게롤트를 향해 삿대질을 하며 소리쳤다.

"그건 말도 안 되는 거짓말입니다! 지금 얘기한 건 전혀 사실이 아닙니다!"

단델라이온이 고함을 질렀다.

"광대 녀석아, 그 입 닥쳐라. 안 그러면 재갈을 물릴 테니. 백작, 이 모든 사실을 종합해보게. 위처가 시릴라를 데리고 있었는데, 지금은 에미르가 데리고 있어. 그리고 위처는 닐프가드 부대가 있던 곳에서 붙잡혔고. 그게 무슨 뜻이겠는가?"

에쳐베리 백작은 어깨를 으쓱했다.

"그게 무슨 뜻이겠느냐, 이 교활한 놈! 말을 해봐라! 언제부터 닐프가드를 위해 첩자 노릇을 한 것이냐, 이 개만도 못한 놈!"

비세게르드 총사령관은 게롤트 위로 몸을 굽혔다.

"저는 첩자 노릇을 한 적이 없소. 그 누구를 위해서도."

"네 녀석의 가죽을 모조리 벗겨버리겠다."

"원하신다면."

"단델라이온 선생님."

갑자기 에쳐베리 백작이 입을 열었다.

"아무래도 상황을 설명하시는 게 좋을 듯합니다. 되도록 빨리."

"아까부터 하려고 했소. 하지만 총사령관님께서 재갈을 물리겠다고 협박을 하시니! 우린 죄가 없습니다. 그건 말도 안 되는, 완전히 끔찍한 헛소문입니다. 시릴라는 타네드 섬에서 납치된 것이고, 게롤트는 시릴라를 지키려다 큰 상처를 입었습니다. 저뿐만이 아니라 아주 많은 사람들이 증언할 수 있습니다. 타네드 섬에 있었던 마법사들에게 물어보십시오. 그리고 르다니아의 서기장인 딕스트라도⋯⋯."

단델라이온은 불현듯 말끝을 흐렸다. 지금 이 상황에서 딕스트라는 변호인 측 증인으로 적합하지 않았고, 타네드 섬의 마법사들을 언급한 것 역시 적절치 않다는 생각이 들었기 때문이었다. 그러더니 다시 목소리를 높이며 얘기를 이어갔다.

"어쨌든 말도 안 됩니다. 신트라에서 시리를 납치한 것이 게롤트라니요! 게롤트는 자체체에서의 학살이 휩쓸고 지나간 후 시리를 발견해 당신들, 아니 시리를 찾고 있던 닐프가드 첩자들에게서 지켜내려 했습니다! 저도 그 첩자들에게 잡혀서 고문을 당한 적이 있어요. 시리가 어디 숨어 있는지 실토할 뻔했지만 전 한마디도 하지 않았고, 그 첩자들의 입속에는 이미 흙이 들어간 상태죠. 누구를 상대하고 있는지 몰랐으니까!"

"선생님의 용맹함은 결국 아무 소용이 없었습니다."

에쳐베리 백작이 끼어들었다.

"에미르가 결국 시리를 차지했으니까요. 모든 사람들이 알고 있듯이 시리와 결혼해 시리를 닐프가드의 황후로 삼으려 합니다. 일단은 신트라와 그 주변 영토의 여왕이라 칭하고 있어서, 우리도 난처한 상황입니다."

"에미르는 사실 신트라의 왕위에 자신이 원하는 사람을 앉힐 수 있죠. 어떻게 생각하든 시리는 그 왕좌에 대한 권리가 있습니다."

단델라이온이 말했다.

"권리라고?"

비세게르드가 게롤트에게까지 침을 튀기며 고함을 질렀다.

"개똥 같은 소리! 무슨 권리! 에미르는 자기 멋대로 시리와 결혼하려 들겠지. 그리고 시리에게, 시리와의 사이에서 태어난 자식들에게는 내키는 대로 어떤 칭호라도 내릴 수 있을 거야. 신트라의 여왕이자 스켈리게 군도의 여왕? 안 될 게 뭐가 있겠어? 브뤼헤의 공주? 왕권을 부여받은 소든 백작부인? 마음대로 하라 그래! 고개 숙여 절을 해줄 테니! 아니 왜, 태양의 여왕이나 달의 정복자라고 하지? 그 저주받은, 그 더럽혀진 혈통은 왕위에 오를 그 어떤 자격도 없다고! 저주받은 혈통, 리안논부터 시작해서 그 집안의 여자들은 모두 저주받은, 저열한 생물들이야! 시릴라의 증조할머니, 아달리아는 자기 사촌과 결혼했는데, 아달리아의 증조할머니는 꽃뱀 뮤리엘이었다고, 모든 사람과 다 붙어먹은! 그 혈통은 하나같이 근친상간으로 낳은 후레자식들이자 잡종들이야!"

"총사령관님, 목소리를 낮추시지요."

단델라이온이 대담하게 비세게르드 총사령관을 저지했다.

"총사령관님의 막사 앞에는 황금 사자가 그려진 깃발들이 나부끼는데, 그러다가 시리의 할머니인 신트라의 암사자 칼란테 여왕님까지 잡종으로 몰아세울 기세십니다. 마르나달과 소든에서 수많은 병사들이 칼란테 여왕을 위해 목숨을 바쳤는데 말이지요. 그런 식으로 말씀하신다면, 당신 병사들의 충성도 기대하긴 힘들겠군요."

비세게르드 총사령관은 단델라이온과 두 발짝쯤 떨어져 있었는데, 단번에 성큼 다가와 단델라이온의 멱살을 잡고 의자에서 들어 올렸다. 조금 전까지만 해도 불그스름하기만 했던 총사령관의 얼굴은, 글에서나 묘사되는 새빨간 낯빛이 되었다. 게롤트는 친구의 운명에 대해 진심으로 걱정되기 시작했는데, 운 좋게도 느닷없이 부관이 달려와 흥분된 목소리로 정찰부대가 가져온 중요하고도 급한 소식이 있다고 알렸다. 비세게르드는 단델라이온을 거세게 밀치고는 밖으로 나가버렸다.

"휴우…… 하마터면 목졸려 죽을 뻔했네. 백작님, 이 끈 좀 풀어주시면 안 되겠소?"

단델라이온이 목과 머리를 이리저리 돌리며 말했다.

"안 됩니다, 단델라이온 선생님. 그럴 수는 없습니다."

"저 말도 안 되는 소리를 믿는 거요? 우리가 첩자라고?"

"제가 뭘 믿는지는 지금 상황에선 아무 의미가 없습니다. 끈은 풀어드릴 수 없습니다."

"할 수 없군. 도대체 당신네 총사령관은 왜 그러는 거요? 새호리기*가 멧도요에게 달려드는 것처럼 나한테 달려드는 이유가 대체 뭐요?"

기침을 해대는 단델라이온의 물음에 에쳐베리 백작은 씁쓸한 표정으로 웃었다.

"병사들의 충성심에 대한 이야기…… 아픈 상처를 건드린 겁니다, 선생님."

"그게 왜 상처라는 거요?"

"병사들은 시릴라 공주가 죽었다는 소식을 들었을 때 진심으로 슬퍼했습니다. 하지만 지금 새로운 소식이 터진 거죠. 칼란테의 손녀가 살아 있다는 소식. 거기까진 좋았는데 공주는 현재 닐프가드에 머물고 있고, 에미르 황제의 은총을 받고 있다는 소식이 문제였습니다. 엄청난 수의 탈영병이 발생했지요. 생각해보십시오, 집과 가정을 버리고 소든과 브뤼헤, 테메리아로

---

* 새호리기(kobuz): 매과에 속하는 맹금류의 일종.

와서 신트라를 위해, 칼란테 여왕의 핏줄을 위해 목숨을 바치려고 한 사람들입니다. 신트라에서 침입자들을 몰아내고 나라를 해방시켜 칼란테 여왕의 자손들이 왕위를 되찾을 수 있도록. 그런데 어떤 일이 일어났습니까? 칼란테 여왕의 핏줄이 신트라의 왕위를 당당하고 영광스럽게……."

"납치한 에미르의 조종을 받는 꼭두각시 인형으로……."

"에미르 황제는 시릴라 공주와 결혼할 겁니다. 자기 옆 황후 자리에 앉히고 칭호와 봉토를 하사하겠지요. 정말 꼭두각시 인형이라면 그렇게 해주겠습니까? 코비어의 사신들이 시릴라를 닐프가드 궁에서 확인하고 돌아왔어요. 강압에 의해 굴복당한 것처럼은 보이지 않는다고 하더군요. 신트라 왕위의 유일한 계승자인 시릴라 공주가 이제 닐프가드의 동맹이 되어 왕위를 차지하게 될 것이다, 라는 소문이 병사들 사이에 돌았습니다."

"닐프가드 첩자들이 퍼뜨린 헛소문이요."

"그건 저도 알고 있습니다. 하지만 병사들은 몰라요. 우리는 탈영병들을 붙잡고 교수형을 시키지만, 전 그들의 심정을 이해합니다. 그들은 신트라 사람들이에요. 그들은 자신의 집과 가정을 지키려고 싸우는 것이지 테메리아를 위해 싸우는 것이 아닙니다. 자기네 군대의 명령을 받고 싶지, 테메리아 군대의 명령으로 싸우고 싶지는 않을 겁니다. 그들은 이 부대에서 자신들의 황금 사자가 테메리아의 백합 앞에 고개 숙이는 것을 매순간 봅니다. 비세게르드 총사령관님은 팔천 명의 병사가 있었는데, 그중 오천이 신트라 출신이지요. 나머지는 테메리아의 예비군과 브뤼헤와 소든에서 자원한 기사들이고요. 하지만 탈영병은 신트라 사람들이 대부분입니다. 총사령관님의 군대는 전투를 치르기도 전에 섬멸된 겁니다. 총사령관님에게 그것이 어떤 의미인지 이제 아시겠습니까?"

"명예와 직위를 함께 잃겠군요."

"그렇습니다. 앞으로 몇 백 명만 더 탈영병이 생긴다면 폴테스트 왕이 비세게르드 님의 총사령관직을 박탈할 겁니다. 이미 지금도 저 군대를 신트라 군대라고 칭하긴 어려워요. 비세게르드 님은 어떻게든 탈영을 막고자 애쓰고 있습니다. 그래서 시릴라와 시릴라의 뒤섞인 혈통에 대한 확실치 않은 소문을 퍼뜨리고 있는 것이지요."

"그 얘기를 들을 때 백작님의 표정이 좋지 않으시더군."

잠자코 있던 게롤트가 참지 못하고 끼어들었다.

"눈치채셨습니까?"

에쳐베리 백작이 살짝 웃음을 지었다.

"뭐, 비세게르드 님은 저희 집안의 혈통에 대해서는 모르시니까요. 간단히 말하면, 저는 시릴라와 친척 관계입니다. 아름다운 꽃뱀이라고 불린 뮤리엘은 가르몬의 백작부인이었으니 시릴라의 5대 할머니는 저의 5대 할머님인 셈이죠. 그분의 연애담은 우리 집안의 전설입니다. 비세게르드 님이 우리 조상에 대해 근친상간이니 후레자식이니 하는 말을 할 때 유쾌하진 않았습니다. 뭐, 티는 안 냈지만. 왜냐하면 저는 군인이니까요. 이제 이해하시겠습니까?"

"이해합니다." 게롤트가 고개를 끄덕였다.

"아니, 난 이해 못하겠는데."

단델라이온의 대구에 에쳐베리 백작이 말을 이었다.

"비세게르드 님은 테메리아 군대 밑으로 들어온 부대의 총사령관입니다. 그리고 에미르의 손아귀에 있는 시릴라는 부대에 대한 위협이고, 동시에 군대와 저희 폐하, 제 조국의 위협이기도 합니다. 비세게르드 님이 퍼뜨리고 있는 시릴라에 대한 소문을 부정하거나, 지휘관의 권위를 흔들 마음은 없습니다. 저는 시릴라가 혼외자식이고 왕위에 대한 권리가 없다는 것을 증명하는 데 비세게르드 님을 도울 생각도 있습니다. 전 총사령관님의 말을 부정하지 않고, 그분의 결정과 명령을 무조건적으로 따르는 정도가 아니라……사령관님을 지지합니다. 그리고 필요할 때, 그분을 도울 겁니다."

게롤트는 입술을 일그러뜨리며 웃었다.

"이제는 이해하겠나, 단델라이온? 백작님은 잠시 동안 우리를 첩자로 생각하지 않은 거야, 그렇지 않았다면 이렇게까지 상세한 설명을 해줬을 리가 없으니까. 백작님은 우리에게 죄가 없다는 걸 알아. 그러나 비세게르드가 우리를 처형하라고 명령하면, 신속히 명령에 따르겠지."

"그건…… 그렇다면……."

에쳐베리 백작은 눈길을 돌린 채 작은 목소리로 말했다.

"비세게르드 님은 지금 화가 머리끝까지 나 있습니다. 그분을 만난 것 자체가 두 분에겐 굉장히 운이 없는 일입니다. 특히 위쳐 님은 말이죠. 단델라이온 선생님은 제가 어떻게……."

그 순간, 여전히 얼굴이 시뻘건 채로 황소처럼 씩씩거리는 비세게르드가 막사로 들어와 말은 중단되었다. 비세게르드는 탁자로 다가와 그 위에 펼쳐져 있는 지도 위에 철퇴를 내리치더니 사나운 눈빛으로 게롤트를 응시했다. 게롤트는 그 시선을 피하지 않았다.

"정찰부대가 잡아온 부상당한 닐프가드 병사 하나가…… 오는 길에 붕대를 잡아 뜯고 일부러 출혈을 일으켜 숨이 끊어졌다. 자기 부대원들의 전멸과 패배를 야기하는 것보다는 죽음을 택한 것이지. 우리는 그자를 이용하려고 했는데, 놈은 죽음 속으로 달아났어. 닐프가드 병사는 손가락 사이로 빠져나가고 손가락에는 놈의 피만 남았군. 좋은 교훈이지. 위쳐가 왕손을 데려가 교육시킬 때 그런 걸 좀 가르쳤어야 했는데."

게롤트는 아무 말도 하지 않았지만, 시선을 피하지 않았다.

"어떤가, 괴물? 자연을 거스르는 자? 지옥의 생명체? 시릴라를 데려가서 뭘 가르쳤나? 어떻게 교육시켰어? 모두들 알고 있지! 그 자격도 없는 여자 아이를 왕위에 앉히려 하다니! 에미르가 침대로 데려간다 해도 좋다고 다리를 벌릴 거야, 창녀 같으니!"

"너무 흥분하셨군요. 기사도를 지키시죠, 총사령관님. 그 아이에게 모든 잘못을 뒤집어씌울 생각이신가요? 에미르가 무력을 써서 납치해간 아이에게?"

단델라이온이 중얼거리듯 말했다.

"폭력에도 대처 방법이 있지! 왕족다운 대처 방법 말이야! 만약 진짜 왕가의 혈통이라면 그런 방법을 찾아낼 거라고! 칼이라도 찾아내겠지! 가위라도, 부서진 유리 조각이라도, 대바늘이라도 말이야! 이빨로 손목의 동맥을 끊을 수도 있을 거라고, 암캐 같은 년! 자기 스타킹으로 목을 매든지!"

"더 이상 들어줄 수가 없군, 총사령관. 이제 그만하시오."

게롤트가 낮은 목소리로 말했다.

비세게르드 총사령관은 다 들릴 정도로 이를 갈더니 게롤트에게 바싹 얼굴을 들이밀었다.

"더 이상 들어줄 수가 없다고?"

비세게르드는 분노로 떨리는 목소리를 가까스로 진정시키며 말했다.

"잘됐군, 왜냐하면 나도 더 이상 네놈에게 할 말이 없으니까. 마지막으로 한 가지만 말하겠다. 15년 전 그때, 신트라에서는 운명에 대한 이야기로 떠들썩했지. 난 그때 그 이야기가 헛소리라고 생각했다. 하지만 그건 너의 운명이 되고 말았지, 위쳐. 바로 그날 밤부터 너의 운명은 이미 빛나는 별들 가운데 검은 룬 문자로 새겨졌다. 파베타의 딸 시리는 너의 운명이지. 그리고 너의 죽음이고. 왜냐하면 파베타의 딸 시리 때문에, 네놈은 교수형을 당할 테니까."

〈하권에서 계속〉